Nosotros, el karma y esas cosas

Manuela Valerio

COLECCIÓN
milamores

Nosotros, el karma y esas cosas

ISBN: 9788418962288
ISBN ebook: 9788418962783

MIL AMORES es una colección especializada en literatura romántica y libros sobre amor publicada por Editorial Amoris - Lantia Publishing S.L. en colaboración con Mediaset España.

La portada ha sido diseñada usando imágenes de Freepik.com

Producción editorial: Lantia Publishing S.L.
Plaza de la Magdalena, 9, 3ª Planta.
41001. Sevilla
info@lantia.com
www.lantia.com

IMPRESO EN ESPAÑA – PRINTED IN SPAIN

A ti, la imperfecta mujer del siglo veintiuno.
La del estrés continuo, horarios infinitos
y prioridades invertidas.
Siéntate, sírvete una copa de vino y empieza a leer...

Prólogo

No tengo nada en contra de los semáforos, pero parecen estar colocados estratégicamente para joderme el día, la semana, o, simplemente, la vida. Me encontraba parada en mitad del paseo de la Castellana, y ahí estaban todos alineados, esperándome. Siempre me los he imaginado avisándose los unos a los otros: «Ahí va la pánfila de Mara, verás qué risas nos echamos hoy...». Tal vez un semáforo sea un mecanismo electrónico, pero... ¡con mucha maldad! Los odio, y ellos a mí, estas cosas se notan. Era cuestión de tiempo que una de esas esperas me saliera cara.

Todos tenemos un día en concreto, en que todo cuanto venías haciendo, viviendo y creyendo, empieza a desmoronarse. Lo que viene siendo el principio del fin, no de mi vida, pero si de algo. Bien, pues ese fue MI día, mi momento, mi punto de inflexión. El mismo en el que las palabras «karma», «ley de atracción» y otros conceptos de los que Mireia, mi amiga, barra, psicóloga, barra, guía espiritual, intentaba que interiorizara en la cruzada por salvarme del desastre total al que me dirigía a pasos agigantados. Como ella solía decir, tenía que dejar de vivir siendo tan *hater* y ser más *happy flower*.

Digamos que las cosas no estaban yendo tal y como había imaginado. Apenas tenía vida social, me encontraba en plena separación, mi hija de ocho años me detestaba y mi negocio, por el que lo había dado todo, me estaba asfixiando. Menudo cuadro el mío. Así que también digamos que no estaba en un momento muy equilibrado de mi existencia. Vivía un *pelín* irascible, y había aumentado *levemente* mi agresividad, entre otras cosas, y por varios motivos, aunque lo peor de todo, la gota que colmó el vaso, ocurrió esa misma mañana, mientras desayunaba en la cafetería de al lado de las oficinas. Decidí ojear el periódico, no me preguntéis porque, simplemente lo hice, a pesar de que deteste hacerlo. Le eché un vistazo por encima y encontré la mierda de siempre, no sé ni para qué lo abrí; políticos ladrones, la ultraderecha subiendo, la amenaza de un nuevo virus, el deshielo del ártico, etc. A punto estaba de cerrarlo asqueada y lanzarlo lejos cuando lo vi.

Todo cuanto había estado enterrado bajo capas y capas en lo más hondo de mi ser, salía a flote por culpa de una puñetera página de prensa. Una enterita ocupaba el artículo que hablaba de la nueva empresa de vinos italianos que se había instaurado en España y que venía pisando fuerte, hablaba de los maravillosos vinos y del éxito de su fundador. Tuve que mirarlo dos veces. Me sentí como Ali, en la peli *The Notebook*, cuando descubre la foto de Noa junto a la casa que le había prometido construir para ella. En mi caso, no estaba junto a una vivienda, ni él se parecía a Ryan Gosling, pero no tuve duda alguna; sabía de quién se trataba, pues ese era el negocio con el que un día soñamos los dos. Para mi desdicha, ahí estaba, como uno de esos vinos que mejora con los años, más hombre, más guapo, con pose serena, sonriente y jodidamente *sexy*, quince años después. Mi particular Henry Cavill italiano, definitivamente, el mejor vino que había probado en mi vida y que, en una de esas malas decisiones que suelo tomar y que básicamente me caracterizan, decidí desecharlo por no creerme digna de tan buena cosecha. ¡Maldita sea mi suerte!

Se me agolparon las mariposas o, quizá, mejor dicho, las avispas en el estómago. Me gustó tanto como me enfureció verlo en ese preciso momento en que mi vida estaba en un punto de hastío máximo, y la suya, como siempre, a un alto nivel de éxito. Si es que siempre fuimos antagónicos en eso. Lo más parecido a Julia Roberts y Richard Gere en *Pretty Woman*, salvando las distancias. Ya me entendéis.

El corazón se me aceleró a un ritmo abrumador y por alguna razón las manos me empezaron a sudar. Un golpe de calor en toda regla, y eso que estábamos en junio, el calor del bueno aún estaba por llegar. Me hubiera gustado tener una reacción racional tras leerlo, pasar página, cerrar el periódico, doblarlo y devolverlo a su sitio serenamente, pero la racionalidad nunca fue lo mío, así que un arrebatador sentimiento de furia se apoderó de mí. Arranqué la hoja del periódico, la hice un ovillo con saña y la metí en mi bolso, ante la mirada atónita de la camarera que no se atrevió a decir ni mu. Me pareció ver un ápice de intento en querer insinuar algo, pero tras un amenazante movimiento de cejas, no solo dio un paso atrás, sino que la pobre muchacha apenas abrió la boca y la cerró sin llegar a articular palabra. No estaba preparada para un golpe tan bajo, a esas horas, ¡joder, ni siquiera había desayunado! Y sin poder evitarlo esa imagen me acompañó todo el santo día, como un maldito fantasma.

Si así empezaba el lunes, estaba claro que no iba a mejorar.

Apenas había empezado el buen tiempo y ya diluviaba a destajo. Los vehículos y la ciudad entera parecían moverse con torpeza ante una inesperada lluvia torrencial de principios de verano. Mi teléfono no dejaba de sonar. Había tenido un día espantoso, para variar, así que tenía dos opciones; silenciarlo e ignorarlo, o tomar aire, contar hasta tres, respirar hondo y contestar a través del manos libres, así de sencillo. En el equipo de música de mi monovolumen sonaba esa «musiquilla relajante», a base de flautas e instrumentos de viento, ya sabéis, la misma que suena en los mercadillos artesanales en las paradas peruanas. Sí, yo, la reina del rock, estaba escuchando «flautitas», que esto no salga de aquí. Hacía un par de semanas que había empezado a asistir a esas clases de yoga del señor Frederich, a las que Mireia básicamente me obligaba a ir, para canalizar mi energía y esas cosas... O sea, mi mala hostia. Como me habían enseñado allí, intentaba respirar bien y reconducir la situación.

Sin embargo, pese a tener dos opciones muy coherentes... ¡Elegí la tercera! Hundí mi dedo en el interruptor que bajaba la ventanilla del coche y esta se abrió. Ni siquiera le di tiempo a que se bajara del todo y, sin respirar, sin contar hasta tres ni sandeces de esas, lancé el teléfono por la ventana. No satisfecha con ello, seguidamente, hice lo mismo con el horrible disco compacto de flautas. Sí, soy de los pocos seres humanos que aun llevan reproductor de CD en el coche. No me juzguéis, es mi lado retro.

¡Santo cielo! ¡Qué liberador! ¡Qué gustazo! Eso sí, me arrepentí *in situ*. Sobre todo, porque oí cómo impactaba en el vehículo de al lado. El golpe sonó mal, o, mejor dicho, fatal, supe que la había cagado al instante con mi impulsividad. Así que me limité a cerrar los ojos, como si eso fuera a salvarme de la furia del otro conductor. El mismo que no tardó en aparecer. Los abrí levemente, intentando espiar entre las pestañas, para encontrarme con la sombra de un hombre alto que golpeaba con los nudillos en mi ventanilla. Juro que intenté contar hasta tres, lo juro, pero ni los números me salían. Me sujeté fuertemente con las dos manos al volante. El corazón me latía a mil. Abrí los ojos de par en par como una loca al darme cuenta de que el semáforo se había puesto verde, y que esa era mi única puerta de escape. ¿Alguna vez habéis sido irracionales? Serlo o no, es cuestión de milésimas de segundo, funciona así. Por eso, sin pensarlo dos veces, sin dar tiempo a esa milésima de segundo de más, apreté el acelerador y salí chirriando ruedas como en las películas, gritando y riendo como una desequilibrada. Menudo subidón de adrenalina y menuda imprudencia, dicho sea de paso.

Dicen que quien espera, desespera..., ¿no?

1
El paraguas blanco

No me podía creer que volviera a llegar tarde a recoger a mi hija. El curso estaba a punto de finalizar, así que tenía que desistir de intentar llevarme bien con la profesora, ya era demasiado tarde. Estas cosas solía hacerlas Héctor, ya sabéis; recoger a la niña, hacerle la pelota a la maestra, disculparse, etc. Tras nuestra separación se me abrió un nuevo mundo, hostil y confuso, la vida escolar de mi hija.

No había dejado de llover cuando mal aparqué, subiendo el coche en la acera, quitándole el lugar a la mamá de Lucas, que ya había puesto la marcha atrás. Me abucheó a pitadas, a las que yo hice caso omiso, como si no fuera conmigo la cosa, y salí a toda prisa del vehículo, sin paraguas, sin excusas, sin dignidad. Me excusaba conmigo misma repitiendo por la bajo, «esto es la ley de la supervivencia», esa frase, básicamente, me servía para todo. Generalmente, ante comportamientos egoístas que había adoptado de manera asidua.

Ese día se había generado una especie de histeria colectiva, solía verlo en los alrededores de todos los colegios cuando llovía, sobre todo si era inesperadamente, ya que todos los padres intentaban aparcar lo más cerca posible de la entrada, provocando así un caos de bocinas, frenazos y choques de paraguas. Supe enseguida que era el único adulto que no llevaba nada para resguardar a mi hija de la lluvia. Pero ¿qué les pasa a los padres de hoy en día? ¿Tienen un bolsillo mágico en el coche donde llevan de todo? Bufé de agobio antes de salir del vehículo.

Por suerte, ese mismo caos me brindó la oportunidad de pasar desapercibida y que no fuese tan evidente que, una vez más, llegaba tarde. Desde que Héctor y yo nos separamos, tuve que adaptarme la rutina de buscar a Gaia del colegio, así que alguna vez lo olvidé por completo y muy a menudo llegaba tarde. Sin embargo, por suerte ese día no tuve que aguantar la mirada desafiante de la profesora. Solía esperarme con los brazos cruzados en la puerta junto a mi hija, la cual utilizaba el mismo tipo de mirada que ella, e incluso había adoptado la misma pose de brazos en cruz. Nunca fui una experta en lenguaje corporal, sin embargo, recibía el mensaje encriptado, otro de tantos en los que se me recordaba lo mala madre que era.

Me apresuré, quería acercarme a la verja para poder ser vista y que dejaran salir a Gaia. Mi niña. De pequeña fue un bebé muy adorable, con un bonito pelo rizado igual que su padre, mofletuda y con un precioso lunar bajo el ojo izquierdo, allí donde termina el pómulo. Seguía siendo la misma, bueno, menos en lo de adorable. Supongo que la separación no la estaba llevando muy bien y ya era la segunda vez que nos daban el toque en el colegio por su mala conducta. ¡Y tan solo tenía ocho años!

—¿De dónde saca esa agresividad? —solía preguntarme a menudo, bajo la mirada de incredulidad de su padre.

—¿En serio Mara? ¿No entiendes de dónde la saca? —me recriminaba sarcásticamente Héctor.

Ese mismo día, tras el incidente del semáforo, empecé a entender de dónde.

En cuanto puse un pie en el suelo supe que el zapato de tacón que había elegido de buena mañana para dar buena impresión en esa estúpida reunión, había sido una mala idea. Luchaba por acercarme a la verja, intentando esquivar las afiladas puntas de los paraguas abiertos, pero resultaba misión imposible. Dos veces fue atravesado, enganchado y tironeado mi pelo por esos paraguas que no parecían ser manejados por nadie. La lluvia caía con fuerza y llegar a la verja del colegio estaba siendo una odisea. Tenía los pies empapados y los malditos zapatos decidieron que había llegado el momento de ridiculizarme, como consecuencia de una de mis malas decisiones. Mi furia aumentaba, mientras intentaba mantenerme en pie tras varios resbalones. Siempre me enfadaba, por todo, no sé por qué, hasta límites insospechados, por to-do. Como si no fuera bastante ir sin paraguas, dando patinazos, con el pelo pegado a la cara como si lo hubiera lamido una vaca y el rímel chorreando hasta al cuello, di un traspié que acabó de dar por completado el magistral momento. Sentí que me caía como en las películas, a cámara lenta, sintiendo la vergüenza por adelantado. Ya me veía de bruces en la acera, nada ni nadie iba a percatarse de mi inminente caída hasta que me vieran desplomada en el suelo, perdiendo la poca dignidad que me quedaría tras un *hostión* así. No obstante, como caída del cielo, una mujer me pilló al vuelo, sin dejar de sujetar su bonito paraguas blanco de puntas negras me agarró, tirando de mi brazo hacia arriba y evitando una pésima, dramática y patética caída. A punto estuve de echarme a llorar, después del enfado y un susto de esa magnitud tocaba el llanto, venía en mi manual de instrucciones, el de mujer desquiciada.

—¿Se encuentra bien? —se preocupó la amable desconocida mientras observaba incrédula como se me escapaban las lágrimas, aunque simulaba una sonrisa más falsa que el Gucci que me compré en Marruecos.

Quise decirle que no, que no estaba bien, que estaba estresada, que mi vida era una mierda, que mi trabajo me asfixiaba, que mi hija me odiaba, que era una madre horrible y que mi exmarido me había dejado por una veinteañera de larga melena oscura y puntas de color rosa fucsia y que hoy, después de muchos años había vuelto a ver al hombre de mi vida, exitoso y guapo como siempre. ¿Cómo iba a estar bien? Aunque evidentemente no le dije nada de eso. Me repuse, recobré la cordura, si es que alguna vez la tuve, tomé aire o agua, por qué al intentar inhalar también se me metió agua por las fosas nasales provocándome tos. La mujer no daba crédito a tan pésima estampa. Así era yo.

—¿De verdad que se encuentra bien? —insistió.

Fue entonces cuando la miré intentado no toserle en la cara. Me pareció un hada, o mejor dicho un elfo de *El señor de los anillos*. ¡Dios mío, qué guapa! Era muy alta, con un pelo larguísimo rubio y liso, ojos claros, nariz puntiaguda, piel blanca y labios perfectos. De esas mujeres que se suelen ver en las revistas, de las que no te acabas de creer que existan, pero sí, ahí estaba a mi lado. Parecía una modelo escandinava y yo en ese momento era lo más parecido a Kurt Cobain, hecha un guiñapo. Me sentí minúscula a su lado.

—Estoy bien, gracias —dije, llevándome para atrás con la mano el pelo que se me había pegado a la cara—. Si no llegas a sujetarme tal vez ahora tendría un diente menos —quise bromear y quitarle importancia al ridículo momento.

Debió hacerle gracia y se echó a reír. Para colmo, tenía una bonita sonrisa. ¿En serio? ¿Dónde estaba yo cuando repartieron tanta belleza?

—No, mujer —le restó importancia—, no creo que hubiera sido para tanto. Yo ya he aprendido a ir cómoda —levantó un pie de lado, mostrándome unas bonitas deportivas *Nike* blancas y doradas—. La comodidad es primordial para el cuerpo y la mente. —Noté como si su acento fuera catalán, no obstante, parecía escandinava.

—Qué razón tienes. —Asentí con un movimiento de cabeza—. Me dejaré unas en el coche —afirmé a sabiendas de que era una de esas cosas que jamás haría. La charla con la mujer de anuncio estaba bien, pero no estaba yo para hacer amigas, así que corté por lo sano—. Bueno, muchas gracias por evitar que pierda al cien por cien la dignidad —resoplé—, voy a acercarme más para que mi hija me vea. —Me aparté rápidamente.

—No ha sido nada, solo ha sido un susto... —Ella seguía hablando y yo ya me había dado la vuelta—. Por cierto, mi nombre es...

Y no entendí bien su nombre, no pude oírlo, tan solo oía el impacto de la lluvia sobre mi cabeza. De todos modos, deduciendo que había sido una presentación un tanto caótica y que se había portado muy bien conmigo, antes de desaparecer entre el mar de paraguas agresivos, me di la vuelta y le contesté.

—¡Mara! ¡Yo soy Mara! —grité lo suficiente para que pudiera oírme bien, sonrió y seguí con mi cometido.

Gaia no tardó nada en verme, se lo comunicó a una de las maestras y salió corriendo hacia mí. No esperaba un abrazo, ya que últimamente ese gesto había pasado a ser inexistente entre nosotras, aunque yo lo necesitara como el aire que respiraba. Simplemente se puso a mi lado.

—¿No podías venir con paraguas como todos los padres? —me recriminó, y empezó a caminar esquivando a las demás personas en dirección al coche.

—Se dice: «¡Hola, mamá! ¡Gracias por venir a recogerme el día que no te toca!» —le recriminé sarcásticamente, ya me estaba dejando atrás.

—Gracias... ¿Por qué? —Se giró a mirarme desafiante antes de entrar en el coche—. ¿Por hacer de madre? —sentenció.

Golpe bajo, tocada y hundida. ¿Qué respondía ante eso? La chiquilla tenía razón, y yo, pese a que intentaba no serlo, era una pésima madre, ahora con la perspectiva del tiempo veo claro que sí lo era, y mucho.

Cerró la puerta de un portazo, dejándome nuevamente absorta bajo la lluvia. Mi propia hija me había puesto en mi lugar, con tan solo ocho años, y mi estabilidad mental, si es que algún día la tuve, empezó a desmoronarse, con esas cuatro palabras. Tomé aire de nuevo, últimamente no me llenaba los pulmones, levanté una última vez la vista antes de meterme en el coche y no pude evitar sentir envidia al ver a lo lejos de nuevo ese paraguas blanco de puntas negras. Un hombre alto, al que no hacía falta verlo entero para saber que sería otro prototipo de modelo escandinavo como ella, le sujetaba el paraguas mientras ella le quitaba la mochila a su hija, le daba un fuerte abrazo y se entretenía en asegurarse de que el cinturón estaba correctamente abrochado. Suspiré. Sentí envidia, y diría que no de la sana. Me quedé anonadada como si estuviera viendo un anuncio de televisión, observándolos mientras la lluvia resbalaba por mi cara. Pese a quedar semiocultos bajo ese enorme paraguas, pude deducir con facilidad que, tras cerrar la puerta trasera de la niña, se besaron. Suspiré, y en ese instante algo empezó a no cuadrarme e hizo que se contrajeran todos los músculos de mi cuerpo.

¡Se estaban subiendo a un todoterreno negro! ¡Oh, no! Me vino el flash de la imagen que divisé por el retrovisor cuando lancé el teléfono y el CD. Un hombre alto levantando las manos junto a un todo terreno como ese. ¡Dios mío! Estaba segura de que era ese el vehículo, aunque no acerté a ver si había alguna abolladura en el capó o una picada en la luna delantera. Me puse tan nerviosa que no atinaba a encontrar la maneta de la puerta para introducirme en el monovolumen a toda prisa. Cuando por fin logré encontrarla abrí la puerta y torpemente quise introducirme, golpeando mi cabeza, sin dejar de mirarlos. Mi mente solo gritaba: «¡Mierda, van a reconocer mi coche!». No atinaba a introducir la llave de contacto. Por suerte, Gaia tenía la mirada desviada en la lluvia, para así evitar cualquier conversación y hacerme notar su monumental enfado.

Mientras se acomodaban, arranqué sin dejar de mirar la parte delantera de ese flamante Range Eboque. Estaba aparcado en sentido contrario, así que irremediablemente nos íbamos a cruzar. Soy atea, no sabía, ni sé rezar, pero de haber sabido, ese hubiera sido un buen momento para hacerlo e intentar evitar un escándalo delante de Gaia. No quería que supiera que su madre tenía ataques de locura y lanzaba cosas por la ventanilla, bastante anormal me veía ya. Así que avancé como si nada, intentando no mirarlo a la cara, y así esquivar la situación, hasta simulé silbar. ¡Por Dios, qué ridícula!

Pasé junto al enorme vehículo, no iba a mirar, no debía, pero lo hice, cruzándome así la mirada con ese hombre que iba a dar la última estocada a mi interminable día.

Lo miré, tan solo fueron unos segundos, tal vez dos, no más, lo que tardan en cruzarse dos vehículos opuestos en una calle cualquiera, de un día cualquiera y de dos vidas cualquieras. Dos segundos o dos milésimas de segundo..., no sé cuánto tiempo fue. En ese minúsculo instante, lo reconocí, nos reconocimos, pese a haber pasado tantos años. El hombre que conducía el maldito todo terreno oscuro, del que había huido en el semáforo, del que seguía huyendo, era el mismo del que, paradójicamente, ya había huido en el pasado. Eso acabó por rematar mi día, mi vida, y sí, ahora sí que podía decir que estaba, oficialmente, TOCADA Y HUNDIDA.

2
El teléfono fijo

No hablamos más en todo el trayecto a casa. Ella cabreada y yo prácticamente en shock.

Ese día a Gaia le tocaba estar con su padre, pero Héctor siempre se las ingeniaba bien para no cumplir con sus obligaciones, sacarme de las mías, romperme los esquemas, hacerme salir a toda prisa y que, encima, pareciera que todo era culpa mía. ¡¿Cómo no iba a querer partirle la cara?! ¡¿Y cómo no iba a necesitar yoga o un *Trankimazin* de dos kilos?! Gaia lo veía como a un superhéroe. Si su padre llegaba tarde a buscarla o sin paraguas, se les echaba a los brazos y ya está, sin embargo, si lo hacía yo, me escupía un reproche y dejaba de hablarme sin más.

No obstante, en esos momentos, había dejado de preocuparme por sus reacciones, ya que, hiciera lo que hiciera, de su parte solo iba a recibir reproches, malas caras y a punto estaba de empezar con algún insulto. Me detestaba y no podía hacer nada ante eso. Esa frustración hacía que mis reacciones no fueran mejor que las suyas, mantenía una guerra constante con una niña de casi nueve años y, claramente, ella siempre la tenía ganada, aunque el daño era a partes iguales.

Nada más llegar a casa, Gaia se atrincheró en su habitación. Hasta que no saliera una sentencia firme de nuestra separación, ella y yo seguimos viviendo en esa enorme casa. ¿En qué momento me había parecido una buena idea comprar una casa tan grande? ¿Con qué intención, si no pensaba tener más hijos? ¿Y por qué no dejé que se la quedara Héctor si la hipoteca era casi impagable? Vivía desconectada de la realidad y de lo verdaderamente importante. No me hacía falta esa casa, ni una empresa de *catering* de alto *standing*, ni un monovolumen a todo lujo (el cual detestaba), ni un marido florero, que al parecer habría su flor con todas menos conmigo... No necesitaba nada de eso, tan solo necesitaba ser yo, y había llegado ese momento en que necesitaba recuperarme a mí misma, apenas quedaba nada de la Mara que siempre había soñado ser.

Roque vino a saludarnos con toda su efusividad, aunque Gaia ya estuviera en su búnker, él venía como loco moviendo la cola, buscándola. Ese bonito y adorable labrador llevaba con nosotros nueve años. Solía llamarlo rubio, por su pelaje, aunque su nombre fuera Roque, Gaia odiaba que lo llamara así. Siempre atendió a los dos nombres, a Roque y a rubio, siempre fue el mejor perro del mundo. Me lo regaló Héctor el mismo año en que me quedé embarazada, digamos que fue nuestro primer experimento como padres, y lo peor de todo es que creímos que lo haríamos bien. ¡Qué ingenuos y enamorados estábamos!

Quise hacer un último intento por acercarme a Gaia, le subí a la habitación una pizza recién sacada del horno, su favorita, la de atún, sobre todo, sin cebolla. Un detalle como ese podría mandarme al paredón. Así que le solía encargar las pizzas precocinadas en su pizzería favorita y se las congelaba para ocasiones especiales, que últimamente venían siendo todas, ya que intentaba comprar su amor de la manera que fuera. Gaia la recibió con desprecio, pero sé que en el fondo le gustó el detalle, porque, pese a cerrar con un ruidoso portazo y dejarme con el alma hecha pedazos, susurró un «gracias» desde el otro lado de la puerta. Suspiré y articulé una media sonrisa, me reconfortó creer que no todo estaba perdido. Tenía que hacerlo mejor, pero no tenía ni la más remota idea de cómo.

Me serví una copa de vino, tal vez dos, y hasta diría que una tercera también. No tenía mi teléfono móvil, me sentía desnuda sin él, tenía que dejar de ser tan temperamental, estaba más que claro. Abrí mi portátil y contesté a todos los correos. Héctor odiaba que continuara trabajando en casa, yo no entendía por qué.

—Mara, se acabó tu jornada. Estás en casa, tienes una hija, un marido y un perro —me recriminaba con toda la razón del mundo.

—Lo sé, pero debo pasar presupuestos, no puedo perder estos clientes. Héctor —solía ponerle ojitos—, dame diez minutos. Te lo recompensaré luego. —Le guiñaba un ojo, con una falsa propuesta de sexo y me salía con la mía.

Cuando subía a la planta de arriba, Héctor dormía en la habitación de Gaia abrazado a ella. Yo me limitaba a apagarles la lámpara de lava del escritorio, sintiéndome una mala madre y esposa, les besaba la frente y los dejaba descansar en paz. Me tomaba una pastilla para dormir y seis horas después volvía a estar en pie.

Nuestro matrimonio hacía tiempo que había dejado de funcionar, no obstante, pasearme por esa casa sin Héctor me llenaba de tristeza. En el baño seguía su cepillo de dientes, todas sus cosas seguían ahí seis meses después de que él se marchara. Y lo echaba de menos, jamás se lo dije, ni lo reconocí, pero echaba de menos su presencia, sus rutinas, sus zapatos alineados meticulosamente, el olor de su *aftershave*... Esas eran las cosas que yo añoraba, la comodidad de nuestra vida, la misma que al parecer a ambos nos acabó por hacer infelices.

—¿Qué es ese ruido? —solté la copa de vino y me mantuve quieta afinando el oído e intentando asimilar lo que oía.

¡El teléfono fijo! Ni recordaba que tuviera en casa un teléfono fijo. Así que salí a toda prisa en busca de él, no sin antes tropezarme con todas las sillas de una enorme mesa que presidía el comedor y la cual aun brillaba como nueva del poco uso que le habíamos dado.

Contesté con desconfianza.

—¿Sí?

—¡¿Se puede saber dónde mierda llevas el puto teléfono móvil?! —Era Mireia, sumamente enfadada.

—¡Eh! Tranquila, Miri. Relaja ese vocabulario. He tenido un día espantoso.

—¡Tú siempre tienes un día espantoso! Pero eso no te exime de contestar un triste mensaje o dejarme un audio de voz diciéndome que estás viva. Si no llegas a coger esta llamada al fijo, te juro por lo que sea que me presento en tu casa y tiro la puerta abajo —hablaba agitada.

—No dramatices, Mireia, no ha sido para tanto. —La oí resoplar—. He perdido el teléfono móvil —mentí piadosamente—. Además, si siempre eres tú la que desparece un par de días sin decir nada cuando tienes un ligue nuevo —le quise girar la tortilla.

—Ya, pero por una buena causa. Porque estoy teniendo sexo y siendo feliz momentáneamente —ironizó—. Pero digamos que tú vas escasa de ambas cosas. ¿Qué quieres que piense? ¡Pues que te ha pasado algo! Que le has prendido fuego a tu Volkswagen Touran, o que te han metido presa por darle un par de guantazos al primero que te haya pitado en un semáforo, o por conducir ebria, o con el teléfono en la oreja...

—¡Miri! —la corté.

—A ver... —Hizo una breve pausa—. ¿Qué es más probable? ¿Que hayas desaparecido porque estás teniendo una aventura con el bombero sexy del calendario, el del mes abril, por ejemplo, o que haya pasado cualquier cosa que acabo de exponerte? —Esperó victoriosa mi contestación.

—Está bien, tú ganas.

—¡Lo sabía! ¿Qué has hecho esta vez?

Resopló.

—El teléfono me estaba volviendo loca y ¡por Dios!, esa musiquilla de flautas, ¡nunca más! La combinación de ambos fue como un cóctel molotov, no tuve más remedio, lo pedían a gritos. Así que ambos salieron por la ventana.

—Nooooo —soltó una carcajada enorme.

—Sííí, lo peor no es que me deshiciera de ellos, que no debería haberlo hecho, lo sé. Lo peor fue que lo tiré con tanta rabia y tanta mala suerte que impactó en el coche de al lado. —Oí como se le escapaba la risa nuevamente—. Ríete, que lo mejor aún está por llegar.

—¿No me digas que te bajaste y a este fue al que le diste dos guantazos?

—¡Nooo! ¿Qué dices? —me reí—. Menos mal que no hice eso. La cosa es que el conductor se bajó y vino a pedir explicaciones, y yo, en vez de actuar como un ser racional, me marqué un *Telma y Louis* —lo cierto es que explicándolo hasta a mí me hacía gracia.

—¿Te persiguió? —más risas—. ¡No me lo puedo creer!

—No, no creo, no sé... Tal vez conduzca un monovolumen, pero en ese momento me sentí Fernando Alonso. —Reímos juntas.

—Mara... —bajó el tono de la conversación.

—Dime.

—Debes buscar ayuda. —Hizo una breve pausa que me pareció una eternidad—. No te lo tomes a mal, pero un día de estos no nos reiremos de algo así.

—No más yoga, ni flautitas, por favor —supliqué—. Sé que tienes razón, Miri, no sé qué me pasa.

—Tengo una idea. —No contesté a esa frase porque sus ideas y las mías suelen ir en la misma línea—. Vamos a dejar las clases de yoga del señor Frederich, empiezo a tener pesadillas con el culo de ese hombre de setenta años. —De nuevo me arrancó la risa—. Han abierto un centro de meditación y otras muchas artes, todas basadas en las energías. Está cerca del parque del Retiro, hasta incluso algunas clases las hacen ahí mismo al aire libre, creo que deberías ir, yo te acompaño. He visto un video promocional, hasta hacen retiros espirituales lejos de la realidad de cada uno, en pueblecitos, que creo que es lo que te viene haciendo falta.

—¿Un retiro espiritual? ¿Yo? ¿Por quién me tomas? ¿A estas alturas quieres que me convierta en un *perroflauta*?

—¡Mara, por favor! ¡Abre la mente! ¿Es que no te ves? ¿No ves tu vida? ¿Qué estabas haciendo ahora mismo? —Miré la copa de vino, pero no contesté—. Hazme caso, yo iré contigo... —su voz era casi una súplica. Supe que era importante para ella que cediera, total, no tenía nada que perder.

—Vale, no prometo nada, pero podemos acercarnos a pedir información y de camino me compraré un teléfono.

—Dos.

—¿Dos qué?

—Dos teléfonos, Mara. Necesitas dos teléfonos. Debes empezar a separar tu vida personal de la profesional. Hazme caso.

—De acuerdo, pesada. Mañana mismo compro dos. ¿Qué tal tu día? —desvié el tema.

Mireia se entretuvo en contarme su día, hablaba como si no hubiera hablado con nadie en años. Menuda paradoja, ya que, aunque no lo parezca, era, y es psicóloga, de puertas para afuera, como siempre le digo. Es buena para escuchar y aconsejar, pero luego cuando toca aplicárselo a ella misma, la historia cambia. No es nada ambiciosa, ni siquiera tiene su propia consulta, se conforma con trabajar en un centro médico, no aspira a más. Mireia es de las que creía que su mente ya estaba suficientemente cultivada intelectualmente y que, con treinta y ocho años, había que cultivar otra cosa o la madre naturaleza la dejaría en el grupo de las mujeres invisibles. Así que, sagradamente solía empezar el día en el gimnasio, antes de ir a trabajar, antes incluso de desayunar. Últimamente le había dado por todo ese tema de las energías, utilizaba palabras como zen, yoga, reiki... Yo no estaba para esas cosas, sin embargo, ella tenía la necesidad de arrastrarme a su lado, a ese nuevo mundo.

Claro está, que mi vida y la de Mireia eran totalmente opuestas. Ella no tenía responsabilidades, continuaba soltera a la espera del hombre ideal. Era muy enamoradiza, pero se enamoraba con la misma rapidez que dejaba de estarlo. Se acostaba con hombres cada vez más jóvenes, era adicta a las redes sociales, y vivía un poco en desacuerdo a su edad. Pero ¿quién era yo para juzgar tal cosa? Cuando en realidad, esa actitud desenfadada ante la vida era lo que la hacía tan especial. Suerte tuve de ella en esa época, aunque no voy a negar que en ocasiones me hubiera gustado tirarla por la ventanilla también.

—Mara, lo pasaremos bien, verás que te sienta genial.

—Que sí, pesada, no tienes que convencerme más.

—Seguro que hay algún hombre de culito sexi, no como el del señor Frederich.

—Pobre hombre, deja su culo en paz —le recriminé.

—El caso es que no vengas con ese chándal de madre cuarentona, que te conozco.

—¿De qué hablas? —le reproché, indignada—. ¡Es mi ropa de deporte!

—¡Lo era en los noventa! —«Ya estamos», pensé poniendo los ojos en blanco—. Hazte un favor, Mara —hizo una pequeña pausa—, ve al armario, busca el chándal, mantenlo doblado con delicadeza, bájalo hasta el jardín y… ¡Quémalo!

Llené de nuevo mi copa de vino mientras me reía ante su insistencia por renovar mi vestuario deportivo. Dejé que me hablara de un par de webs donde podía comprar unos *leggins* decentes, hasta que me decidí a interrumpirla, había dejado de escucharla, mi mente se había ido a otro lugar. Levanté la copa y la moví en círculos, observando el color rojizo del vino, le di un trago más y solté la bomba:

—Miri, tengo que contarte algo… —Ella no dejaba de parlotear.

—Miri, ¡para un momento! —Hizo caso omiso a mi petición—. ¡¡Miri!! —le grité, esta vez captando su atención.

—¡¿Qué?!

Tomé aire.

—Hoy he visto a Thiago.

3
Decisión de mierda

Empezaba a ser algo rutinario levantarme con resaca. Por alguna razón que desconozco, todo lo convertía en rutinas. Tal vez tuviera que ver con mi obsesión por el control, no me gustaban las sorpresas, prefería tenerlo todo organizado y planeado, creía que era la única fórmula para que todo fluyera con normalidad. Menuda gilipollez, ¿verdad? Solo hacía falta echarle un ojo a mi vida para darse cuenta de que tanto orden, tanta organización, no había servido de mucho, ya que mi organización era relativamente caótica, como yo, menuda paradoja.

Creo que los paseos matutinos con Roque siempre fueron el mejor momento del día. El animal no me juzgaba, ni le importaba que llevara ese chándal, o que tuviera resaca. Era lo primero que hacía al despertar. En cuanto ponía un pie en el suelo, él mismo me esperaba en la puerta de la verja con su correa en la boca. Paseábamos en silencio, tan solo oyendo los pájaros y algún que otro vecino abriendo la puerta de su garaje. Sí, sin duda era el mejor momento del día.

—Buenos días, mamá —su voz serena recién levantada y sin un ápice de odio me llenó el alma.

—Buenos días, princesa. —contesté, feliz.

—No me llames princesa, ¿cuántas veces te lo he dicho? —El demonio había vuelto.

—Pero…

—No vuelvas a hacerlo delante de mis amigas —me reprochó.

—Esto… —Adiós a la magia del despertar felices—. Mientras seas mi hija, serás mi princesa —sentencié—, independientemente de la edad que tengas. —La miré desafiante.

—Ojalá no lo fuera… —lo dijo con un hilito de voz apenas inaudible, pero que oí perfectamente y preferí no contestar. Me odiaba, esa era la realidad.

Le había preparado esas tortitas que tanto le gustaban, que no dejaban de ser crepes redonditas muy esponjosas en las que untábamos Nutella, mucha, más bien era Nutella con tortitas. A las dos nos chiflaban, era de las pocas cosas que compartíamos, así que me aferraba a esas tortitas como hilo conductor hasta ella. No era buena cocinera, lo reconozco, era pésima, y ese día no iba a ser menos. No se percató de mi desastre, pero cada vez que se metía una tortita en la boca yo rezaba para que no notara el saborcito a quemado de la parte inferior. Por suerte la crema de avellanas bloqueaba cualquier otro sabor.

—¿Por qué me miras cuando como? Ya no soy un bebé —otro reproche, aunque en realidad lo que miraba era el negror de la tortita quemada por la parte de debajo.

—No, por nada —disimulo—. Estaba pensando una cosa… —Me miró con cara de «no, por favor»—. Esa niña… —Hice una pausa, captando su atención—. La rubita de pelo liso —no sabía cómo describirla—, la que tiene una madre tan guapa…

—¿Te refieres a Bianca? Es la única que tiene una madre tan guapa. —Me sentí como si me clavaran una lanza.

—¿Es nueva?

—No. Hace más de un mes que se mudaron, vienen de Italia. —Observó mi reacción—. Ni lo sabías, ¿verdad? —espetó, mientras masticaba con la boca abierta.

—¿Un mes? —Me sorprendió, estaba más que claro que no lo sabía—. ¿Y cómo es que no la había visto antes? —intenté salvar la situación.

—¿Por qué siempre llegas tarde? ¿Por qué no viniste a ver la obra de teatro que hicimos? ¿Por qué no me llevaste tú a la fiesta de su cumpleaños?

—Gaia... —Hice una pausa buscando alguna excusa para todo en general, pero no la encontré—. Lo siento, te he pedido perdón mil veces. Ya sabes que...

—Sííí —puso los ojos en blanco—, te surgió un imprevisto en el trabajo, como siempre. Tampoco contaba con que vinieras.

Tomé aire y quise correr un tupido velo.

—¿Entonces esa tal Bianca es italiana? —seguí investigando—. Sí, se llama Bianca Lombardi —oír ese apellido fue otro revés—, pero habla español muy bien. Su padre es italiano y su madre es catalana.

—Pues no parece española esa mujer —fue un pensamiento en voz alta.

—Papi dice que hacen vinos muy buenos.

—¿Cómo? ¿Tu padre ha probado sus vinos? —No daba crédito.

—El papá de Bianca regaló un vino a cada familia en la fiesta.

—¿Y por qué no me lo diste a mí? —insistí.

—Porque se lo dio a los padres que asistieron al cumpleaños y porque papi dice que bebes mucho vino y se lo quedó él.

—¿Que dijo qué? —Me salía la furia por los ojos, pero intenté mantener la calma—. Tu padre es un poco exagerado —contesté con el ojo titilando de rabia.

—No, no lo es —sentenció, mientras se ponía la mochila del colegio—. ¿Me dejas llamar a papi?

—No tengo teléfono, ayer se me rompió.

—¿Se te rompió o lo rompiste? —Supo que le mentía.

—Es una larga historia. Anda, súbete al coche o llegaremos tarde.

—Para variar... —soltó sarcásticamente por lo bajo, mientras me adelantaba para llegar antes al vehículo.

Esta vez intenté conducir con calma, sin alterarme por nada, ni siquiera por el idiota que había torcido a la derecha sin intermitente, ni por el poca vergüenza que se había cambiado de carril forzando un hueco entre dos coches donde no lo había, ni por la loca que se creyó que no molestaba a nadie descargando niños con los cuatro intermitentes entorpeciendo todo el tráfico... ¡Mira que me lo ponen difícil, carajo! ¿Qué le pasa a este mundo? ¿Es que nadie circula con normalidad? Intenté llegar como una madre normal, sin altercados, ni alzando la voz, ni tocando la bocina, que era lo que más me apetecía hacerle al del Seat Ibiza de delante, el cual tardaba mucho en arrancar en los semáforos. Así no se puede ser una madre *happy flower*, no, no con tanto zoquete suelto. ¡Si es que esto no hay yoga que lo remedie!

De igual modo intentaba que no se me notara el desquicio matutino que empezaba a invadirme. Y es que no era para menos. Acababa de descubrir que mi exnovio, el único hombre con el que no había conseguido pasar página, se había mudado a Madrid. Su hija iba a clase con la mía. Una preciosa niña que llevaba el maldito nombre que siempre habíamos soñado ponerle a nuestra futura bebé, esa que nunca tuvimos. ¿En serio no había otro nombre? Sin duda él sí había pasado página, y qué mejor manera de hacerlo que con una altísima mujer que parecía una modelo escandinava y con la que compartía esa bonita vida y ese negocio que también habíamos proyectado juntos en nuestro noviazgo.

Ambos habíamos cambiado y evolucionado, relativamente, yo siendo una neurótica infeliz, y él, en su línea. Por lo menos él sí estaba viviendo nuestra vida, tal y como la habíamos soñado, con el pequeño detalle de que ella no era yo. Y yo... estaba rabiando como una mona, con un matrimonio fallido, una hija que no derrochaba precisamente amor y un negocio el cual había dejado de apasionarme. Y todo porque mi maldito complejo de inferioridad un día me hizo tomar la decisión de dejarlo. Sí, lo dejé, dejé a un hombre como Thiago Lombardi. Si es que... Gran decisión de mierda. Lo mío nunca fue la toma de decisiones.

—Esto no funciona, Thiago, somos demasiados diferentes —me excusé.

—No digas tonterías. Nos completamos perfectamente, *amore*. —Intentó abrazarme y yo me escabullí.

—No quiero pasarme la vida teniendo que demostrarle a tu familia que encajo en vuestro mundo y que soy algo que no soy.

—Tú no tienes que demostrarle nada a nadie —añadió preocupado.

—Mírate, Thiago, y mírame a mí. Ni siquiera he acabado los estudios, soy una triste camarera. —Se me inundaron los ojos.

—*Amore*, ven aquí. —Quiso sentarme en su regazo, pero no accedí, me quedé con los brazos cruzados dándole la espalda—. Saldremos adelante, tendremos nuestros propios viñedos, tendremos nuestra empresa. ¿Qué más da que tengas estudios o no?

—¡Tú no lo entiendes! —le recriminé enfadada—. Serán tus viñedos, los de tu familia, esa que me detesta, todo cuanto hagamos será por ti... —empecé a balbucear—. ¿Qué aportaré yo a lo nuestro? ¡No tengo nada! ¡Por Dios, vivo en Malasaña y de alquiler!

—¿Qué más da de dónde seas o dónde vivas? —Empecé a notar su enfado—. ¿Qué mierda intentas decirme? Háblame claro... —Se frotaba la cara con ambas manos.

—Quiero que lo dejemos —sentencié con las lágrimas ya rodeando mi mandíbula.

—No me lo puedo creer, otra vez con lo mismo. —Me lanzó una mirada de rabia—. ¿Vas a dejarme? —No contesté, era evidente—. Si vas a dejarme, por lo menos dame una excusa convincente. —Lo notaba tan enfadado que me costaba mirarlo a la cara.

—Necesito crecer como persona, no lo entiendes, hacer cosas por mí misma, no quiero ser el complemento de nadie.

Hubo un silencio incómodo, tan solo lo oía sacar aire con fuerza de manera agitada por las fosas nasales. Supongo que necesitaba ordenar las palabras con las que contestarme. Suspiró, pude notar como en ese mismo instante se rompió lo que fuera que nos unía, con ese suspiro de resignación. Esa misma discusión la habíamos tenido muchísimas veces, jamás logré que me entendiera.

—De eso se trata el amor, Mara, de complementarse —su voz ya sonó apagada.

—En ese caso, tal vez esto no sea tanto amor como nos creemos. —Pude oír como se le paraba la respiración—. Estoy confundida, es que, no sé... —Dudé si decirlo, pero lo dije—. No sé, no sé si esto es lo que quiero... —mentí, y lo partí en dos, lo sé, porque yo me partí de igual manera. Quise que no sonara a una ruptura definitiva, aunque lo fue—. Thiago —intenté sujetarlo por el brazo, pero no dejó que lo tocara—, creo que no estamos preparados, ambos merecemos no estancarnos, merecemos otra oportunidad.

Yo tan solo quería estar a su altura, sin sentirme tan inferior, pero también sabía que eso iba a ser imposible, no a corto plazo, y mucho más imposible habría sido intentar que lo entendiera.

—¿Preparados? —se rio sarcásticamente—. Te equivocas, Mara. —Me miró desafiante y señaló con su dedo índice a las baldosas que separaban nuestros pies—. Este, era nuestro momento —sentenció dolido y se marchó.

4
Odio tu bonsái

Recuerdo perfectamente el momento en que cerró la puerta y desapareció. Sentí como si el piso entero se desmoronara bajo mis pies, mucha presión en el pecho y empezó a dolerme la garganta como si se me hubiera atragantado una enorme piedra y no me dejara gritar. No podía llorar, no podía gritar, me quedé como en estado de shock, porque sabía que, esa vez, se estaba yendo de verdad. Quise salir corriendo detrás de él, pero no lo hice, mi cerebro no atinó con la orden y mis pies no se movieron. Se fue, pero se fue de verdad. Volvió a Italia con su familia, ni siquiera volvió a por las cuatro cosas que había suyas en mi piso; la discografía de The Credence, un cepillo de dientes, unas babuchas árabes que le regaló Amin, un amigo marroquí del barrio, una camiseta del Inter de Milán y un maldito bonsái que me daba bastante trabajo, el cual yo misma le había regalado y que aún cuidaba quince años después. Como es habitual en mí, me arrepentí a los dos días, que digo a los dos días, al instante, pero ya había desaparecido de mi vida, le rompí el corazón, y no había vuelta atrás. No hubo manera de contactar con él, su teléfono había dejado de existir, no tenía redes sociales y ninguno de sus amigos de Madrid quiso facilitarme nada.

Así de fácil desaparece una persona de tu vida, se da media vuelta y se va, punto, adiós muy buenas, *ciao*, *ces't fini*. Aunque básicamente lo eché yo, pero su decisión fue muy drástica; esfumarse. Pese a ello, sé que en realidad esas eran las excusas que utilizaba para autoengañarme. Ya que conocía el nombre del pueblo italiano de sus padres, y de haber querido, tenía un punto de partida por donde empezar a buscarlo, pero no lo hice, no debía hacerlo. Me prometí a mí misma que no volvería a acercarme a él hasta que no fuera una mujer de provecho. ¡Qué ilusa! ¿De provecho? ¡Qué pardilla! Si es que... Las cosas, con la perspectiva del tiempo, pueden hacer que las veas con la suficiente claridad como para dictaminar. ¡Qué fui una gilipollas de cuidado! Así que, tras su marcha, junto con la etapa del duelo y superación, de la relación más estable y bonita que jamás había tenido, me puse a estudiar nuevamente y empecé a construir lo que quería ser. No lo hice muy bien, pero lo hice. Un día me levanté, corrí un tupido velo, asumí mi error y me propuse empezar de nuevo y así lo hice.

Pasé una etapa muy dura. Cuando provienes de una familia tan desestructurada como la mía, algo tan sencillo como pagar unos estudios puede parecer una odisea, no obstante, yo lo hice, dos veces, primero pagué los de mi hermana pequeña y después los míos. Mi padre era mecánico, en su época fue bueno, de los mejores y muy bien valorado, pero también fue alcohólico y jugador de cartas. Vivíamos en una especie de montaña rusa económica, y no solo eso, un día comíamos marisco y otro no teníamos ni para pan y había que dejarlo fiado en la panadería. Mi madre fue una mujer depresiva con trastornos de personalidad, dar amor tampoco fue lo suyo, no la culpo, lo mires por donde lo mires, vivir con ese panorama, no es apto para todas las mentes. Yo lo entendí y decidí coger las riendas y rol de madre con mi hermana pequeña. Mis dos hermanos mayores se marcharon a vivir a Alemania en cuanto pudieron, Julián está en un centro de desintoxicación por cuarta vez, repitiendo patrones, sin aceptar ayuda de nadie, dejándonos a todos con un aplastante sentimiento de culpa, por no haber podido hacer algo más por él, y el otro, Leo, vivía felizmente aislado como un hippie en la montaña con su mujer, sus cuatro hijos y sus cabras. Era mi ídolo, ojalá yo hubiera hecho eso, seguro que me hubiera ido mejor. A mi hermana pequeña, Ana, la crie básicamente yo, aunque tan solo nos lleváramos un año y medio, siempre estaba bajo mi protección. Ahora Ana vive actualmente en Barcelona con Elga, su novia, ambas trabajan en una editorial muy famosa, al final me hizo sentir orgullosa. La obligué a estudiar, lo mío me costó, Ana siempre fue una joven muy rebelde. Le pagué la universidad y a punto estuve de dejar de hacerlo, me tenía muy harta con su mal carácter y rebeldía, cuando de la noche a la mañana inexplicablemente sentó la cabeza y empezó a traer unas notas increíbles. El último año en que se graduaba fue el mismo que dejé a Thiago. Me presenté a la graduación con los ojos hinchados de llorar, para más inri hay unas horribles fotos que me lo recuerdan todavía hoy en día.

El guapísimo de Thiago provenía de una familia de bien, adinerada y con tierras. Tan solo tenía un hermano y ambos habían estudiado buenas carreras, aunque él, aparte de tener un cerebro prodigioso, también fuera un loco soñador y soñara con adentrarse en el mundo del vino, como su abuelo paterno. Conocí a Thiago en el bar donde trabajaba. Le tiré un café ardiendo encima, típico de mí, y no porque fuera mirando a otro lugar, no, lo miraba justamente a él mientras me acercaba con su taza. Estaba de pie junto a una de las mesas altas y evidentemente, era fácil que su belleza digna de un dios griego, sobresaliese de entre el resto de los mortales. Os voy a poner en contexto, se parecía a

Henry Cavill, y no es broma, cuando miro las fotos de esa época, era clavado al nuevo Superman, creo que con eso ya lo he dicho todo... Tan moreno, tan alto y tan guapo. Sin embargo, no estaba yo para italianos, de hecho, los detestaba bastante, solían tener muy mala fama, así que intenté no dejarme apabullar por el hipnótico pestañeo de esos ojos claros. Y no lo hice, eso sí, cuanto más me acercaba menos podía dejar de desviar la mirada a su entrepierna. ¡Llevaba la bragueta abierta! Y eso, le quita glamur hasta el mismísimo Brad Pitt. Así que yo me acercaba mientras él me miraba como si en vez de traerle un café le trajera un plato del más exquisito caviar, lo esperaba con ansias.

Yo, conforme me acercaba no podía dejar de mirarlo, bueno, a él y a su entrepierna. Tuve que rectificar la mirada muchas veces, las suficientes hasta que él se dio cuenta, y lo hizo justo en el momento en que apoyaba el café en la mesa. Así que con un gesto rápido y brusco quiso subirla, pero yo estaba demasiado cerca, desestabilizó la mesa, mi brazo y creo que todo el planeta. El café se tumbó de lado y curiosamente fue a salpicarle ahí, en ese punto que había acaparado mi atención, la situación no podía ser más patética, cómica e incómoda. Y lo peor no fue eso, no, porque conmigo cerca, lo peor siempre estaba por llegar, así que por instinto saqué el trapo que llevaba en el delantal ¡y quise limpiarlo! En cuanto puse la mano sobre su bragueta mojada supe que no había sido una buena idea, la retiré con rapidez y me sonrojé y acaloré como si fuera un volcán. Él no dijo ni mu, tan solo me miró con los ojos bien abiertos, sumamente sorprendido. ¡Quería morirme! No supe qué hacer, así que me di media vuelta sin articular palabra y corrí a toda prisa a esconderme en el almacén. Más de media hora le costó a mi jefe que saliera de ahí. Y así conocí a Thiago, nada de romanticismo, ni el típico yo lo miré, él me miró... nada de eso. Tirándole un café en sus partes más delicadas. Si es que tengo un estilo único para ligar. Él, tras cambiarse de pantalón volvió con un chubasquero puesto a modo de broma y así restarle importancia a lo sucedido, me invitó a tomar una cerveza a la salida de mi turno y antes de bebérmela del todo, creo que ya estaba loca por sus huesos y ansiosa por descubrir si el café le había provocado alguna quemadura.

Así nos conocimos, fue un amor de esos explosivos, intensos y pasionales. Pasábamos todos los ratos libres juntos, teníamos buen sexo (muy buen sexo), proyectábamos sueños y era adicta a sus masajes, tenía unos dedos larguísimos, y al olor peculiar que tenía detrás de las orejas, era mi olor favorito en el mundo.

Todo iba bien, lo bien que puede ir cuando dos jóvenes enamorados están en la fase de conocerse. Poco hablábamos de nuestro pasado, más bien nos dedicábamos a mirar al futuro, hasta que empezó a ofrecerme ayuda para pagar el alquiler o pagar la cuota del crédito de la universidad de Ana. Ahí empecé a darme cuenta de que él nunca me había hablado de su familia, poca cosa, básicamente no sabía nada de él, así que empecé a indagar y a sonsacarle información. Acepté un par de veces su ayuda, hasta que comprendí que ese dinero, del que vivía, con el que me ayudaba, con el que pagaba su año sabático en España, no era su dinero, sino de su familia. Él había tenido una vida fácil, con una familia estable, con dinero, con estudios, con éxito. Sentía como que en los casi dos años que mantuvimos de relación lo arrastraba a mi lado, yo siendo un nido de problemas, endeudada hasta las cejas, siendo camarera y sintiéndome tan sumamente inferior. De haber dejado que lo nuestro continuara habría matado nuestro amor, con mi amargura y mis ansias por ser alguien más. Diferente hubiera sido que hubiera vivido esa situación con Ismael, mi exnovio, que era del barrio y pintor, pero no de cuadros, sino de brocha gorda. No obstante estar con un hombre como Thiago me exigía internamente querer ser alguien más. No quería aceptar su ayuda, no podía, ni la de él, ni la de nadie.

En su momento creí que había hecho lo correcto, y que él merecía algo más. Pero… ¿lo correcto para quién? Le había partido el corazón y había apartado de mi lado a un hombre de bandera que me hacía feliz tan solo con el simple hecho de respirar a mi lado. Perdí lo esencial, desvié mis intereses en la vida, tan solo me centré en ser alguien, tener más, ser más… ¿Más que? Menuda idiota fui.

El portazo de Gaia al bajarse del coche de sopetón me sacó de mis pensamientos autocompasivos. Ni un beso, ni un «adiós», ni un «te quiero, mami…». Me la quedé mirando embobada mientras entraba junto a sus amiguitas. ¿En qué momento había crecido tanto? Disfruté viéndola cuchichear y reír, hasta que un par de pitadas ensordecedoras me sacaron de mis casillas.

—¡Qué ya voy! —lo reconozco, me había aparcado en la zona del bus escolar.

Miré por el retrovisor mientras arrancaba el coche y para mi asombro no era el bus el que me había tocado la bocina dos veces. Un flamante Range Eboque de color negro intentaba captar mi atención a pitadas.

5
El karma

Al entrar en la oficina Gustavo me esperaba con la agenda en las manos, y cuando digo agenda me refiero a una Tablet en la que me había cubierto todos los huecos de las horas en varios colores, mientras me ponía al día del panorama actual. Yo venía pensando en lo mío, «Esto es el karma, vale, lo acepto, quiere darme en toda la cara, pero no se lo voy a poner fácil». Había hecho caso omiso de las pitadas del todo terreno, una vez más salí huyendo, chirriando ruedas, rezando para que no me persiguiera y para que Héctor no volviera a llamarme para recoger nuevamente a la niña. No quería volver a acercarme al colegio esa última semana de clases antes de las vacaciones.

—Buenos días, Mara, acabo de hablar con los del evento de telefonía móvil —me abordó mi ayudante tras poner un pie en la oficina—, la feria se ha adelantado una semana, no sé cómo lo vamos a hacer. —Seguía sin escucharlo—. ¿Crees que podríamos repartir el personal? Quizá tengamos que contratar a alguien más. —Hizo una breve pausa—. Otra cosa, el cocinero y su ayudante han dimitido, dicen que ya es la segunda vez que no cobran la nómina a tiempo y nos acusan de no ser serios... —Esto sí que lo oí, pero me parecía otro castigo más del karma, con lo cual no dije ni mu, tan solo me dediqué a llevarme la mano a la cara y sujetarme le puente de la nariz con dos dedos—. Mara, ¿qué hacemos? ¿Puedes hablar con ellos? Porque los has pagado, ¿no? —Seguí caminado hasta mi despacho—. Pero, Mara, ¿vas a decir algo? —Me miró sumamente preocupado.

—¡El karma, el puto karma! —apunté antes de cerrarle la puerta en los morros.

Gustavo era mi mano derecha, un chico argentino de veinticinco años, todo un crack organizando eventos. Siempre me había dedicado a organizarlo todo yo solita, a él lo utilizaba para llamar y concretar cosas puntuales, traerme café y esas cosas. Lo contraté a sabiendas que su currículum era más falso que un billete de siete euros. Supe verle el don de gentes enseguida, no sé, le vi algo especial, supe que valdría para ser mi mano derecha, su acento y su trasero respingón fueron puntos extra para la toma de decisión de darle una oportunidad y no me defraudó. Últimamente le había cedido un par de eventos pequeñitos, una boda íntima y un cumpleaños infantil. Lo había supervisado todo, pero el chaval se las había apañado de lujo sin mí. Me sorprendió gratamente. Por eso le pagaba bien, me gustaba, su labia, su eficacia, su poder resolutivo y porque era terriblemente sexy. ¿Y qué pasa cuando tienes un ayudante joven, divertido, sexy, que te idolatra y tú estás más sola que la luna, amargada y despechada? Pues eso mismo que estáis pensado. La última vez que hicimos un evento en una casa rural de la sierra, donde habíamos organizado una macro boda y donde, por cierto, ganamos mucho dinero, la emoción se nos fue de las manos y acabamos teniendo sexo como adolescentes en el granero que nos habían cedido para guardarlo todo. Se nos fue de las manos.

Fue una mezcla de euforia, de satisfacción al ver que todo había ido bien, de alcohol y de sentirme más sola que Rapunzel. Eran las dos de la madrugada cuando acabábamos de recoger todo ese escenario y las sobras del *catering*. Cuando después de un par de halagos lo pillé mirándome el culo. Lo miré, estaba eufórico y no escondió su deseo mordiéndose el labio inferior, eso me puso a mil. Eché un vistazo rápido, comprobé que no había moros en la costa y me lancé a probar el sabor de esos jóvenes labios. Al final creo lo deseaba yo más que él, o, mejor dicho, lo necesitaba yo más que él. Follamos de pie contra la furgoneta, fue de lo más excitante que había hecho en años. Me sentí poderosa, deseada y complacida, así que supongo que mis gemidos no solo se quedaron en aquel granero. Fue un polvo rápido y lleno de deseo y pasión, un clásico «aquí te pillo, aquí te mato» en toda regla. Pero se nos fue de las manos, no era el lugar, ni el momento y de la misma manera que debía aprender a controlar mi ira, debía aprender a controlar mis arranques sexuales de mujer necesitada.

El resto del equipo ya tenían las furgonetas cargadas y nos vieron salir del granero, ya sabéis, intentando disimular lo indisimulable, con el pelo alborotado, la camisa mal abrochada y la bragueta de Gustavo mostrando esos bóxer de Bola de dragón Z, acordes a su inmadurez emocional. Se generó un silencio sepulcral que hablaba por sí solo. Nadie dijo nada, pero noté la mirada colérica de Beatriz, estaba mosca, más que mosca. No me importó en ese momento, ya que me habían desaparecido todos los males momentáneamente, es lo que tiene el sexo, que te evade de la realidad y te proporciona ese estado de embriaguez del que no quieres salir. Tardé un rato en recobrar la respiración, menudo vaivén.

El resultado de esa locura fue, que al día siguiente perdí una trabajadora, al parecer la *folloamiga* de Gustavo, la dulce Beatriz y a saber cuántas más. Sin embargo, gané un montón de mensajes guarros, con videos incluidos, que mi ayudante me enviaba a cualquier hora del día junto a propuestas de sexo, las cuales aceptaba con ganas, no voy a negarlo. No obstante, y muy a mi pesar, empecé a darme cuenta de que eso no iba a acabar bien, ya que mi interés en el muchacho acababa en cuanto se subía la bragueta. Gustavo era un muchacho muy eficiente, no quería perderlo como ayudante, además era un *yogurín* que vivía todavía en casa de sus padres. Era un amante de diez, pero un crío, y no estaba yo para eso, aunque Mireia estuviera muy emocionada de que hubiera sido capaz de desempolvarme las telarañas con ese chico. Sin duda alguna no era lo que necesitaba en ese momento de mi vida, tal vez si hubiera tenido diez años más... Por Dios, ese chico utilizaba términos como «trolear», «*crush*» o «*lol*». Así que ni hablar, aunque los mensajitos no me desagradaban y, por qué no decirlo, sexualmente iba sobrado de experiencia, se manejaba con soltura y me hacía sudar la gota gorda. Me atrevería a decir que Gustavo me hacía gastar más energía que en esa clase de *spinning* que Mireia me obligó a hacer y en la cual casi muero ese día.

Gustavo empezaba a conocerme, así que esperó esos diez minutos prudenciales antes de entrar nuevamente, esta vez lo hizo con un café en las manos.

—¿Estás más tranquila? —Asomó la cabeza, mostrándome el café.

—Sí, sí. Lo siento, es que venía exaltada.

—Creo que necesitas relajarte —achinó los ojos simulando una propuesta de las suyas.

—Gustavo... —bajé la voz—. Ya lo hemos hablado.

El hizo lo mismo y mientras dejaba el café sobre la mesa susurró:

—No has contestado a mis mensajes. Creo que el último te gustará.

Eso me hizo recordar que aún estaba sin teléfono.

—Gus, tengo que salir.

—¿Qué? Pero si acabas de llegar. ¿Qué hago con lo de la feria? —me recriminó mientras me bebí el café de un sorbo.

—Necesito salir a solucionar lo de mi teléfono móvil.

—Pero ¿qué le ha pasado?

—Tuvo un accidente ayer. —No quise dar explicaciones—. En cuanto a la feria, hay que doblar el personal. La empresa de trabajo temporal te facilitará las personas que necesites, dedícate a hacer las entrevistas y elige las que veas más capacitadas.

—Pero...

—Gustavo —acaricié su cara apaciguando su histeria interna—, estás más que capacitado para hacerlo. Confío en ti. Te compensaré. Vuelvo en un rato.

Yo me refería a económicamente, pero la mirada de picardía que me devolvió, era de haber entendido otra cosa. No le di importancia y salí nuevamente.

Al final ese ratito fue toda la mañana, pero en cuanto salí de la tienda llevaba dos teléfonos, uno con mi antigua línea y otro con una nueva, la cual elegí como número personal. Le estaba haciendo caso a Mireia, tan solo esperaba que esos dos aparatos no me hicieran la vida más insoportable y acabaran ambos de la misma manera que su antecesor. Volví a pensar en Thiago, en el artículo del periódico, rebusqué en mi bolso y saqué la hoja arrugada con su foto y la observé. ¡Dios! Estaba tan guapo, tan hombre... Me pregunté cómo hubiera sido mi vida de haberme quedado junto a él. ¿Aun estaríamos casados? ¿Hubiéramos tenido hijos? ¿Estaríamos viviendo esa vida que habíamos soñado? Seguramente no, seguramente yo, mi negatividad y mis inseguridades, habrían acabado con las ilusiones de ese pedazo de hombre y hubiera acabado odiándome. Así que prefería que hubiera desaparecido queriéndome, a haberlo retenido a mi lado y que dejara de hacerlo. Es cierto no fue una victoria, pero tampoco un fracaso, fue una retirada a tiempo para dejar congelado nuestro amor en el tiempo. ¿No? Qué mal se me daba autocompadecerme, cuando de Thiago se trataba.

De regreso a la oficina mi Robin Hood interno apareció ante una clara injusticia que claramente presencié. Un repartidor de paquetería, había simulado tocar los timbres del edifico, no traía nada en las manos, no tocó ningún botoncito y pretendía marcharse para después así poder mandar el mensajito ese que da tanta rabia, en que te pone que te encuentras ausente. No era para tanto, lo sé, pero... ¿es que nadie piensa hacer bien su trabajo en esta ciudad?

—¿Perdona? —Le cerré el paso.

—Está perdonada señora —dijo sin mirarme.

—Te he visto.

—Y yo a usted —se hizo el gracioso.

—No has tocado los timbres —lo acusé—. ¿Acaso no llevas ningún paquete?

—Pues hoy no, por eso me marcho —mentía.

—A ver, déjame que llame a... —Me di me día vuelta para leer el rótulo de la furgoneta—. Correos exprés, para confirmar que no traes nada para este edificio.

—Métase en lo suyo, señora —quiso ignorarme.

—¡Señora tu madre, niñato! —le grité—. Saca ahora mismo los paquetes de la furgoneta o te los saco a guantazos. —Me acerqué a él desafiante.

—¿Está loca o qué?

—¡Que los saques! —le ordené bajo esa enajenación mental que me poseía de vez en cuando.

Sí, estaba loca y me estaba enervando por algo que a mí ni me iba, ni me venía. Me puse hecha una furia y juro que, si no aparece Mireia en ese mismo instante, no sé cómo hubiera acabado la cosa.

—¿Pero qué demonios pasa aquí? —nos interrumpió.

—¡Esta mujer que está loca! —insistió el joven.

—Este energúmeno, que se cree que puede ir por la vida haciendo mal su trabajo como si eso no afectara a nadie más.

El joven se frotó la cara con ambas manos, no daba crédito al numerito.

—Está bien —volvió a interceder Mireia—. Mara, sube a la oficina, ahora vengo.

—Ni hablar, yo aún tengo que decirle un par de cosas y llamar a su jefe.

—Mara. —Me giró con un movimiento dejándome de cara al portal—. Haz el favor de subir. ¡Lárgate! —me ordenó.

Y le hice caso, en cierto modo sabía que me había alterado por nada, pero la actitud del joven me sacaba de mis casillas, en realidad, creo que casi todo ser humano me sacaba de mis casillas. Unos minutos después, Mireia aparecía con dos paquetes en la mano y los soltaba sobre mi mesa.

—De nada —ironizó.

—¿Son para mí?

—¿Cómo? ¿No te estabas peleando con el chaval por estos paquetes? —negué con la cabeza—. ¡Dios santo, Mara! Eres increíble, estás fatal.

6
Amores que matan

Efectivamente, esos dos paquetes venían a mi nombre. Los abrí mientras Mireia llamaba para reservar mesa en un restaurante que hacía días del que me hablaba.

En el primer paquete había unos *leggins*. ¡Qué rapidez! «Maldito Amazon, se está comiendo el mundo», pensé. Lo había pedido la noche anterior y medio borracha, solo esperaba que me fueran bien. El otro paquete lo abrí doblemente intrigada, no recordaba haber hecho ninguna compra más. Así que prácticamente destrocé la caja con las ansias.

—¿Un vibrador con mando a distancia? —Lo levanté arqueando una ceja y mostrándoselo a Mireia, que estaba junto a la ventana—. Muchas gracias, es el regalo que una espera de su mejor amiga —dije sarcásticamente.

—Yo no he sido —respondió mientras abría los ojos de par en par—. ¿Alguien te manda vibradores?

Rápidamente pensé en Gustavo. Puse los ojos en blanco.

—Creo que ha sido Gustavo. —Miré el resto de la oficina para comprobar que estábamos solas y que todos se habían ido a comer.

—¿Cómo que crees? ¿Existe alguien más que se atreva a mandarte semejante cacharro? —Sujetó la caja mientras la observaba y yo negaba con la cabeza—. Pues que sepas que es un buen chisme, yo tengo uno parecido. Puedes llevarlo puesto y cuando te apetezca le das al mando o... —hizo una pausa—, puedes darle el mando a ese niñato que te moja las bragas y que lo vaya activando cada vez que le dé la gana. Creo que esa es su intención. —Sonrió mientras me devolvía la caja.

—Por favor, tengo que tener una charla con este muchacho.

—Si quieres ya le hablo yo. —Se mordió el labio—. Está como un queso.

—Puedes follártelo si quieres, te dará una alegría. Yo, no... No hay nada entre él y yo, y no lo habrá, no es lo que estoy buscando.

—Vaya con Gustavito. —Se mantuvo pensativa un instante—. En todo caso, quédate el vibrador. Te lo digo en serio, quédatelo, pruébalo y ya hablaremos. Es mi preferido.

Entorné los ojos, saqué el envoltorio, lo estuve tocando y estudiando, lo guardé en una bolsita que traía de tela y lo metí en el bolso. Doblé las mallas e hice lo mismo y nos fuimos a comer.

Estuvimos hablando un poco de todo. Mireia es mi amiga, no de toda la vida, la conocí en la universidad, ella al igual que yo, empezaba sus estudios algo más madura que el resto de universitarios. Enseguida conectamos de tal manera que pasó a ser una pieza fundamental en mi vida. La quiero con locura, pese a sus excentricidades, porque siempre que me caigo, ella me sustenta. No me pide nada a cambio, aguanta mi mal humor, mi odio por la humanidad y no me juzga. Le debo mucho. No había vuelto a tener una amistad desde que Lena, la que fue mi mejor amiga del barrio, se casó con un arquitecto inglés y se mudó a los barrios altos con la *jet set.* Tenía las expectativas muy altas, y las cosas claras, apuntó muy alto y lo consiguió. Aunque ahora está viviendo en un pueblecito del Prepirineo, donde una vez veraneamos de adolescentes. Sus padres me pagaron el viaje simplemente para que controlara a Lena, lo que ellos no sabían era que su hija era incontrolable. Pero la vida da muchas vueltas y ¡sorpresa! ¡Ahora es madre! ¿Quién lo diría? Volvimos a estar en contacto cuando me mandó la foto de su hija, pero ya no éramos las mismas. No soy dada a hacer amigos, por suerte Mireia me cayó del cielo, es mi *hermanamiga.*

—A ver, quiero ver la imagen del periódico, piensa que yo solo lo he visto en las fotos que tienes en casa y con quince años menos. Déjame juzgar a mí si está más guapo o no. —bromeó mientras estiraba el papel sobre la mesa queriendo plancharlo.

—Aquí lo tienes. Joder, es que no estoy preparada para volver a encontrarme con él. O sea, he fantaseado mucho con este momento, pero algo en mi interior me decía que jamás volvería a verlo.

Mireia me escuchaba mientras analizaba la imagen del italiano y se leía el artículo. Yo esperaba que dijera algo, lo que fuera.

—¿Y bien?

—Mara... —Movió la cabeza de lado a lado—. ¡Estás perdida! ¡El cabronazo está como un dios! Pero ¿en serio dejaste escapar un hombre así? ¿Es que estabas drogada o qué?

—Era muy joven, muy insegura. Además, ¿quién te dice que ahora no es un capullo de cuidado? Todos hemos cambiado. No tenía que ser y punto.

—Ya. Qué ingenua. Te consuela pensar eso, ¿verdad? Porque —volvió a mirar la foto— no me parece un capullo. Me parece un hombre increíblemente atractivo, con un negocio de vinos en pleno auge. Aunque... —Soltó la foto—. Nadie te asegura que sea feliz.

—Claro que lo es, he visto a su mujer y su hija, todos son de anuncio.

—Ya, pero en todo el artículo no menciona a su mujer, eso me hace pensar que el negocio es cien por cien suyo y que por alguna razón no le ha interesado que salgan en la foto. —Me dejó pensando—. ¿Qué hay que venda más que la imagen del típico negocio familiar, con la foto de todos los miembros de la familia sonrientes?

—Mireia, de verdad, no sé cómo sacas esas conclusiones.

Aunque mi cabecita empezó a maquinar otra opción. Quizá había hecho ese artículo a propósito para que yo lo viera cumpliendo el sueño que habíamos proyectado juntos. Una manera bastante sutil de decirme: «Ahora te jodes, esto podría haber sido nuestro».

—He visto tanto ya, nena, que he aprendido a detectar estas cosas —siguió diciendo.

—Tía, que eres psicóloga —le recriminé—, no deberías prejuzgar de esa manera —dije mientras me servía otra copa de vino.

Nos habíamos bebido casi dos botellas y aún teníamos que ir al dichoso centro de espiritualidad del que Mireia no dejaba de hablarme.

Antes de entrar en el local nos sentamos un rato en el retiro a que se nos pasara un poco la mona del vino. Ni siquiera nos adentramos mucho, el primer trozo de hierba que vimos nos sirvió para desplomarnos boca arriba y filosofar un rato.

—¿Crees que hay amores que nunca mueren? —la sorprendí con la pregunta.

Mireia se giró mirándome, con la cabeza apoyada en su mano.

—¡Por supuesto! —dijo con convicción—. De igual manera que hay amores que matan.

—¿Eso no es una canción de Joaquín Sabina?

Ambas reímos a la vez.

—Claro, Sabina es un filósofo callejero. Porque amores que matan, nunca mueren —tarareó—. Tiene respuestas para todo —afirmó, convencida.

—Bueno, permíteme del beneficio de la duda.

—A lo que me refiero, Mara, es que tu amor pasado con Thiago ¿realmente fue tan maravilloso o simplemente tu subconsciente te selecciona los recuerdos para endulzarlo? Dado que ahora estás pasando una mala época, no sé, asegúrate de que no sea uno de esos amores que matan y que por eso huiste y sigues huyendo.

—Hui porque era joven y gilipollas. Y porque... hay que tener cuidado con las expectativas, ¿sabes? El problema nunca fue él, ya que las sobrepasaba todas, el problema siempre fui yo, que no cumplía ninguna.

—¿Y ahora?

—Ahora huyo porque le estampé el móvil en el parabrisas de su carísimo todoterreno.

—¡No, idiota! Sabes que no me refiero a eso. —Me dio un golpecito cariñoso en la frente.

—Ahora, las he cumplido, las he sobrepasado y he fracasado. Nunca quise arrastrarlo conmigo. Él estaba hecho para lo que está haciendo, triunfar y hacer las cosas bien.

—No exageres, no sabes nada de ese italiano, más que lo que era cuando estaba contigo, hace un millón de años, las personas evolucionamos. Aunque él —hizo una pausa, se acabó el filosofar—, él ha evolucionado a ¡dios griego! ¡Por Dios, Mara! Tienes que acercarte a él y quitarte esa espinita. Tal vez actualmente sea un egocéntrico, engreído y soberbio —negué con la cabeza, sabía que era imposible esa opción—, o tal vez, sea algo por lo que valga la pena luchar y así tener un aliciente por mejorar este desastre en el que te encuentras sumergida.

—Necesito un respiro de mí misma —resoplé.

—Y a eso vamos...

Se levantó y me tendió la mano.

En cuanto cruzamos la cristalera de la puerta del centro, un olor a incienso entró por mis fosas nasales, creo que fue directo al cerebro y me puso en modo alerta. Algo no me gustaba. La musiquilla era de piano, relajante, mucho mejor que las flautitas. No había nadie en recepción y ese lugar emanaba tanta paz que te sabía mal hasta gritar un «hola», para que acudiera alguien a atenderte.

—Vámonos, Mireia —le pedí mientras miraba una pizarra enorme escrita con la multitud de clases y terapias que ofrecían—, este lugar no es para mí.

—Ni hablar, este lugar es lo que necesitas. —Tiró de mi brazo. Yo ya me había dado vuelta—. No quieres que te haga de psicóloga, tampoco quieres pagarte otro, pues bien, las terapias naturales es lo que te queda, y créeme que las necesitas.

—Volvamos con el señor Frederich —insistí—, no faltaré más a las clases.

—¡Que no! ¡Se acabó el culo de ese hombre! —Puse los ojos en blanco—. Estamos aquí por algo. Además, yo estoy contigo, no lo harás sola.

Entorné los ojos nuevamente dándome por vencida cuando una voz dulce y que me resultó conocida se dirigió a nosotras.

—¿Puedo ayudarlas en algo?

La cosa prometía, la voz era de una mujer rubia, alta, preciosa, con acento catalán y que parecía una modelo escandinava.

7
Gato - vaca

«Madrid, más de seis millones de habitantes, con tres mil y pico de colegios de primaria y vete a saber cuántos centros de terapias naturales. Madrid... El gran poeta y músico Marwan le hizo una canción, «Puede ser que la conozcas». Me encanta mi ciudad, pero... ¡¿podría dejar de confabular en mi contra?! En serio lo digo, ¿no tengo bastante con los semáforos, la gente que no hace bien su trabajo, las jóvenes que roban maridos y para colmo atrae al hombre que más me duele del mundo, para restregarme su perfecta vida y su hermosa mujer? Ay, Madrid, no me toques las narices, que estoy a nada de prenderle fuego a todo y pirarme al Caribe o más allá...», renegaba para mis adentros.

—¡Qué grata sorpresa! —sonrió la bonita mujer.

Mireia nos miró a ambas sin entender nada.

—Sí, esto... Mi amiga, que está empeñada en que me apunte a alguna de estas cosas —dije nerviosa, tal vez no debí utilizar la palabra «cosas» para dirigirme a lo que sea que hicieran allí. La mujer mostró una sonrisa de confusión.

Mireia seguía sin decir nada.

—En realidad, si estás aquí es gracias al poder de la atracción —«ya estamos», pensé—, cuando nos conocimos en el colegio, noté como tu aura desprendía poca luz debido al bloqueo permanente de todos tus chacras y me quedé con ganas de invitarte a venir. No te lo tomes a mal, ¿Mara? —Asentí—. Pero lo estás necesitando, te irá bien.

¿Bloqueo de chacras? ¿Me estaba diciendo que mi aura no tenía luz, la mujer que se había casado con el que debería haber sido mi marido? Lo que me faltaba. «¡Pregúntale a tu marido cómo tengo los chacras, que los conoce todos bien!», pensé mientras le sonría y escondía el fuego que intentaba salir de mis adentros.

—Sí, bueno, he tenido épocas mejores. —Retiré mi sonrisa.

—¿Así que os conocéis? —decidió interceder Mireia—. Qué bien, porque queremos que nos hables de todo lo que ofrecéis —dijo mientras sostenía el folleto del retiro espiritual.

Decidí no abrir más la boca y dejar que Miri se encargara de todo, yo, tan solo quería marcharme de ese lugar. Estar cerca de esa mujer me empequeñecía y enfurecía aún más. Así que desconecté de la conversación y me dediqué a husmear por el local. Ese olor a incienso empezaba a recordarme al olor de la marihuana, pero no dije nada, se veía un lugar de categoría, pero, seguro que tenían un humidificador de *María*, estaba segura. A través de una gran cristalera pude observar parte de una clase de algo, ni idea de qué se trataba. Unas siete u ocho mujeres con los ojos cerrados (algunas), sentadas con las piernas en cruz, aguardaban sin inmutarse. «¿Qué demonios harán?», pensé. Seguro que pagan una pasta gansa por estar sentadas ahí. Seguí observando y entendí el motivo de por qué una mujer pagaría por estar ahí. El profesor era un hombre de pelo largo, alto, fuerte, que llevaba un pantalón suelto de hilo que le marcaba todo, y cuando digo todo, es to-do. ¡Dios mío! ¡Qué pedazo de hombre! Con su barba de hípster, su pelo recogido con un moño alto, una camiseta de tiras y un tatuaje brazalete en el bíceps izquierdo. Me mordí el labio instintivamente, como todas, supongo.

—Pues si queréis, descalzaos, podéis pasar a probar sin compromiso la clase que va a empezar ahora.

Esa frase me devolvió a la realidad.

—¿Cómo? —pregunté sorprendida—. No, esto... yo no puedo, no venimos preparadas, ¿verdad, Miri? —busqué su ayuda.

—Claro que sí, quedémonos. —La fulminé con la mirada—. He visto como metías las mallas nuevas antes en el bolso, yo ya vengo con unas, por si acaso. Venga, Mara, abre tu mente... —me suplicó ante la mirada de la rubia.

—Namasté —juntó las manos—. Yo soy Estel, encantada de teneros aquí.

—Yo soy Mireia—apuntó Miri, dando por finalizada la presentación, sin mencionar mi nombre, el cual la rubia recordaba perfectamente.

—Los cambiadores están al fondo, podéis dejar vuestras pertenencias, en este lugar no os robarán nada. Os espero en la clase de Enrico, empieza en diez minutos.

—Enrico... Él sí que está rico, sí... —susurró Mireia mientras caminábamos para los vestidores—. ¡Ostras! Que al final no le he preguntado una cosa... —Se dio media vuelta y corrió en busca de Estel.

Mientras yo entré en esos cambiadores tan zen. En ese lugar olía todo muy bien, había unas duchas con muchos chorros, unas banquetas de madera clara, unos jarrones grandes con flores secas, unos grandes espejos, taquillas blancas que no tenían llave y cuatro baños individuales. Hasta eso era un lugar bonito. Pese a que podría haberme cambiado allí fuera en las banquetas, decidí meterme en uno de los habitáculos. Me puse las mallas nuevas, de color negro, me iban como un guante, de cintura alta, que sujetaban lo que tenían que sujetar para que me viera bien. Salí descalza para mirarme el trasero en uno de los espejos y comprobar que aún estaba en su lugar, cuando oí como se caía mi bolso y de ahí salió rodando la bolsita del vibrador.

Lo recogí, la curiosidad me hizo sacarlo de su bolsita y observarlo nuevamente. Presioné el mando y empezó a moverse entre mis manos, apenas se oía, pero tenía un buen vibrar. Miré a un lado y otro varias veces y ni corta ni perezosa lo introduje en mis braguitas. Tenía forma de u, así que la mitad quedaba dentro de mi vagina y la otra mitad presionando directamente mi clítoris. «¡Esto promete!», pensé. Volví a mirar a los lados, afiné el oído, no había nadie cerca. Así que cogí el mando y lo prendí, necesitaba saber que tal funcionaba ese cacharro. Aquello empezó a vibrar, no parecía estar bien puesto, no acababa de gustarme la sensación, así que introduje mi mano y lo moví hasta que quedó en el punto justo. Los ojos se me abrieron como platos cuando empecé a sentir placer. ¡Maravilloso! ¡Madre del amor hermoso! ¿Qué es esta máquina de placer? Apenas los disfruté unos treinta segundos, el aparato prometía, creo que va a pasar a ser el mejor regalo que me han hecho en la vida, pensé. Lo paré de golpe cuando oí cómo se abría la puerta, metí el mando en el bolso disimulando. Menos mal, no era un buen lugar, ni momento, para tener un orgasmo.

Mireia me miró extrañada, no entendía mi cara. Decidí no decirle nada.

—¿Estás bien, Mara? —Asentí—. Las mallas te quedan de lujo, aún estás *buenorra*, amiga.

—Miri —la cogí por el brazo—, esa mujer...

—Ya... No sé por qué existen mujeres tan guapas, ¿es que no podíamos ser todas iguales? Qué injusta es la naturaleza.

—No es eso. —Capté su atención mientras caminábamos hacia la clase—. Es la mujer de Thiago —susurré.

—¡¿Qué?! —gritó más de la cuenta y se tapó la boca al instante—. No me jodas —susurró.

Asentí con la cabeza mientras ella bufaba y se llevaba la mano a la frente, justo cuando entrábamos en la clase intentando disimular que no pasaba nada.

Enrico nos esperaba con su paquete..., quiero decir, con sus pantalones sueltos y su sonrisa de treintón sexi que se lo follaba todo.

Solté el bolso en una baqueta pequeña que había junto a los espejos, cerca de él.

—Puedes dejar tus cosas en el vestuario si lo deseas, la gente que acude a estos lugares no te robará —apuntó con ese acento italiano fundidor de bragas.

—Esto... ya, prefiero dejar el bolso aquí —sonreí nerviosa y él hizo un gesto con las manos dándome su aprobación.

La música de piano había dado paso a ruidos de naturaleza, la voz de Enrico era ronca y suave a la vez, y se paseaba entre nosotras hablando y dándonos instrucciones, que estábamos sentadas. No podía concentrarme, cada vez que pasaba por mi lado abría un ojo, sus partes íntimas estaban a la altura de mi cabeza. ¿Cómo podían concentrarse las demás? Hice todo lo posible para relajarme, pero no lo conseguía, ni respirar, ni aguantar ninguna de las posturas más de cinco segundos. Su voz cada vez me parecía más sexy, aunque no lo escuchaba, tan solo me dejaba deleitar por ese sonido en mi interior, y me limitaba a hacer lo que veía en las demás. Hasta que a media clase le dio por sentarse y seguir hablando desde el banquillo de madera, mientras estiraba su cuello con movimiento circular se acomodó para estirar bien las puntas de los pies y fue entonces cuando el mando de mi vibrador que aun llevaba puesto, fue presionado por su musculoso culo. Aquello empezó a vibrar dentro de mí y yo me quería morir. ¡Nooo! Creí que todos lo oirían, pero nadie se inmutó, de ser así, Mireia ya habría dicho alguna de las suyas, no obstante, la clase proseguía con normalidad.

La situación era como menos surrealista, yo con los ojos entre abiertos observando cada movimiento del profesor, e intentando disimular el placer que el pequeño diablo vibrador me estaba dando. Por otro lado, por la rendija de entre los párpados no dejaba de observar a Enrico, cada vez me parecía más sexy, su brazo, su tatuaje, su pectoral, su mandíbula... El pulso y la respiración, empezaron a acelerarse y mis ojos empezaban a querer darse la vuelta y ponerse en blanco, el vibrador estaba dando en el punto justo. «¡No, gato-vaca nooo! ¡Esa postura nooo!», pensé al oír ese nombre. Conocía esos movimientos de las clases del señor Frederich y sabía que esa postura, en ese mismo momento, me iba traer problemas. A cuatro patas, postura sexual donde las haya. Posición del gato, espalda curvada hacía arriba y vibrador presionando fuerte; Posición vaca, espalda curvada al revés, para abajo, culo en pompa y vibrador a máximo rendimiento. Y el profesor con ese chándal hipnótico... Las piernas me empezaban a flaquear, no podía evitar sentir placer, no sabía cómo levantarme e irme sin que todos se dieran cuenta. Pensé en hacerlo al finalizar el ejercicio y no dejar que la cosa fuera a más. Y él, ¡dale! Volvió a pasearse de nuevo entre nosotras, el culo se le movía como si no llevara ropa interior, pensar en eso fue peor. Cuando por fin dio por finalizado el ejercicio en el mismo instante en que llegué al clímax más contenido de mi vida, exhalé con ritmo acelerado y no pude evitar el gemido suave y ronco al final, más que un gemido pareció un gruñido, el cual había creído que lo había soltado para mis adentros, pero no, no fue así. Eso sí captó la atención de la clase entera, Enrico incluido. ¡Me quería morir!

Mireia me miró con cara de: ¡No me lo puedo creer! Con los ojos y la boca abiertos de par en par. Las demás mujeres tenían cara de confusión. La que no pude descifrar, ni quería, fue la cara del profesor que tragó saliva e intentó, simular que no se había dado cuenta de nada. Así, que con la poca vergüenza y dignidad que me quedaba, esta vez sí me levanté a toda prisa, cogí el bolso de un manotazo y me fui directa a los cambiadores. Mireia tardó unos minutos más en seguirme, el tiempo justo para quitarme el chisme y lavarlo en el baño.

—Pero... ¿me puedes explicar qué ha pasado en la clase? —me exigió con los brazos apoyados en la cintura.

—Vámonos de aquí, te dije que no era una buena idea. —Tiré de su brazo—. Te lo explico fuera.

—¿Así, sin cambiarnos ni nada?

—Sí, por favor. Nos cambiamos en mi oficina.

Y ambas salimos a toda prisa del centro, como dos adolescentes que han robado un paquete de chicles, pero con casi cuarenta. Corriendo y riendo. No llegamos lejos, a la vuelta de la esquina antes de llegar al *parking* ya sacaba la lengua de agotamiento. Y es que había descargado una energía extra con la que no contaba. En el coche de camino a la oficina le conté lo sucedido, entre avergonzada, divertida y satisfecha. Mireia tenía una risa muy contagiosa así que cuando empezó a reír, reímos todo el camino, hasta lloramos de la risa, tanto que casi me como al repartidor de pizzas que frenó con su motocicleta roja delante de nosotras en un semáforo. No dije nada, aún me estaba secando las lágrimas.

—He temido por la vida de ese pizzero —apuntó Miri— y no por sufrir un accidente, sino tu furia, pero ya veo que al final hemos elegido bien la forma en la que curarte —dijo convencida.

—¿Curarme de qué?

—De tu mal estar, de tu enfado con la vida.

—Yo no estoy enfadada con la vida —rechisté.

—¿No? ¿Estás segura? Yo creo que cada mañana desayunas tu dosis diaria de «juguito de odio» para coger fuerzas y seguir con tu mala hostia.

—¿Me lo estás diciendo en serio? ¿Eso opinas de mí? —le reproché.

—Mara, cariño, te adoro. Pero últimamente no hay quien te aguante, es más, tú no te aguantas ni a ti misma, ya lo has dicho antes —se había acabado la risa, estaba hablando en serio. No rechisté—. Necesitas volver a reír así, como lo acabas de hacer, hacer las paces con la vida, recuperar el amor de tu hija y sobre todo... ¡tener orgasmos como el de antes! —volvió a bromear, pero ya no me hizo tanta gracia.

—Lo sé —bufé—. Es simplemente... que no sé cómo hacerlo.

Puso su mano sobre la mía, que estaba sobre el cambio de marchas de mi monovolumen, mientras tiraba marcha atrás y aparcaba milagrosamente frente a la oficina.

—¿Tú confías en mí? —Me pilló de sorpresa esa pregunta.

—Mmm, ¿sí? —dije algo confusa, me pareció una pregunta trampa.

—¿Cómo que sí, con tono dudoso? —Me fulminó con la mirada.

—Es broma, Miri —sonreí, queriendo disimular—, claro que confío en ti, siempre estás ahí, eres lo único que tengo.

—No exageres... Pero me alegra oír eso.

—¿Por qué? ¡Si ya lo sabes! —Temí a su respuesta.

—Pues porque... haz las maletas, nos vamos a un retiro espiritual... ¡a la Toscana!

8
EL burofax

Cuando tienes una amiga como Mireia, cualquier cosa podía depararte tras una de sus decisiones. Y no es una crítica, era evidente que, en la toma de ellas, Miri, tenía mejores experiencias. Pese a ser una mujer impulsiva, algo alocada, aventurera y a la vez conformista, la vida le había ido bastante bien. Era feliz con lo que tenía, no aspiraba a mucho más, simplemente vivía y disfrutaba de vivir y yo la envidiaba entre otras cosas, por eso. Carecía totalmente de esa virtud. Éramos como el ying-yang, bueno yo era todo Yang, enterita. Pese a eso, conectábamos perfectamente. Es curioso, porque era capaz de conectar con otras personas, como Mireia, como lo hice con Héctor y a otro nivel y en otra época, como lo había hecho con Thiago, sin embargo, vivía desconectada de mí verdadero yo.

Tenía una semana para dejarlo todo atado y encauzado para poder largarme unos días a la Toscana. ¡Una semana! El estrés empezó a invadirme. Al principio a Gustavo no le hizo gracia la noticia, teníamos el evento de telefonía móvil y una entrega de premios de una multinacional. Pero pese a todo, mi fe ciega en el muchacho me hizo tomar la decisión de no posponer nada. Antes de irme lo dejaríamos todo bien atado, aumentaríamos el personal y él se encargaría de todo, sabía que podía hacerlo, el chico era una máquina... y no solo sexual.

Al llegar a la oficina, tras el *orgasmayoga* y con la noticia de mi parón laboral, me encontré con una oficina caótica, un teléfono que no dejaba de sonar, y un Gustavo medio nervioso y a la expectativa de saber si había recibido su regalito. Mireia fue la primera en cambiarse. Hacía unos días que tenía un comportamiento algo extraño, me gustaría poder decir en qué, pero no supe dar exactamente con esa cosa o detalle fuera de lo normal con el que poder decirle: «¡Lo sabía, a ti te pasa algo!». Pero algo ocultaba. Y ese día no fue menos. Tras cambiarse se situó junto a la ventana y no dejaba de teclear el teléfono, sus dedos se movían a la velocidad de la luz. Yo la observaba sin decir nada. Aún no me había cambiado, estaba sudada, en *leggins* y con unas bragas manchadas, era evidente que necesitaba una ducha, *ipso facto*.

—Mara, ¿dónde te habías metido? —Gustavo abrió la puerta sin llamar y bajó la mirada a mis *leggins*, o, mejor dicho, a mi trasero.

Hasta Mireia desvió un momento la mirada para observar la osadía del muchacho de abrir la puerta sin avisar.

—¿No te han enseñado a tocar a la puerta? —le criminé, fulminándolo con la mirada. Ya se me había pasado el efecto de la clase.

Hizo caso omiso a mi reproche y continuó hablando.

—He cerrado el menú de la entrega de premios, no veas qué delicados. También he seleccionado veinte currículums para poder abarcar a los dos eventos a la vez, deberías echarle un ojo.

—Eso es cosa tuya, ya te lo he dicho antes.

—Pero...

—¿No querías seguir escalando en la empresa? Pues acaba de empezar tu evolución. Y créeme, por debajo de mí, solo estás tú, no se lo digas a las chicas. —Miré a mis otras cuatro trabajadoras que cada una andaba sumergida en sus tareas—. Me voy diez días a la Toscana, por un tema que no te incumbe, y necesito que te quedes al frente.

—¿Qué? Pero... Yo... ¡No puedes irte!

—¿No? Verás como sí, o me voy, o le prendo a fuego a todo. —Miré con odio el recinto—. Créeme que lo hago porque lo necesito, ya te contaré —bajé la voz para darle un tono más íntimo.

—*OK* —dijo indignado—. Te ha llegado una denuncia —dejó caer con una medio sonrisa malvada a modo de venganza.

—¿¿Qué??

—La tienes en la mesa.

Desapareció con un portazo mientras yo ojeaba el sobre. Pues sí. Claramente era un burofax. Lo abrí a la expectativa. ¿Tendré algún cliente enfadado? ¿O será el cocinero por no haberle pagado la nómina a tiempo? Creo que antes de abrirla ya estaba cabreada, hay que ver qué poco me duraban a mí los efectos de cualquier estimulante.

—¿Me quiere denunciar? ¡No me lo puedo creer! ¡Lo que me faltaba! —grité tirando la carta contra el teclado del ordenador.

—¿Qué pasa? —se interesó Mireia tras colgar el teléfono.

—¡Me quiere denunciar! ¡Será idiota! ¿De qué va? No me lo puedo creer.

—Pero ¿quién? ¿Por qué?

—¿Tú crees que era para tanto? —Levanté los brazos al aire.

—¿Pero tanto de qué? —Me miró totalmente confusa.

—¡Es que le reviento el todoterreno, te juro que en cuanto lo vea, le reviento el todoterreno! ¿Qué se ha pensado?

—¿¿Quién??

—¡¡Thiago!! Me ha mandado un burofax, pidiendo que pague sus desperfectos o me denuncia por tirarle el teléfono al capó de su coche en el semáforo. ¡Este tío es tonto! Tenías razón.

Mireia se llevó las dos manos a la boca, abrió los ojos de par en par. Yo echaba fuego por los ojos, no daba crédito a lo que me estaba sucediendo; mi exnovio, el que había venido a restregarme su vida perfecta, quería denunciarme.

—¿Y qué vas a hacer? —preguntó algo más contenta de lo habitual.

—¡Pues mandarlo a la mierda! Decirle que le va a pagar su p... madre y quedarme bien ancha —refunfuñé.

—Claro. Muy maduro por tu parte —dijo sarcásticamente—. Muy tú, pero no creo que sea necesario que le muestres que eres una loca psicópata, agresiva y desquiciada. Creo que cuando le lanzaste el móvil en el semáforo, ya se pudo hacer una idea.

—Mierda. Tienes razón. —Respiré hondo—. Me presentaré y le diré: «Hola, Thiago, cuánto tiempo sin verte. —Sonreí lo más irónicamente que pude—. ¿Cuánto hace? ¿Quince años? Quince años que desapareciste, te esfumaste, ¡cabrón! Sin darme la oportunidad de rectificar... ¿Qué pasa? ¿Es que tú no te equivocas? Y ahora vienes a mi ciudad, traes a tu hija al mismo colegio que la mía, llevas un coche mejor que el mío, ¿y quieres denunciarme porque tu precioso Eboque ha sufrido un pequeño percance?».

—Mmm, bueno, mejor no le digas eso. —Me sujetó por lo hombros y me sentó en la silla giratoria del escritorio—. Mara, es evidente que está llamando tu atención. ¿Estás segura de que te reconoció?

—¡Claro! Inevitablemente fue así, hubo ese cruce de miradas de sorpresa entre ambos. —Dudé por un instante, pero no me lo inventaba.

—En ese caso claramente está llamando tu atención, es su manera de llegar hasta ti.

Mireia y sus delirios por verle el romanticismo a todo. Aunque esas palabras me dejaron pensando el resto del día. Pese a que quise descartar rotundamente esa opción, en mi interior quería que existiera esa pequeña posibilidad. ¿Sería su manera de atraerme hacia él? ¿Qué quería? ¿O simplemente, ni me había reconocido, ni nada, y había anotado la matrícula para que su abogado mandara el burofax? Sí, definitivamente esa era la posibilidad más realista, aunque la que menos me gustaba.

Esta vez la llamada de Héctor fue lo que nos hizo aparcar el tema, no me molestó, en principio. Llamó para confirmarme que el resto de semana se encargaba él de Gaia. Se disculpó por no haber podido hacerse cargo el día anterior y por alguna razón me creí su disculpa. Yo quería que la niña se quedara conmigo, necesitaba empezar a recuperarla, pero estaba claro que ella no estaba por la labor. Tampoco tenía un plan de cómo hacerlo, ¡Por Dios, era mi hija! Y no sabía cómo hacer que me quisiera. Así que Héctor quería la custodia completa y yo, me estaba planteando dársela. ¿Qué clase de madre hacía eso? Una como yo, que sentía que había perdido las riendas de su vida, a la que todo le salía mal, y todo se desmoronaba a su paso.

—¿Nos vamos? Creo que necesitas una ducha y una copa de vino —apuntó Mireia al notar como me desinflaba tras haber hablado con Héctor.

—Quiere llevarse a la niña —susurré.

—Bueno, es su padre, que se vaya la semana que le toca, así tú descansas —intentó animarme.

—Quiere la custodia.

Y no hablamos más. Mireia me abrazó y nos fuimos juntas a mi casa. Ese día él se encargaba de recoger a la niña y hasta nuevo aviso se quedaría en su casa, con él y mi sustituta, la joven de pelo negro y puntas rosa fucsia.

Miri se encargó de sacar a Roque a dar un paseo por el vecindario, mientras yo me duchaba y preparaba algo para picar y un par de copas de vino. Se pasó todo el rato en que picábamos patatas a la vinagreta y salchichón de La Rioja, buscando algo por Internet con mi portátil. Cuando encontró lo que buscaba, me lo mostró.

—Nos iremos a San Gimignano. —Giró el portátil para enseñarme la foto del pueblecito de altas torres—. No exactamente en el pueblo, sino en una hacienda a las afueras. Todo esto lo tenía planeado antes de que fuéramos al centro de espiritualidad y tuvieras un orgasmo mirando a Enrico —bromeó.

—Muy graciosa, yo no... Déjalo, de todos modos, Enrico está para un orgasmo detrás de otro.

—Ahí te doy la razón. Aunque no me ha gustado como Estel se ha colgado de su brazo, te lo has perdido al final de la clase. Ha venido en cuanto las mujeres se han arremolinado a su alrededor con miradas de deseo y risas sueltas. Como marcando terreno, no sé...

—¿A qué te refieres?

—Es que solo le ha faltado mearle encima y marcar su terreno.

—¿Tú crees que Enrico y ella? —Junté mis dos dedos índice.

—Yo no digo nada. Solo que creo que ese Thiago tuyo y su mujer esconden algo, no son la pareja que quieren aparentar.

—¿Mío? —La miré con soslayo—. Te encanta especular, has visto demasiadas telenovelas. Yo vi con mis ojos la bonita familia que son. Y, además, ¿no estabas mostrándome un pueblo con un nombre raro? —quise cambiar de tema.

—Ay, sí. Mira, esta es la hacienda, no tiene desperdicio, con balneario, gimnasio, piscina exterior, jardines, bosque...

—Guauuu, qué bonito lugar. —Me gustó y me imaginé allí tomando el sol, respirando aire puro y tomando una copa de vino.

—Pero...

—Nooo, ¿hay un pero? —le recriminé.

—Claro, Mara, no es un retiro sin más. Me refiero a que no son unas vacaciones. Es un retiro espiritual, con terapia.

—A ver, suéltalo todo, que me tienes negra. —Me cogí el puente de la nariz con los dedos.

Diez días organizados, con clases de yoga, de meditación y de una especie de chamán o más bien psicólogo espiritual. Haremos reiki, montaremos a caballo, cuidaremos de una granja y de un huerto, dormiremos bajo las estrellas alguna noche, no habrá televisión, y el teléfono solo estará permitido durante una hora antes de cenar. Y todo eso, prácticamente por ir a hacer el *perroflauta*, Mireia había pagado un pastizal que no quiso ni decírmelo al principio y lo hizo por mí, así que no tenía escapatoria. ¿Qué eran diez días? Si acaba dando resultado, aunque fuera poco, se daría por satisfecha.

—Tú, Mireia, eres consciente de que seguramente le has pagado un pastón a la mujer de Thiago, ¿verdad? En cuanto se entere que yo soy la exnovia de su marido, nos va a boicotear la estancia.

—No, mujer. No tiene por qué saberlo. Además...

—¡Oh, Dios mío! ¿Hay algo más? —Me tragué la copa entera de un sorbo.

—Tranquila, no es nada malo, al contrario, creo que para ti y tu vagina será algo más que bueno. —Sonrió pícaramente levantando las cejas mientras yo ponía la cara de incertidumbre total—. Nuestro mentor durante esos diez días... —Hizo un redoble de tambor en la mesa—. ¡¡Será Enrico!! —Me miró satisfecha mientras yo me tapé la boca con una mano—. ¿Qué? ¿Cómo se te quedan las bragas? Quiero decir, el cuerpo...

9
Coraza quebrantada

En cuanto Mireia se fue me quedé dormida de cualquier manera. Los lametones de Roque me despertaron. Me encontraba en el sofá totalmente desubicada, no entendía dónde estaba, ni qué me estaba mojando la cara. Lo primero que vi al abrir los ojos fue al perro, detrás suyo la mesa pequeña, con una botella vacía y dos copas de vino. Me levanté de un salto al pensar en Gaia, pero me dejé caer de nuevo al ser consciente de que no estaba en casa. Parecía que tenía resina en las pestañas, cada vez que cerraba los ojos se quedaban como pegados. Los dos teléfonos estaban sobre la mesa parpadeando, atiné a coger el blanco que era el personal y me puse una sudadera que colgaba de una silla. Roque seguía insistiendo, así que, sin lavarme la cara ni nada, salimos a dar un paseo.

Pese a ser el mejor momento del día, el dolor de cabeza me estaba fastidiando el paseo. Tenía resaca y sueño, así no se podía empezar bien ningún día. Mientras Roque husmeaba todo y levantaba la pata en todos los árboles y farolas que encontraba decidí sacar el teléfono y echar un vistazo a Instagram. Nuevamente la vida confabuló en mi contra. Nunca me había fijado en que hay un apartado llamado «Personas que quizá conozcas» y te muestra un montón de perfiles. No me hizo falta mirarlo dos veces para reconocer esa cara y ese nombre, Thiago Lombardi. Así que ni corta ni perezosa me puse a espiarle las fotos. ¿Por qué nunca había hecho eso? ¿Desde cuando tenía Instagram el señor antirredes sociales? Había dado tan por supuesto que él jamás tendría perfiles en la red, que pasé por alto el pequeño detalle de que las personas cambiamos. Y estaba claro que él ya no era el mismo y yo mucho menos.

Al final resultó que él también tenía su lado de *perroflauta.* Imágenes de amaneceres increíbles, sentado en la proa de algún barquito con las piernas cruzadas, las palmas de las manos juntas y los ojos cerrados, paseando entre los viñedos de la mano de su hija, mostrando una copa de su vino, tuve que ir muy atrás para ver una foto de él con Estel, brindado frente al cartel de Vinos Lombardi. No pude evitar sentir rabia, ahí, en esos momentos, debería haber estado yo, junto a él, lejos, disfrutando de la vida, en vez de estar en Madrid ahogada, triste y enfurecida. Miré todas y cada una de las imágenes que había compartido. Creo que no me dejé ni una, es más, alguna las miré varias veces embobada por su belleza.

Pinché en el enlace de su web y di con la dirección de su oficina en Madrid. También pude ver que estaba a punto de abrir un local de vinos donde poder degustarlos y comer buen jamón. Vamos, lo que venía siendo en su línea, un hombre de éxito. Suspiré, volví al Instagram para cerrarlo cuando para mi inri pude ver cómo sin querer le había dado *like* a algunas de sus fotos. «¡Mierda! ¡Ahora sabrá que lo he estado espiando! ¿Cómo puedo ser tan pánfila de buena mañana?». Me entretuve en volver a quitarle a todas las imágenes el corazoncito, rezando porque no los hubiera visto. Cerré la aplicación y bufé. Hasta Roque se había dado la vuelta para mirarme. Seguimos caminado y oí como entraba un mensaje de WhatsApp, así que volví a sacar el teléfono. ¡Oh, no! Era Gustavo, de buena mañana. De hecho, había cuatro mensajes de anoche que no llegué a ver y miedo me daban. Todos eran audios de voz. Así que me puse a escuchar sus locuras y guarradas, como no. Me preguntaba por el vibrador, si lo había estrenado, si pensaba en él, en su pene... Me hablaba de cosas que quería hacerme, lamerme... Toda una declaración de intenciones, sexuales, pero, al fin y al cabo, intenciones. Definitivamente tenía que hablar con él. Aunque la imagen que adjuntó sujetando su arma letal que sobresalía de sus bóxer me gustó, muy sexy. Me mordí el labio instintivamente, era incansable ese muchacho, pero de igual modo tenía que frenarlo. Todavía no había dejado de oír palabras pornográficas cuando me abordó la señora Teresa. Una mujer de unos setenta años, la típica que controlaba todo el barrio, sabía todo, quien entraba, quien salía y todos los chismes.

—Mara, ¡otra vez! No dejes que tu perro... —me increpó.

Y no oí nada más, ya que, al bajar el teléfono para mirarla, el mensaje de voz empezó a reproducirse por el altavoz externo. Un sin fin de palabras pornográficas no aptas para mujeres de esa edad, sonaban en voz alta rompiendo el silencio que a esa hora había en el barrio. Lamer; comer; penetrar; follar; chupar... Y otros muchos verbos que a Gustavo le encantaba conjugar, salían sin control del teléfono. Estuve unos segundos en shock hasta que intenté quitarle el sonido, pero lo único que hice fue bloquear el teléfono, que como era nuevo, aún no conocía su funcionamiento y eso no impidió que siguiera sonando. Hasta solté la correa de Roque que aprovechó para largarse unos metros más allá. La señora se echó las manos a la boca, yo intenté disculparme, mientras intentaba de todas las maneras silenciar el cacharro, pero no lo conseguí, se silenció solito al finalizar el mensaje. La anciana, dio un paso atrás mirándome con desaprobación, achinando los ojos.

—Lo siento, yo... No sé qué ha sido eso, no es para mí —intenté cavilar una excusa.

La mujer soltó un bufido y mientras se giraba para marcharse soltó por lo bajo, pero con la intención de que la oyera:

—Degenerada, no me extraña que te haya dejado el marido.

Oír eso sacó a mi Mr. Hyde interior. No podía dejar que se marchara saliéndose con la suya después de insultarme de esa manera. ¡Maldita bruja! Así que a lo lejos le grité:

—¡Sí, tengo sexo! ¿Qué pasa? ¡Además, es con un yogurín! ¡Y disfruto! ¡Es lo más normal del mundo! ¡Me gusta follar, como a todos! —La mujer huía despavorida con las manos en alto—. ¡Teresa! ¡Una cosa más! —Se giró al oír que reclamaba su atención—. ¡También me masturbo! ¡Debería probarlo, es mucho más placentero que meterse en la vida de todo el vecindario!

Y me quedé tan ancha. Le había soltado un montón de barbaridades a gritos a una mujer de setenta años y no me sentí mal por ello, por lo menos no en ese instante. Pero sí al darme cuenta que se me había ido de las manos y que el hijo menor de los García nos espiaba desde el jardín junto a su padre, que aguardaba incrédulo con la boca abierta. Llamé al perro, que, por suerte, vino al momento y salí pitando. Menuda manera de empezar el día. Mireia tenía razón, con todo, deseé en ese momento que pasaran rápidos los días y poder marcharnos a la Toscana.

A pesar de todo, ese día, estaba dispuesta a no dejarlo decaer, quería cerrar un par de *catering* que se resistían y una boda, que tan solo nos habían solicitado presupuesto. Me enfundé en mis mejores pantalones de pinza, me puse la blusa desbocada blanca, le di forma a mi pelo ondulándolo con el rizador, elegí los pendientes de rayo y sandalias de plataforma para evitar caídas incómodas. Salí a comerme el día. Juro que esa era la intención. Eso sí, no contaba con que mi propio trabajo se hubiera aliado con el karma.

Ese día Gustavo llegaba tarde, no quise darle importancia ni recriminarle su impuntualidad. Lo noté seco, supe que estaba ofendido porque no le contestaba los mensajes. Tenía que dejar de hacerlo, no quería continuar con aquel juego y él tarde o temprano se daría por vencido.

—Me ausentaré esta mañana, me voy a cerrar un par de eventos para el mes que viene —le comuniqué sin apenas mirarlo.

—Si te refieres a los últimos que pidieron el presupuesto, ya se los he pasado.

Lo miré incrédula.

—¿En serio? ¿Sin comunicármelo?

—Lo hice. Pero no te dignas a contestar mis mensajes —su tonalidad rebosaba enfado.

Me levanté y cerré la puerta.

—Gus, ahora, el móvil personal no es para las cosas de trabajo, estoy intentado separar ambas cosas.

—¿Por trabajo te refieres a sexo? ¿Acaso es una cláusula de mi contrato y no lo sabía?

Puse los ojos en blanco, no tenía ganas de esa conversación.

—No estoy hablando de eso. Me refiero a que cuando tengas que decirme algo *laboral*, te pido que utilices el viejo número.

—Y así lo hice, pero veo que ni así...

Qué desastre. ¿Cómo había llegado al punto en que mi ayudante se permitía enfadarse conmigo?

—Vale, Gus. Ahora le echaré un vistazo —resoplé.

—Una cosa más, esta noche vas a tener que supervisar la inauguración tú sola. Tengo una cena familiar, te pedí este día hace semanas.

—¿Qué? —refunfuñé, no me apetecía nada.

Gustavo me miró, cruzando los brazos y levantando las cejas.

—Tranquilo, no pasa nada. Puedo yo sola.

Debía ponerme al día, hacía tanto tiempo que vivía colapsada que ni sabía de qué inauguración me hablaba, aunque fingí perfectamente. Los trabajos de entre semana no solían alargarse mucho, así que no me preocupó. Abrí el ordenador, miré el *planning*, la inauguración de un bar de picoteo, como mucho a la una estaría en casa. ¡Claro que puedo con esto! Aunque estaba cansada de tener que asistir y supervisarlo todo yo. Empezaba a ser hora de delegar más cosas. Lo decidí en ese mismo instante.

Invité a Mireia, esos eventos le encantan, pero me sorprendió alegando que le habían invitado a otro y que ya había dado su palabra. Así que no me quedaba más remedio que asistir, charlar con los dueños, supervisar y encargarme de que todo fluyera con normalidad. En principio tarea fácil. Me vestí acorde al evento, informal pero elegante. Unos tejanos ajustados de cintura alta, una camisa color rosa palo bastante escotada sin llegar a mostrar nada, una americana de entretiempo negra y unas bonitas sandalias de tacón negras. Dejé mi media melena ondulada suelta y lo acompañé de un maquillaje suave, con labios granate intensos y pendientes de perlas. Me sentía guapa y supongo que debería estarlo de verdad, ya que apenas poner un pie en el local, capté la atención de los chicos que montaban el mini escenario para la música en directo. Uno a uno, fueron girándose embobados hasta el punto de incomodarme. Eso sí, con el ego subido. Aunque no me gustó nada que me catalogaran en las MQMF (madres que me follaría), fulminé con la mirada a aquel niñato de apenas veintipocos años que se hizo el gracioso.

—Esta madre no se acuesta con niñatos —dije orgullosa, a sabiendas de que sí, lo estaba haciendo—. Así que sigue soñando —le solté, causando la burla de todos sus compañeros.

No había venido a ligar con críos. Apenas llevaba diez minutos ahí y ya tenía ganas de largarme. Cuando una voz que sobresalía sobre las demás captó mi atención.

—¡No me lo puedo creer! ¿Se puede saber qué pintan hamburguesas en un local que piensa ofrecer vino y jamón? ¿Alguien puede explicarme semejante aberración? Un momento... ¿Veganas? ¡Esto es de locos! —le gritaba a Suso, el chico que se encargaba de la distribución de los alimentos y que evidentemente no tenía nada que ver con esas decisiones.

No sabía de qué iba bien la cosa, solo sabía que estaba tratando mal a mi personal y que Suso se encontraba en apuros, así que acudí al rescate, con toda mi furia modo *on*. ¿Quién mierda se ha creído este hombre para hablarle así a mis empleados? ¡Este no me conoce!

Me acerqué por su espalda, desenfundando mi tono amenazador.

—¿Qué demonios está pasando? Si usted se cree que en el servicio que ha pagado entra el poder ser un miserable con los trabajadores, la lleva clara. ¡No con mis empleados! O se guarda ese arrogante vocabulario y le pide perdón a Suso o recogemos e inaugura solito con los niñatos de la música —le recriminé con los brazos en cruz.

Suso levantó las manos, abrió los ojos de par en par y asintió, dedicándole una sonrisa irónica al hombre y añadió:

—Sí, esta es mi jefa y la adoro. Ya se espabilará con ella.

Desapareció sin querer saber cómo acabaría la disputa. Se fue directo a otra de las mesas.

El hombre de metro noventa como mínimo, suspiró, pude ver desde atrás como sus hombros se desinflaban, a sabiendas que en cuanto se diera la vuelta empezaría la guerra de verdad. Me posicioné con mi coraza, apreté bien los brazos en cruz, mirada soberbia y mala hostia por un tubo, esperando su respuesta. Tardó un segundo más de lo normal en darse la vuelta, en ese momento no entendí el porqué.

—¿Tanto sigues odiándome, que me lanzas cosas, huyes de mí y me escupes veneno sin saber de qué va la cosa?

¿Sabes cuando se rompe todo el cristal de una ventana en mil pedazos por culpa de una ventolera? Bien, porque en ese momento yo era esa ventana. Sí, efectivamente, era Thiago, llevaba un teléfono en la mano. ¿Podía la naturaleza mejorar lo inmejorable? Evidentemente, sí. Una versión madura de aquel italiano que me había robado el corazón quince años antes, intentaba simular su nerviosismo ante la situación de nuestro reencuentro.

Y en tres, dos, uno... mi coraza se deshizo como plástico que se acerca al fuego.

10
Esa ráfaga de aire

—Mara... Mara... ¿Estás bien? —la voz de Suso fue lo primero que oí al abrir los ojos.

El pobre estaba abanicándome con un trozo de cartón. Sentí alivio al comprobar que era él quien me hablaba. Me incorporé enseguida. Claramente estaba en el almacén del local, donde había un pequeño sofá, unas enormes neveras frigorífico, millones de cajas de vinos y un intenso olor a jamón.

—¿Qué ha pasado? —Me llevé la mano a la cabeza, me dolía.

—Jefa, creo que sufres mucho estrés, deberías descansar. ¿Por qué no has hecho que venga Gustavo? Él es más joven, que se encargue de estas cosas.

—¿Que insinúas, Suso, que soy una vieja? —Lo fundí con la mirada.

—No es eso y lo sabes, ya quisieran muchas verse como te ves tú. Pero todos estamos de acuerdo en que necesitas parar, el estrés te hace ser otra, ver cosas donde no las hay y enfurecer por todo y nada. Hazme caso, Mara.

Me llevé ambas manos a la cara. Entendí que había soñado con el reencuentro con Thiago en mi desmayo.

—Gracias por tu preocupación, Suso. —Acaricié la cabeza del muchacho—. Menos mal —bufé—, he imaginado que discutía por las puñeteras hamburguesas veganas, con el gilipollas de mi ex, el cual hace quince años que no veo.

—El gilipollas sigue aquí —me interrumpió una voz con acento italiano—. Yo también me alegro de verte, Mara.

Suso nos miró a ambos. La música se oía de fondo, era evidente que el evento había empezado ya. Clavé mi mirada en Thiago, él en mí, y Suso en la de los dos.

—Esto... Creo que mejor me voy, a ver que todo esté correcto ahí fuera. Jefa, tómate el tiempo que necesites.

Y desapareció sin hacer apenas ruido, como si se hubiera ido de puntillas y marcha atrás lentamente, tras una situación tan incómoda.

—¿Te encuentras bien? —rompió el hielo nuevamente Thiago.

—Sí, sí, estoy bien —dije a la ligera e intenté ponerme en pie, mareándome un poco. Rápidamente Thiago me sostuvo en sus brazos y yo me quise morir. Tuve que controlar el temblor de mis piernas y simular que el corazón no iba a dos mil por hora y amenazaba con salirse por mi boca—. Gracias, ya estoy mejor. —Lo aparté de mi lado.

—Así que la empresa de *catering* es tuya... Fíjate, que coincidencias de la vida. —Sonrió irónicamente.

—Ya, bueno, no a todos nos ha ido tan bien como a ti, pero no me puedo quejar.

—No, no, quejarte con los precios con los que trabajas, no. Ya veo que te van bien las cosas.

—Hago lo que puedo. ¿Insinúas que cobro demasiado por el trabajo que hacemos? Por debajo de nosotros hay unas cien empresas más, para la próxima vez que necesites alguna.

—¿Siempre estás a la defensiva?

—¿Yo? Has sido tú, infravalorando mi trabajo y tratando mal a mis empleados.

—En primer lugar, yo no he infravalorado nada y, en segundo, estaba discutiéndole a Estel por teléfono lo de las hamburguesas. No estaba tratando mal a ninguno de tus empleados, no...

Me quedé muda. Una vez más mi impulsividad me había traicionado. Suso llevaba razón, estaba sometida a demasiado estrés y ya veía venir que el reencuentro con Thiago no iba a apaciguar mi paz interior. Necesitaba ese retiro espiritual urgentemente.

—Creo que mi empleado tiene razón, comprobaré que todo está en condiciones y en cuanto pueda me iré. Me ha alegrado verte, Thiago —mentí con una falsa sonrisa.

—Ya...

—¿Ya qué? ¿Apareces quince años después para tocarme los cojones? —¡Venga! Mi carácter de mierda haciendo aparición nuevamente.

—¿Yo? ¿Aparezco yo? No soy yo el que va lanzando teléfonos en los semáforos y huye sin dar la cara por sus actos.

Suelto aire por los orificios nasales, efectivamente, me estaba tocando la moral. Así que me recoloqué la americana. Y decidí marcharme, no sin antes dejarle caer una buena.

—No soy la única que toma la decisión de huir sin querer volver a dar la cara. —Miré a ambos lados nerviosa, por no querer seguir mirándole a esa hermosa cara—. *Ciao*, Thiago —sentencié.

Pronunció mi nombre, pero hui, debía hacerlo. Me siguió hasta el interior del local, pero no pudo alcanzarme. Suso desplegó una extraña sonrisa al verme salir y me fui directamente hasta la mesa de las dichosas hamburguesas. La gente disfrutaba con sus copas de vino, la música en directo de los *millennials* salidos, el jamón recién cortado ¡y también de las hamburguesas! No sé por qué había armado tanto revuelo, si al final gustaban a todo el mundo.

Me di una vuelta, todo estaba correcto y la gente disfrutaba. Así que decidí relajarme un poco y servirme una copa de vino antes de marcharme, pero ahí estaba de nuevo, espiándome mientras hablaba con sus invitados. ¡Qué guapo estaba, por Dios! ¿Por qué la vida me odiaba? Pensaba absorta hasta que volvimos a coincidir con las miradas. Fue de nuevo como una ráfaga de aire, de esas que te abre la ventana de par en par, esta vez no se estaba rompiendo ningún cristal interior, esta vez el sonoro portazo la dejaba abierta y titilando. Solo entonces te das cuenta de que jamás la cerraste, tan solo la dejaste entornada.

Todo iba a empezar a volar por los aires en mi vida, lo sabía porque conocía perfectamente esa mirada y me conocía a mí cuando estaba cerca de él, pese haber pasado tantos años y creer que odiarlo había sido la mejor opción. ¡Qué ilusa! ¿Odiarlo? ¿A Thiago Lombardi? Si se me fundían las bragas con esa versión dos punto cero de Henry Cavill a la italiana, ese hombre que creía inmejorable y que en ese momento se dirigía directo hacia mí, con paso firme. Me bebí la copa de un trago, si llego a tener otra, me las bebo las dos, las necesitaba. Mi taquicardia no daba para más, ¿iba a entrar en pánico? Tal vez, pero, por suerte, su paso se vio barrado por una rubia, de melena infinita y cara de modelo escandinava. Rápidamente la agarró por un brazo y la llevó a la trastienda. Me descolocó esa actitud. «Vaya, problemas en el paraíso», pensé, sacudiendo mi cabeza para sacarme de la ilusión óptica en la que había quedado sumergida al verlo caminar hacia mí. Fue entonces cuando las conclusiones excéntricas de Mireia cobraron otro sentido. Tal vez no vaya tan mal encaminada. ¿Qué esconderá este matrimonio?

Intenté no darle más importancia de la que merecía, recobré mi ritmo cardiaco, y sí, necesitaba otra copa.

Sé que debí irme, que todo estaba bajo control y había ido todo perfecto. Podía marcharme sin más, los chicos no necesitaban mi supervisión para recoger todo aquello, lo tenían más que controlado. Pero no lo hice, me dediqué a beberme dos copas más de vino mientras seguía con la mirada todos los movimientos de la extraña pareja. Vamos, que los estaba espiando y disfrutando con lo que veía. Ella se paseaba a sus anchas por el local y a él no parecía hacerle mucha gracia su presencia. Sin embargo, cuando alguien, deduzco que importante, se acercaba a ambos, él rodeaba su cintura con sus enormes manos y sonreían falsamente. ¡Puro teatro! Definitivamente, el señor Lombardi no era lo que intentaba aparentar y en tan solo un par de horas, dos copas de vino de más y mis dotes de espía ruso, fui capaz de descubrirlo. Eso me hizo sentir bien. «No es oro todo lo que reluce», como decía mi madre.

La noche tocaba a su fin, no eran más que las dos de la madrugada, suficiente para ser un evento entre semana. Estaba cansada, bebida y con ganas de quitarme las sandalias.

—Te dejaremos en casa, jefa. No se te vaya a ocurrir coger el coche.

—No te preocupes, Suso, está todo controlado —dije mientras tiraba a mi paso una de las bandejas del borde de la mesa.

Suso me miró, miró la bandeja y añadió:

—Te llevaremos a casa, en media hora estaremos listos, quizá un poco de aire te venga bien y se te pase un poco la cogorza... Espéranos fuera —sonó a una orden.

—¡Eh! Un respeto a tu jefa, chico —le pedí sin credibilidad alguna—. Las órdenes las doy yo.

—Pues ordénate salir fuera a tomar el aire.

Tenía razón, así que no rechisté. Adoraba a ese chico, llevaba trabajando para mí desde el principio y solo por eso le permitía hablarme así. Además, fue el primero que se atrevió a decirme después del primer revolcón con Gustavo, que eso no era una buena idea. En ningún momento dijo de qué, pero sé que se refería a los gemidos que salieron de aquel granero. Le agradecí su preocupación y le pedí por favor que no se metiera en mis asuntos personales. Desde entonces, Suso se mantuvo al margen, pero esa noche y viendo que esos jovenzuelos no dejaban de revoletear a mi alrededor, decidió hacer algo al respeto, aunque eso conllevara decirme que iba borracha y que, si no me marchaba, estaría dando una mala imagen para el negocio. Guaaaau, un empleado me estaba poniendo en mi sitio. No quise darle más importancia y obedecí.

Me senté en un banquito muy mono de madera que habían puesto en la puerta. No hay nadie, así que me recosté y cerré los ojos analizando la noche.

¿Se podía ser más patética? Ligando con niñatos, bebiendo vino rollo solterona hambrienta, obedeciendo órdenes de empleados y espiando cada paso que daba el hombre que había intentado, criticar, olvidar, odiar... Y que, bueno, no nos engañemos, ni eso había conseguido. Thiago había vuelto a mi mente, su risa de galán, su acento italiano, sus manos en mis caderas cuando me sentía una diosa encima suyo, su palmada en el culo cuando cocinábamos juntos, su olor detrás de la oreja... Sí había vuelto, yo lo sabía, mi piel lo sabía y hasta mi vagina lo sabía que involuntariamente se contrajo con el recuerdo de sus manos.

—¿Así que esto es lo que haces? —sonó a reproche.

Su voz me trajo a la realidad, apreté mis piernas, en verdad apreté mi vagina no sé por qué, menuda reacción. Y me incorporé intentado disimular.

—Esto... Sí, sí. —Estaba algo mareada, lo notó, así que quise excusarme—. Solo necesitaba un poco de aire —carraspeé, queriendo simular una voz menos ebria—. ¿A qué te refieres?

—Pues a montar fiestecitas...

—¿Estás menospreciando mi trabajo? ¿Qué pasa, no está a la altura? —me puse en pie, indignada.

—¿Esto era lo que soñabas hacer? ¿Montar fiestas y beber como una adolescente?

—¿Perdona? —no daba crédito a sus palabras bordes. Lo miré colérica—. ¿Qué me dices de ti? ¿Fingiendo alguien que nunca fuiste, haciendo yoga en un velero? —se me escapó.

—¿Me has estado mirando las redes sociales? —preguntó demasiado seguro, sonó a afirmación.

—Ah, pero ¿tienes? El señor antirredes...

—Venga, Mara, deja de fingir, le diste al corazoncito de mis fotos.

—Fue un error, lo hice sin querer.

—Entonces estamos de acuerdo en que me estuviste espiando... Igual que lo has hecho toda la noche. ¿O me equivoco?

Mierda. Pillada.

—No seas tan engreído, Thiago. Ha pasado mucho tiempo, no tengo por qué estar espiando a un hombre infelizmente casado —no debí decir eso.

—Ni yo por qué salir y preocuparme por una mujer tan *infelizmente* amargada. —Quise responder algo dañino, pero me faltaron las palabras—. Que acabes de pasar una buena noche y hazte un favor, deja de beber tanto y ligar con críos, no va nada contigo.

—Ya no me conoces —volvieron las palabras afiladas a mi boca—. ¿Qué sabrás ahora lo que va conmigo?

Se sujetó a la puerta antes de entrar y me miró.

—Yo siempre lo he sabido. ¿Lo sabes tú?

La puerta se cerró tras él dejándome otra maldita vez... tocada y hundida.

11
Bofetadas de verdad

¿En qué momento mi vida había pasado de ser *eso que no va nada conmigo*? Ah, sí, siempre, siempre fue así... Se me había olvidado. Por suerte ahí apareció mi ex para recordármelo. ¡Qué suerte la mía! ¿Quién no quiere tener un ex que se parece a Henry Cavill, que sigue mosqueado contigo quince años después, para recordarte que fuiste una imbécil y que lo vas pagar caro toda tu vida? Sí, era lo mejor que podía pasarme en ese momento de mi vida; el maldito y súper sexy de Thiago.

—¡Venga, espabila, Mara! —Alguien me gritaba.

Apenas entreabrí los ojos y vi a un hombre de pie delante mío, aunque la voz hubiera jurado que era de Mireia. ¿Estaba soñando? Miré al hombre que no reconocí de nada, me miré los pies... ¡Oh, Dios mío! Estaba en bragas y había un desconocido mirándome. De un salto me puse en pie y le lancé un cojín.

—¡Pervertido! ¿Te has aprovechado de mí? —grité asustada.

El hombre o mejor dicho el joven de no más de treinta, levantó las manos en son de paz y miró a un lado. Mireia aguardaba con los brazos cruzados.

—¿Noche movidita? —fue una recriminación con todas sus letras.

Me llevé las manos a la cabeza. Me dolía horrores. Seguía sin saber quién era ese chico que estaba junto a Mireia y qué hacían en mi casa.

—¿Cómo he llegado aquí? —le pregunté a mi amiga sin dejar de mirar a ese chico.

Ella tomó aire y con mucho desaire me contestó.

—Uno, tienes unos empleados que no te mereces, dos, tú les pediste que me llamaran, y tres..., prepárate, porque no te va a gustar. Cuando llegué Thiago te había recogido y te sacaba en brazos hasta su Range Eboque, que, por cierto, me encantó, el coche y él.

—Pero... ¿dejaste que Thiago me trajera aquí? ¿A mi casa?

—¿Y qué querías que hiciera? Te había sacado del local rollo superhéroe de Marvel y yo había aparcado tres calles más allá. No creo que estés en posición de reprochar nada.

Me llevé las manos a la cara y me la froté con saña.

—Ah, por cierto, este es Luca —señaló al chico.

Lo miré, el chico era alto, delgado, pero bien hecho, pelito largo, carita de ángel y demonio a la vez. Llevaba la camisa medio desabrochada y unos pantalones ajustados negros. No estaba nada mal. Sin embargo, mi reacción no fue la esperada y mi *piquito* de oro y mi subconsciente me traicionaron.

—¿Un italiano? —dije con desprecio—. ¿¡Un italiano!? ¿Tú es que no has aprendido nada de esa raza de indeseables?

—¿Raza? —dijo incrédula—. ¿Qué son animales? ¡Por Dios, Mara! ¡Supéralo! —Me tiró el pantalón a la cara para que me lo pusiera—. Bien que no te importa que ese, el niñato que ganó Eurovisión, con el que se te caen las bragas, sea i-ta-lia-no. —Me miró enfadada y avergonzada con el chico al lado—. Además, Luca no es italiano, es...

No la dejé acabar y la interrumpí, ya que no me importaba de donde mierda era ese chico que seguramente no volvería a ver.

—Necesito una ducha —refunfuñé para no seguir con la conversación.

—Necesitas una vida nueva. ¡Basta ya! —me gritó delante de un desconocido y me hirió el ego—. Vale ya de lamentaciones, de que tu vida es una mierda, de que tu marido te ha dejado, que tu hija no te quiere, que tu trabajo te ahoga, y que tu ex es ese ser maléfico que te rompió el corazón... ¡Basta ya! —No daba crédito a su enojo—. Eso no te da derecho a tratar como una mierda a todo el mundo, e ir siempre con esa cara de culo por la vida.

—¿Perdona? —El muchacho estaba enmudecido, hasta dio un paso hacia atrás—. Si me quejo de todo esto, es porque por lo menos lo tengo, o lo he tenido, no como tú, que sigues follándote a niñatos —miré al chico con desprecio—, que parecen sacados de un grupo de rock, sin aspiraciones algunas y siendo incapaz de reconocer que ya no eres una veinteañera... —me pasé, supe que me había pasado al instante, como siempre.

Se generó un silencio incómodo, rompedor, supe que la había lastimado de verdad. Porque las verdades es lo que tienen, que te las sueltan y es como si abofetearan con ambas manos en todas direcciones. Y ella y yo nos estábamos abofeteando con palabras de lo lindo.

Mireia posó la más fría de sus miradas, esa que yo aún desconocía, cogió al chico de la mano y se dirigió a mí por última vez.

—Héctor no fue quien se cargó tu matrimonio, tu hija no te quiere como a una madre, porque para eso tendrías que haber ejercido de tal, tu trabajo no tiene nada de malo y tu ex... Ayer conocí a Thiago, ¿y sabes qué? ¡La cagaste! Todo lo demás, es tan solo el efecto dominó de la cagada más grande de tu vida. Y puede que yo no tenga aspiraciones tan altas, pero viéndote a ti, me alegro de que así sea.

—Miri... —balbuceé atónita ante sus aplastantes palabras.

—Y, por supuesto, al retiro de la Toscana, te vas solita —añadió, apuntándome con su dedo índice de un modo amenazador—. Vas a ir y a arreglar toda esa mierda que llevas dentro. No me hagas perder ese dineral. Si no vas... te juro, Mara, que si no vas... Puedes olvidarte de mí también. —Se dirigió a la puerta con paso firme de la mano del chico.

—Mireia, nooo, lo siento, yo... —intenté pedirle perdón.

Pero justo antes de cerrar la puerta dejó caer ese rayo de esperanza.

—Nos vemos a la vuelta, yo de ti miraría el correo electrónico, lo han adelantado. Te vas mañana.

¿Qué? ¿Mañana? Pero... Si no tenía nada preparado, ni la maleta, ni siquiera se lo había dicho Héctor, ni a Gaia. Debía mentalizar a Gustavo y dejar la agenda cuadrada. Buscar un hotel para perros.

¡Menuda manera de empezar el día! Apestaba a alcohol, tenía dos millones de cosas por organizar y acababa de perder a la única persona que me aguantaba a su lado. «¡Bien, Mara! ¡Te has coronado!», me repetí mientras me tomaba una ducha fría, que no logró quitarme ni un ápice de sentimiento de culpabilidad. Mi vida se desmoronaba, sí, es cierto, estaba en la ducha con la cabeza en alto, dejando que toda el agua cayera sobre mi cara, sobre mi frente, como si eso pudiera despejar mi nublada cabeza, pero no, no lo hacía, así que busqué otra solución.

Sentía mi cuerpo vibrar, pero no era por la potencia con la que el agua chocaba contra mi ser, sino porque necesitaba enderezar esa mañana y había decidido darme un gusto con el nuevo juguete que Gustavo me había regalado. Así que cerré lo ojos, me apoyé con una mano en la pared de la ducha y la otra sujetando y moviendo en pequeños círculos al juguetito del demonio. Menos de un minuto, lo juro, menos de un minuto en el que no pude parar de pensar en Thiago, su camisa, su brazo rodeando la cintura de Estel, sus ojos, su acento, sus manos... ¡Dios, sus manos! ¿Seguiría oliendo tan bien detrás de la oreja? Por un instante volví a olerlo, lo olí y me fundí en un orgasmo que me dejó las piernas temblando como un flan. Fue muy raro, ya que con el gemido final del orgasmo tragué agua y casi muero ahogada, empecé a toser como una loca y temí por mi vida, lo digo en serio. Qué triste hubiera sido, morir sola, ahogada por culpa de un orgasmo en la ducha, protagonizado mentalmente por el hombre en el que no quería y no debía pensar. Esa era yo.

—¿Qué pasa, rubio? —me dirigí al perro, que me observaba con la cabeza ladeada mientras salía de la ducha a trompicones todavía con las piernas debilitadas—. No me juzgues tú también. ¡Lo que me faltaba!

Un paracetamol de por lo menos dos kilos era lo que necesitaba. Otra cosa no, pero drogas legales tenía un montón en el botiquín. Así que me tomé algo, me arreglé, cubrí mis ojeras, me puse mis deportivas Puma, las de guapear, esas que no son tan cómodas como las deportivas de verdad, de suela enorme, pero que quedan bien con todo. Unos tejanos del estilo *mom*, con su respectivo dobladillo, una camiseta de tiras negra ajustada, mis pendientes negros de Tous, los cuales no me gustaban mucho, pero me los regaló Héctor y no dije ni mu en ese momento, hasta que acabé acostumbrándome a ellos. Me dejé el pelo suelto. Y cuando por fin me sentí bien, me miré al espejo.

—¡Dios, Mara! ¡Pareces Claire, de *Modern Family*! —me dije con desprecio a mí misma.

Sacudí la cabeza e intenté no pensar en eso más. Porque claro, pensar en Thiago era más productivo... ¿Verdad? Si es que... Un punto de masoquista también tenía en esa época.

Al llegar al portal del edificio de la oficina volví a coincidir con el repartidor. ¡Otra vez el niñato este! El muchacho puso los ojos en blanco en cuanto me vio y se dirigió directamente a mí con algo en las manos.

—No estoy para locas hoy, señora. Aquí tiene su paquetito, firme y me iré.

—Eso es lo que tienes que hacer, tu trabajo. Entregar los paquetes, te firman y te vas. ¿Ves? No es tan difícil —alegué, alcanzando la mano hasta el paquete. El chico lo retiró ofendido.

—Mire, señora, no solo hago bien mi trabajo, sino que hago hasta trabajos que no debería hacer, como aguantarla a usted o entregar un paquete urgentemente solo porque alguien ha pagado un pastón esta mañana para que lo entreguemos. Así que, a mí me da igual, yo no he pagado un pastizal por entregar nada. Le marco como ausente y ya puede llamar a Dios y su puta madre, porque yo no le pienso entregar nada si no baja esos humos de mal follada.

—¿De mal follada? —Lo fundí con mi mirada laser—. ¿Qué sabrás tú, niñato?

—¿Quiere el paquete o no? —me vaciló moviéndolo delante de mí.

Suspiré. Conté hasta tres y volví a dirigirme a él con toda la calma que pude juntar en ese momento.

—Claro que sí, joven, amable y buen repartidor. ¿Dónde le firmo? —Subí los labios a media asta con toda la ironía que pude.

—Psss, bueno, va mejorando. Tome, firme aquí.

Me cedió el paquete, él se supo victorioso y a mí me estaba por salir una úlcera por no poder romperle una pierna. Cogí mi paquete y me di la vuelta, intentando abrirlo a la vez que abría la puerta, pareciendo una loca impaciente. El chaval se subió a la furgoneta y antes de que yo desapareciera y él también, se dirigió nuevamente a mí.

—¡La vida son dos días, señora! Y tiene usted una preciosa sonrisa y bonito culo. Eche un buen polvo y esa actitud de mierda desaparecerá. No creo que le falten candidatos.

Y desapareció dejándome sonrojada, con las llaves en una mano y el paquete en la otra. Pese a que fue un comentario machista por el que debería haber escupido fuego por la boca, mi reacción fue mirarme el culo en el reflejo del espejo del ascensor. «Tiene razón. No está mal», pensé. Y me sentí momentáneamente a gusto con mi trasero, pese a llevar esas pintas de madre cuarentona de serie americana.

No lo abrí hasta poner el culo en la silla de la oficina, antes de dejarme absorber por todo lo que me esperaba y antes de pensar cómo debía decirle a Gustavo, que mañana mismo, estaría rumbo a la preciosa Toscana. Por suerte tardó en tocar a la puerta y tuve tiempo de abrir mi paquete. Pensé que se habría vuelto loco mandando consoladores y guarradas a diario. Aun así, viendo el éxito del anterior, lo abrí divertida. Pero no había ningún juguete sexual, no, ni ningún lubricante, ni nada por el estilo. El paquete contenía mi viejo móvil con la pantalla rota y una nota. Se me paró el corazón.

> ¿También lanzas teléfonos en los semáforos? ¿Que querías matar a uno de esos que se acercan a venderte pañuelos de papel? Lanzas cosas, provocas daños y te das a la fuga. Muy tú. Que sepas que he retirado la denuncia y que tu IPhone aún funciona, solo tiene la pantalla quebrada. También he intentado devolvértelo en la puerta del colegio, pero imagino que sigues aficionada a la Fórmula uno, por tu manera de salir pitando. Y otra cosa... Para odiarme tanto, veo que sigues utilizando la contraseña del día que nos conocimos. ¡Ah! Por cierto, muy interesante tu nueva vida...

Tierra, trágame. ¡Ya!

12
Lugares muy pijis

Un momento... ¿Se había atrevido a fisgonear mi teléfono? Me llevé las manos a la boca para tragarme todos los insultos que se me hubieran gustado decirle a la cara. En ese mismo momento, Gustavo entró tras dos ligeros toques y sin esperar a que le diera permiso, como ya era de costumbre. Miró el teléfono roto y la nota que me apresuré a esconder.

—¿Has recuperado el IPhone roto?

—Esto... Sí, alguien lo ha encontrado y me lo ha mandado.

—¿Con una notita? —su pregunta rebosaba sarcasmo y celos, poco controlados.

Lo miré desafiante.

—No creo que sea de tu incumbencia.

—Yo también te he mandado un paquetito y aún no hemos podido hablar del tema.

—Lo sé, Gus, perdona. Yo... —Miré atrás para comprobar que la puerta estaba cerrada y bajé la voz—. Quería darte las gracias, la verdad es que es un cacharro increíble.

—¿Lo has utilizado sin mí? —se quedó sorprendido—. Creí que podríamos... No sé, probarlo juntos.

—Gus, lo siento, yo creí...

—Da igual —su voz sonó seca.

—Gus. Ya lo hemos hablado, esto no... —Entonces pensé que debía irme diez días y que la empresa dependía de él.

—Vas a decirme que somos jefa y empleado y toda esa mandanga. ¿Acaso crees que no lo saben ahí fuera? Lo saben, desde el día del granero, Mara, todos lo saben, que no digan nada, es otra cosa.

—¿Y tú? ¿Sabes que estás muy sexy enfadado? —Me mordí el labio inferior.

Iba a calmarlo, costara lo que costara, y seamos sinceros, el repartidor me había dado un buen consejo y vi claramente el momento de llevarlo a la práctica.

Achinó los ojos, miró a un lado, miró al otro y se metió en el baño privado de mi oficina, tirando de mi mano.

—¿Estoy sexy, jefa? —Me miró con la mirada turbia—. Tú sí que estás sexy disfrazada de madre cuarentona —no sé si me gustó eso—, y mira cómo me pones.

Cogió mi mano y la puso sobre su bragueta, mientras intentaba cerrar la puerta del baño, a su vez mordisqueaba mi cuello y mis bragas se fundían. Tenía algo ese muchacho... Tal vez su mirada, o su acento... ¡Qué va! Tenía un aparato increíble y lo utilizaba como un profesional, esa era la verdad.

—Un momento —balbuceé ya faltándome la respiración y sabiendo lo que iba a suceder.

—¿Qué? —se separó algo indignado.

—Nos falta esto.

Alargué la mano y saqué de mi bolso que colgaba en la silla, el pequeño diablo vibrador. El resto creo que es de imaginar. Me empotró contra la pared, mientras el chisme hacía de las suyas.

Primero cara a cara, con mis piernas enroscadas a su cintura y después de cara a la pared, donde mis uñas intentaban rasgar las baldosas. Me embistió con algo más que deseo mientras no dejaba de decirme guarradas al oído que apenas podía escuchar. ¿Adivináis por qué? Pues porque todo lo que conseguía cuando cerraba los ojos era... ¡Ver y sentir al maldito Thiago! Se corrió enseguida, y yo casi antes que él. ¡Ese chisme era maravilloso! Y él, un *folleti* en toda regla, pese a ser un *millennial* o menos que eso, ni sé el nombre de su generación. Fue un polvo rápido, típico de baño, de esos que no echaba desde que tenía dieciocho años en la discoteca. Aún no se había acabado de subir la bragueta cuando, volví a ser yo y se lo solté sin anestesia.

—Mañana me voy. Te quedas a cargo de todo. Confío en ti y sé que todo va estar bien.

Mis palabras sonaron duras, a modo militar, como si fueran órdenes a las que no podía rechistar. Así que se subió la bragueta de un tirón. Pude notar su enfado, supo que lo había suavizado con el sexo.

—No se preocupe, jefa —hizo hincapié en la efe—, intentaré no prenderle fuego a la empresa, ni que explote nada hasta que vuelva.

—Gracias, Gus. —Quise hacerle una caricia, pero salió a toda prisa esquivando mi mano.

Se mesó el pelo antes de salir y cogió aire. Me miró una vez más.

—He visto como sonreías cuando leías la nota. Ese va ser mi sustituto, ¿verdad? Seguramente sea un hombre más maduro, más correcto, más adinerado... Más lo que la sociedad espera para una mujer como tú.

—Pero ¿qué dices? —Levanté las manos, asombrada.

—Yo... Mara... Yo podría hacerte muy feliz, a los hechos me remito —miró la puerta del baño—, tan solo tienes que darme esa oportunidad. —No supe, ni quise responder—. Y ahora vete a donde tengas que irte. Yo cuido de todo. Te demostraré que puedo ser alguien maduro, correcto, digno de estar a tu lado sin que me escondas.

¡Oh, my god! Cerró la puerta dejándome con la boca abierta y sin palabras. Supe que una vez más la había cagado hasta el fondo y que ahora tenía a mi mejor empleado, mi mano derecha, enamorado de mí, y yo, lo único que quería era lo que justo acababa de pasar en el baño, eso, y que mantuviera a flote mi empresa. Suso tenía razón. Pero ¿cómo acabé metida en ese fregado? ¿Tan necesitada estaba que sucumbía cada vez que el chico rozaba su palo de béisbol junto a mí? Porque esa era su táctica siempre, me rozaba, o hacía que lo tocara en pleno auge y, claro... ¡una no es de piedra!, e ir con las bragas mojadas pues era muy incómodo también. ¡Dios mío! Si existía un manual de cómo hacer las cosas bien, yo lo estaba leyendo al revés, estaba segura.

Salí de la oficina tras hablar con todos y cada uno de mis empleados y comunicarles que Gustavo se quedaba al mando. Llamé a Héctor desde el coche, quería ver a Gaia antes de irme. Puse el manos libres y me juré que no iba a cabrearme, ni a lanzar nada por la ventana, dijera lo que dijera Héctor, con su peculiar punto de vista sobre mi situación. Le encantaba opinar, aunque ya no fuera mi marido. Y mi resentimiento y despecho, pues reaccionaban al estilo Mara; escupiendo fuego *valyrio*. Los fans de *Juego de tronos* sabéis a qué me refiero...

—Pues Gaia no está, se quedó a dormir en casa de su amiga y quedé en recogerla en media hora, antes de comer. ¿Quieres recogerla tú?

—¿En serio, Héctor? ¿Aprovechas esto para escaquearte otra vez de tus obligaciones?

—Sí, claro, lo que tú digas, Mara. No pasa nada, si tú no puedes, la recogerá Laura, yo es que estoy de camino y no llego a tiempo.

¿Laura? ¡Querrá decir *DracuLaura*! Porque se parece un montón a esa muñeca de Gaia, esa que es medio barbie, medio *monster*, que, para mi desdicha, yo misma le regalé la Navidad del año pasado. No quise cabrearme y, por supuesto, no quise que esa *Monster High* recogiera a mi hija pudiendo hacerlo yo.

—Está bien, pásame la ubicación —resoplé, demostrando mi inconformidad.

—Te la acabo de pasar.

Miré momentáneamente el mapa.

—Está un poco lejos, ¿vive a las afueras?

—Oh, sí, te encantará, es un lugar muy *piji*. —«¿*Piji*?», pensé. Seguro que esa palabra la utiliza la joven del pelo de puntas de color rosa fucsia. Negué con la cabeza, aunque no pudiera verme—. En lugares así es donde solo pueden vivir gente como los Lombardi.

—¿¡Qué!? —dije aterrada.

—¡Mierda! Mara, tengo que colgar, no llevo el manos libres y estoy viendo a la policía. ¡Suerte!

¿Suerte? Mi exmarido me estaba deseando suerte para ir a casa de mi exnovio. Pero ¿qué he hecho tan mal en esta vida?

Evidentemente, Héctor no tenía ni idea de que Thiago era mi *exThiago*, claro. Así que esto estaba siendo otra broma macabra del destino, ese que estaba poniéndome a prueba constantemente. No quería gritar, ni lanzar nada por la ventana, pero estaba sumamente cabreada. Respiré fuerte, ensanchando las fosas nasales, no pude aguantarme y sin detener el vehículo pegué varios golpes con saña al volante. Por lo menos le di diez golpes seguidos, rápidos, contundentes, mientras me detenía de nuevo en un odioso semáforo y el conductor de al lado me miraba, incrédulo.

Giré mi cabeza, pude notar como me prejuzgaba con la mirada y quise quemarle la calva con mi mirada láser, pero como no soy una de los *XMen*, pues hice lo primero que me salió. Levanté mi dedo corazón y le hice *la peineta* con mi sonrisa más irónica y de puta loca desquiciada, antes de salir chirriando ruedas una vez más en un semáforo. Tenía que dejar de hacer esas cosas.

No me costó nada encontrar la casa de los Lombardi. Es lo que tiene la casa de los ricos, que se ven a kilómetros, que están situadas en un barrio amplio, tranquilo, con vigilancia y no necesitan una señora Teresa. No me dejé impresionar por esa mansión, ni quise pensar que esa podría haber sido mi casa, no... Ni que ese precioso mastín tibetano de color miel podría haber sido mi mascota, ni que esa ama de llaves tan amable y ese joven jardinero podrían haber sido mis empleados, no... ¿Cómo iba a pensar yo en esas cosas? ¿Cómo iba yo a pensar que ese pedazo de hombre que salía sin camiseta podría haber sido mi marido? Hasta pude oír de fondo en mi cabeza la canción *Whole lotta love*, de Led Zeppelin, mientras lo veía acercarse a cámara lenta hacia mí, en ese instante olvidé hasta respirar.

—Pero ¿a quién tenemos aquí? —ironizó con los brazos en cruz en la puerta.

Tardé unos segundos en reaccionar.

—He venido a por mi hija, por Gaia —le aclaré, por si había más niñas.

—Sé quién es tu hija —afirmó secamente—. Vas a tener que darle unos minutos, está en la piscina.

—Puf, genial —refunfuñé sarcásticamente, aunque realmente fue un pensamiento en voz alta.

—¿Hay algún problema? ¿Es que no podía bañarse por algo?

—No, no es eso, es que ahora me va a odiar el doble por sacarla del agua, cuando en realidad tendría que ser su padre quien estuviera aquí y así ella podría vomitar ese odio hacia él, alguna vez... estaría bien. —Me desinflé.

Tardó un par de segundos en decir algo. Me miró de arriba abajo.

—Entiendo... —bajó la ironía de sus palabras—. Pasa, están atrás.

Me dio paso alargando el brazo indicando la dirección. Dudé si pasar, ya que cada paso que di tras él me fue empequeñeciendo, hasta sentirme minúscula ante un hombre y una casa tan imponentes. ¿De verdad este hombre había llegado a ser MI hombre? Le miré el culo hasta que entramos en el jardín y me senté a la sombra en un sillón de mimbre que valdría más que todo lo que yo llevaba puesto ese día. Me mantuve callada.

Gaia no mostró ni un ápice de alegría al verme. Se acercó envuelta en su toalla. Yo le sonreía con ganas de darle un abrazo, no me importaba que estuviera goteando, pero cuando estuvo frente a mí, escupió un poquito de su veneno.

—¿Dónde está papi? Tenía que venir él.

—Ya, cariño, papi no podía y me ha pedido que venga yo. Así aprovechamos y comemos juntas, tengo algo que contarte.

—Paso —negó con soberbia—. Prefiero quedarme aquí con Bianca.

Mi mundo interior se estaba desmoronado, y Thiago estaba siendo espectador. Tragué saliva, no sabía cómo hacer para que mi propia hija me obedeciera y llevármela de ahí, sin obviar la realidad, que me odiaba y que iba a venirse en contra de su voluntad. Estaba perdida. El cristalino de mis ojos y supongo que mi cara de póker hicieron que Thiago reaccionara a mi favor.

—Escúchame, Gaia. —Se agachó a la altura de la niña—. Tu madre ha venido a buscarte y no creo que debas hablarle así. Bianca no nos habla de esa manera, y si lo hiciera, créeme que estaría castigada toda la semana sin pisar esa piscina de ahí detrás. Así que considérate afortunada, porque ha venido a por ti, aunque fuera tu padre quien debía hacerlo. Así que recoge tus cosas, puedes venir otro día a jugar con Bianca, pero ahora, tu madre te espera.

Me quedé pasmada ante la reprimenda que con buenas palabras Thiago había dado a la niña. Siempre tan correcto, en eso no había cambiado, era un negociador nato. Aunque se le olvidaba que Gaia era mi hija y que los genes Martínez siempre tienen la última palabra...

—¿Afortunada? —Lo miró de soslayo—. Tú no la conoces de nada.

Aunque sí, me conocía, y de mucho, pese a que nadie lo supiera. La niña desapareció con la cabeza en alto, envuelta en la toalla, como si de la capa de maléfica se tratara.

Thiago me miró con la boca abierta y sacudiendo una mano.

—Menudo carácter. Entiendo por qué chocáis así.

Sentí vergüenza. Desde ese momento Thiago ya sabía que mi vida era una mierda, que estaba separada y que mi hija no me quería. Y todo esto sin salir nada de mi boca.

—No está llevando bien la separación —quise excusarme—, es solo eso, necesita tiempo.

—¿Solo eso? Creo que vas a tener que hacer un trabajo a fondo con esta niña o acabará...

—¿Cómo yo? —lo interrumpí, sonriendo irónicamente—. Da igual —me levanté—, gracias por interceder, por lo menos a ti te ha hecho caso.

—Yo... Mara, no he querido decir eso.

—La esperaré en el coche, no es necesario que siga humillándome delante de nadie.

—Mara...

Me di vuelta y volví por donde había venido hasta dar con la puerta principal. Thiago me perseguía, esa imagen fue como un *déjà vu,* de esas tantas veces que en otra época tuvo que seguirme tras mis enfados. Me sentí fatal, era cierto, el problema era yo, siempre había sido yo, con todo. De igual modo no quise detenerme. Justo cuando estaba a punto de abrir la puerta, Estel la abrió desde el otro lado. Thiago no había logrado alcanzarme con el brazo, pero estoy segura que Estel fue capaz de interpretar el gesto en que pilló a su marido. Yo sonreí, como si nada.

—¡Mara! Qué... ¿Sorpresa? —dijo algo confundida.

—Sí... Esto... He venido a recoger a Gaia.

—¿De verdad ese angelito es tu hija?

¿Angelito? Estaba claro que hablábamos de niñas diferentes. ¿Sería verdad que mi hija era un *angelito* con los demás y conmigo *Cruela de Vil*? No sé cómo me planteaba tal cosa, sabía la respuesta perfectamente.

—Sí, sí, la esperaré en el coche. Gracias por todo, Estel, nos vemos mañana.

Thiago no acabó de entender dónde estaba nuestra relación, de qué nos conocíamos, y Estel, lista y avispada como ella sola, no tardó en dar explicaciones, apoyándose en el hombro de su marido, claramente marcando terreno. Noté que él se incomodaba.

—Mara va a participar en uno de los retiros.

—¿En cuál? —se apresuró a preguntar algo sorprendido, no entendí el porqué.

—En uno, cariño, por el que han pagado.

Y lo dejó en el aire. Él la miró, no entendí de qué iba todo eso, ni me importaba.

—Sí, sí, Mireia se encargó de eso, ya estoy enterada —mentí.

—Bueno, cariño —dijo nuevamente la catalana, no me gustaba nada cómo utilizaba esa palabra para dirigirse a mí—, yo me uniré unos días más tarde. Thiago tiene un viaje de negocios a Italia y yo debo esperar unos días. No te preocupes, estarás en buenas manos con Enrico.

Pensar en Enrico me contrajo la vagina, no os voy a engañar. Aunque ese guiño de ojo de Estel, no lo acabé de entender.

13
Mi nueva sonrisa

—¿Quieres que te traiga algo de Italia, cariño?

La niña tardó en contestar mientras engullía una hamburguesa del maldito McDonald's. Odio esos lugares de comida rápida y ella lo sabe, pero ese día todo valía con tal de pasar un rato juntas.

—No. Ya me han invitado a pasar unos días de vacaciones allí con Bianca y papi ha dicho que sí.

—¿Papi ha dicho que sí? ¿Y no pensabais decírmelo?

Me miró desafiante mientras sorbía el refresco.

—Eso es cosa de padres. Si dejaras de hablarle enfadada e insultarlo, tal vez papi te contaría más cosas.

—Yo no lo insulto... —mentí.

La niña no contestó, tan solo hizo un levantamiento de cejas de incredulidad y lo entendí a la perfección. Vale, no había reparado hasta ese momento que mis peleas con Héctor estaban siendo grabadas mentalmente por mi hija. Y sí, me sentí tan despechada cuando Héctor me dijo que se había enamorado de otra, que mi actitud en verso a él y todo lo que el dijera, era la de escupir mierda, rencor e insultos. Gaia no tenía la culpa, sin embargo, todo eso la estaba envenenado de mala manera. Ahí, en ese instante, lo decidí. Se acabó la mala relación con Héctor. Ni un insulto más, ni una palabra más alta que otra. Antes me mordería la lengua y me la tragaría, junto a mi orgullo, por más que pesara como un tonel.

—Me parece bien que vayas de vacaciones con tu amiga a Italia. Tienes mi permiso —afirmé sintiéndome un poco mejor madre.

—¿Lo necesito? Si papi dice que sí, es que sí.

—No, hija no..., la cosa no funciona así. —Ya estaba cayendo en su juego.

—Ya lo veremos... —me retó.

Pero no quise seguirla. Me había prometido comer tranquilas, pasar un rato juntas y sonsacarle un abrazo antes de irme.

—¿Y Roque? —preguntó, preocupada—. ¿Qué vas hacer con Roque?

—Pues tendré que dejarlo en una residencia canina.

—¡No! Allí hay jaulas. Mami, nooo... Yo quiero quedarme con él —suplicó.

¿Mami? ¿Se estaba dirigiendo a mí?

—Pero papi no quiere, ya lo sabes.

—No es papi, es Laura —dijo indignada—. Mami, *porfi*...

Oír la palabra mami tan dulcemente me inundó el corazón. Era la tirana más embaucadora y dulce del mundo cuando quería. Hacía mucho tiempo que había dejado de dirigirse a mí como mami o mamá, utilizaba mi nombre.

—Mira, cariño, vamos a hacer un trato. Si prometes que lo vas a sacar a pasear a diario y cuidar de él, puedo convencer a papi para que deje que os lo quedéis estos diez días. ¿Qué te parece?

Le cambió la cara totalmente. La niña adoraba al perro, pero sabía que su padre se había negado a tener ningún animal en ese dúplex de enorme terraza en el que vivía. Supongo que por toda la responsabilidad que conllevaba y, claro estaba, porque a doña *DracuLaura* no quería. Saltó de la silla en una explosión de alegría y se tiró a mis brazos. Entonces sí, quise que se parara el mundo. ¡Un abrazo! Fue un abrazo sincero, un abrazo sin pedírselo, un abrazo de hija feliz. No recordaba esa sensación. Me emocioné, se me cristalizaron los ojos y tuve que tragar saliva. ¡Dios, qué mala madre había sido! Necesitaba recuperar a mi hija urgentemente, era el motor de mi vida, lo tenía más que claro. Disfruté de ese momento y dejé que ella sola midiera el tiempo del gesto. Fue todo un éxito.

A la vuelta pasamos por casa a buscar a Roque. La niña era otra, estaba contenta, no me escupía fuego, con eso me bastaba. Así que Roque se acomodó en el asiento de atrás con su arnés, su cinturón y la niña al lado. Puse la emisora de moda, yo la detestaba, pero a ella le encantaba, así que esa esta vez decidí no obligarla a escuchar Rock FM. Se sabía casi todas las canciones enlatadas que sonaban, no había reparado en que no sabía qué tipo de música le gustaba a mi hija y que evidentemente no tenía por qué coincidir con mis gustos musicales, porque no coincidíamos, no. Aun así, estuvo bien. Fue un trayecto agradable. Tarareé las canciones de Taylor Swift a la par con ella y no dejé de mirarla por el retrovisor del medio. Se veía feliz, con su mano puesta sobre Roque y cantando. Esa era mi hija, esa quería que fuera cuando estaba conmigo. Nota mental: menos rock y más música basura.

No dejaba de pensar en la cara que iba poner Héctor al ver llegar a la niña con el perro. Rozaría el ictus y yo pensaba disfrutar de ese momento. Al fin y al cabo, Roque fue nuestro primer hijo, si Gaia quería tenerlo con ella cuando estuviera en casa de su padre, él iba a tener que pasar por el aro.

—Gracias, mami, por dejar que Roque se quede, creí que no lo dejabas venir a casa de papi por culpa de Laura.

Me sorprendió ese comentario, nunca había dicho nada malo de esa chica delante de ella. Aun así, tuve que disculparme, seguramente no había estado llevando nada bien ese tema.

—Gaia, cariño, eso no es así. Los adultos somos complicados, supongo que te has dado cuenta. Pero Roque y tú sois mis hijos, y también los de papi. A partir de ahora Roque vendrá cada vez que tú quieras que venga contigo. Te lo prometo.

Héctor abrió el portal en el mismo instante en que la niña me daba un beso y un enorme abrazo. Su cara de incredulidad era digna de inmortalizar. Pero más lo fue cuando Roque se abalanzó sobre él y le cedí la correa.

—En diez días vengo a buscarlos, a los dos —así, sin anestesia.

Héctor se quedó helado. Miró al perro, luego a la niña. Yo no bajé la guardia, me mantuve en mis trece, sin darle opción a nada.

—Pero, yo no puedo...

—Roque también es tu hijo, ¿o lo has olvidado? Además, Gaia quiere tenerlo aquí con ella cuando está contigo. No te atrevas a negarle algo así a una niña de padres separados —un poco de chantaje emocional era necesario—. Necesita tener a Roque con ella.

—Pero...

—Pórtate bien, rubio. —Acaricié el perro—. Adiós, Héctor —dije, disfrutando como una loca de ese momento—. ¡Chao, cariño! —y saludé a mi niña desde el coche con mi nueva sonrisa, la de satisfacción.

Al final se había enderezado el día. No sentía ni un ápice de síntomas de resaca. ¿Será que las hormonas de la felicidad anulaban esos efectos? Porque me sentía viva y con ganas de largarme de una vez a ese lugar.

Aún me quedaban muchas cosas por hacer, imprimir el billete de vuelo, el del alquiler del coche, hacer la maleta, decidir qué llevar... Ya en el coche empecé a agobiarme. ¿Sería capaz de hacerlo yo sola? Estas eran las típicas cosas que una siempre suele hacer en pareja, ya sea con tu marido o con tu amiga, pero jamás había hecho algo así sola.

Viajar en avión, alquilar un coche, llegar hasta ese pueblecito, buscar la hacienda... ¡Uf! Se me hacía un mundo nada más pensarlo, pero tenía que hacerlo. Chao a Madrid, mi zona de confort, la caótica y frenética Madrid. Además, tenía que levantarme muy temprano y a esa hora me iba a costar horrores encontrar un taxi. ¿De verdad tiene que haber vuelos que salgan a las seis de la mañana? ¡Si seguro que no están ni puestas las nubes en el cielo! ¿A dónde diablos va la gente tan temprano? Teniendo en cuenta que en el aeropuerto hay que estar, mínimamente, una hora antes. Iba a morir, era el sacrificio de mi vida. Solo rezaba por no quedarme dormida ni nada por el estilo. Así que una de las primeras cosas que hice fue conseguir el taxi para que me esperara en la puerta en plena madrugada. Eso pude hacerlo desde el coche, de camino a casa y una cosa menos por hacer.

Empecé a ponerme nerviosa cuando la impresora de casa no obedecía mis órdenes. Tenía todo el papeleo en el correo electrónico, en formato virtual, pero yo siempre iba a lo seguro, el papel. Y las impresoras no se me daban mejor que los semáforos, así que, a esa irritante *Epson láser* a color, le faltó el canto de un euro para salir por la ventana del patio trasero de casa. Ese hubiera sido un buen momento para hacer algo así, ya que ni el perro estaba en casa y nadie, absolutamente nadie, iba a juzgarme. Pero no lo hice. Intenté tomar aire, me serví una Coca-Cola... Sí, estáis leyendo bien, una Coca-Cola, y dejé que sus burbujas me regalaran la paciencia que necesitaba ante aquel aparato. Di dos tragos y volví a intentarlo. Cerré los ojos y le di a imprimir. ¡Bingo! ¡La Coca-Cola había funcionado! Ahora sí, tenía todo el papeleo en las manos. ¡Qué satisfacción! Para celebrarlo le añadí un culito de vino que tenía y acabé bebiéndome un calimocho como cuando iba de conciertos.

Todo un momento de retroceso en el tiempo. Ese sabor me transportó al concierto de Extremoduro al que llevé a Thiago. Ese día quedó horrorizado al ver que se mezclaba el vino con el refresco de cola.

—Un insulto a la uva que ha madurado hasta poder convertirse en ese apreciado elixir —intentó convencerme con su palabrería de tío listo.

—Ya, pues prueba el insulto, anda.

Le ofrecí el enorme vaso de plástico.

—Mmm. Interesante... —dijo relamiéndose.

Le gustó, aunque Extremoduro no tanto. Aun así, aguantó el concierto como un campeón a mi lado.

Podía perdonarle que no le gustara uno de mis grupos favoritos, pero solo porque cuando quería que dejara de escucharlo, tan solo tenía que acercarse a mí, empezar a besarme el cuello, meter su mano bajo mi pantalón y yo solita paraba el equipo de música, así conseguía el perdón divino.

Metí de todo lo que pude en esa enorme maleta que me iba a costar un ojo de la cara facturar. No sabía exactamente que me iba a encontrar, así que lo que más abundaba era ropa cómoda. Evidentemente no metí el chándal de cuarentona que Mireia tanto odiaba, pero sí las mallas, pantalones de verano, algún tejano, blusas sueltas y mi colección de tangas sexys. Los mismos que comencé a usar cuando Gustavo empezó a visitar mi monte Venus. Esas bragas de algodón eran lo más cómodo del mundo, pero esos tangas, pese a que me hacían picar la raja del culete, increíblemente también me hacían sentir poderosa. Es extraño, pero era así. Con lo cual, ni lo dudé. Así que llevaba prendas cómodas, y prendas para sentirme una Superwoman en la Toscana.

Quise llamar a Mireia, pero todo era demasiado reciente y sé perfectamente que merecimos esa distancia y todo volvería a su cauce. Pensé en mandarle fotos cuando estuviera allí, aunque no quisiera hablarme, seguro que las miraría y sabría que pensaba en ella.

Gustavo no había dejado de escribirme mensajes. De los suyos, algunos picantes, otros pornográficos directamente. Tenía que parar eso, ya, pero ese *ya* no iba a ser inmediato, y es que esas fotos tenían algo de artístico, eso es, era puro *arte* su aparato varonil. Pero en cuanto volviera de mi retiro, eso iba a tocar a su fin. ¿Por qué me costaba tanto cortar algo que no iba a ningún lado? ¿Tan necesitada estaba? Seguramente sí. Y Gustavo era todo un bombóncito con dotes de *Christian Grey*, pero de otra generación, que nada tenía que ver con la mía. Pensé que esos días me darían la respuesta a temas como él, así que no quise darle más importancia. Y le contesté a la mayoría de ellos con emoticonos, esos que se utilizan cuando no sabes qué decir, sin embargo, suelen ser bastante expresivos. Imaginaos, el que más utilizaba es el del semblante de susto, con ambas manos en la cara y la boca abierta. Sí, esa era la cara de cualquiera que pudiera ver esas imágenes. Algunas ni las descargaba, las dejaba en borroso, imaginando su contenido, ese chico no tenía límites.

Cuando todo estuvo bajo control y el calimocho finiquitado, el cansancio se apoderó de mí. Dejé las maletas en el suelo y me dejé caer con los brazos en cruz sobre la cama. Tan solo quise recostarme unos segundos, descansar el cuello, pero me quedé dormida. Minutos después el sonido de un nuevo mensaje me devolvió a la realidad casi con un paro cardiaco. Había sonado como si fuera un timbre infernal y es que el teléfono estaba pegado a mi cabeza en el colchón. Tenía que cambiarle ese sonido. Me sujeté el puente de la nariz, e intenté enfocar el mensaje.

—¿Estás despierta? Necesito que hablemos de algo.

No me quedaban fuerzas para contestar escribiendo, ya que era incapaz de enfocar bien las teclas. Así que le mandé un audio de voz, medio dormida, pero lo suficientemente entendible.

—Y yo necesito dejar de ver tu polla cada vez que cierro los ojos…

Esperé unos segundos, evidentemente iba a provocar una respuesta de alto nivel. Pero no la hubo. Así que me quité la ropa, me metí en la cama, apagué la luz y, cuando ya estaba a punto de conciliar el sueño, contestó.

—Celebro que después de tantos años, sigas pensando en ella.

Nooo… ¡Que alguien me mate, por favor!

14
Odio los aeropuertos

Intentar olvidar que le has contestado un mensaje a tu exnovio, haciéndole creer que pensabas en su aparato sexual, no es algo fácil. Después de eso me costó dormirme. Por supuesto, no contesté más. Solo quería que la cama me engullera y me escupiera en Australia por lo menos. Así no tendría que volver a verle la cara tras semejante cagada.

El taxista no dijo ni mu, al verme aparecer arrastrando dos maletas, una pequeña de cabina y la otra enorme, a la cual le bailaba una rueda y no obedecía nada bien mis órdenes. Yo la empujaba para adelante y los adoquines de la acera la hacían moverse para el lado. Vamos, que, entre mi cara de sueño y la maleta grande medio coja, que parecía un potro indomable, daba una imagen lamentable. De igual modo me importaba bien poco. No eran ni las cinco de la mañana, y eso no son horas de ser persona, aunque el taxista pareciera fresco como una rosa. Admiraba la gente que pasados los treinta podía trasnochar y seguir con la vida como si nada, los *putos* amos.

He de decir que no me costó nada reconocer a algunas de las personas que asistirían conmigo a esa especie de colonias de gente adulta algo chalada como yo. No sé, la mayoría los identifiqué por ese aspecto de *perroflauta* adinerado tan peculiar. Sí, esos que vestían ropa ancha, sandalias de tiras, collares exóticos seguramente de sus últimos viajes y el cabello anudado siempre con ornamentas de madera o piedras. Pero ya os aseguro que esos supuestos pantalones de lino Ralph Lauren, del rubio que facturaba la maleta delante de mí, valían más que todo lo que había metido yo en la mía. «¡Así cualquiera es *hippie*!», pensé mientras le miraba el culo, por cierto, muy bien puesto y respingón.

Odio los aeropuertos, aún los odio, pero entonces los odiaba mucho más. Tanta espera para todo, tanta lentitud, tanta paciencia de la que yo carecía, gente arriba y abajo, sentirse observado, el miedo espantoso a perder tus pertenencias que no te dejan ni ir al baño tranquila, la típica persona que quiere darte conversación mientras intentas leer ese libro que sabes que no terminarás en todo el viaje. Por no hablar de la incertidumbre, de ir mirando a las personas y descartar mentalmente los que no deseas y rezas porque no le haya tocado el asiento contiguo al tuyo. Las voces indescifrables que suenan constantemente de los altavoces. ¿Alguien entenderá algo? ¡Imposible! Por eso siempre hay tanta gente desorientada que cree que tú podrás aclararle donde está su puerta de embarque, cuando tú sigues frente a la tuya y de la cual aun tienes serias dudas de si es la correcta. Por todo eso, ¡Odio los aeropuertos! Aunque en esa época cualquier cosa me causaba odio, así que eso tan solo era un granito más.

Así que me puse mis AirPods, y dejé que la espera fuera más liviana entre canciones de una lista de rock español que me había descargado previamente. Sabía que, en los próximos días, otro tipo de sinfonías, ruidos y silencios iban a poblar mis horas. Tan solo rezaba porque no fueran malditas flautitas. No tenía ganas de sufrir otro de mis ataques de ira con ese tipo de melodías. ¡Dios, qué odiosas son! Así que un poco de rock a todo volumen, antes de todo eso, no podía hacerme daño y así, ya de paso, evitaba interactuar con nadie. Que bastante iba a tener que hacerlo durante esos diez días.

En cuanto la gente empezó a movilizarse, me uní al rebaño, esquivando con éxito al primer pesado de turno que ya quería comerme la olla. ¿Me acababa de quitar los auriculares y ya alguien intentaba hablarme? ¿En serio? Al notar la cercanía de esa persona, y sin llegar a mirarla, me escabullí entre la cola de gente sutilmente con mis dotes de ninja fracasado. Solo quería subir a ese maldito avión, aposentar mis cosas y rápidamente volver a evadirme en mi música.

Todo un éxito... o eso me creía yo. Mi asiento era junto a la ventanilla, comprobar eso me quitó un peso de encima. Perfecto. Mirada perdida al cielo y listo. Con los auriculares puestos, por si las moscas. Mi acompañante tardó en llegar. Puestos a elegir, el *perroflauta piji* —como diría el nuevo Héctor—, el de los Ralph Lauren, hubiera sido un buen candidato. Pero no, la vida no me concede esos deseos a mí. ¡Maldita sea mi suerte!

—Hombreee —¡Oh-oh! Alarma interna sonando—. Ni hecho a propósito...

La última voz que deseaba oír en ese momento, se dirigía a mí en tono burlesco.

Tardé unos segundos en decidirme a mirarlo. Mientras él se fue acomodando a mi lado y a su vez desacomodándome a mí, a mi vida, a mi alma...

—Vaya —intenté forzar una sonrisa—, qué casualidad.

No solo estaba fresco como un rosa, sino que iba hecho un pincel, con un polo blanco de La Martina que le quedaba de anuncio. Dos segundos tardó su perfume en llegarme, Invictus, de Paco Rabanne. Llevaba más de quince años con el mismo. Lo reconocí al instante. Cómo no hacerlo, recuerdo que se lo regalé yo misma poco después de su lanzamiento. Son de esos olores que están hechos para esa piel en concreto. Esa mañana se había bañado en él o mi olfato estaba intentado inhalar más dosis de la que podía, permitiéndome así viajar en el tiempo y llevarme a esos momentos donde lo olía directamente desde el recoveco de su pecho.

Tardó como mucho un par de minutos en sentarse y tomar aire. A Thiago nunca le habían gustado los aviones, es de esas pequeñas fobias que nunca quiso reconocer, pero era más que evidente. Así que lo observé en silencio. Se fregó las palmas de las manos en el pantalón un par de veces. Tragó saliva demasiadas veces seguidas y finalmente un gesto tan suyo como el de entrelazar las manos y hacer rodar los pulgares como si uno persiguiera al otro en una rueda de hámster. Definitivamente, seguía teniendo miedo a los aviones. Pese a que su forzada sonrisa quisiera simular lo contrario.

Me quité un auricular y aunque me estuviera muriendo de vergüenza por lo del mensaje cruzado, decidí hablarle, por lo menos hasta que el avión despegara. No me costaba tanto.

—Veo que sigues teniendo pánico a volar. Pensé que con los años te habrías hecho tratar ese problema —dije sin ninguna maldad.

—Y yo veo que sigues teniendo la lengua afilada y cero tacto para decir las cosas.

—A ver... —Se había ofendido—. ¿Sigues negando algo así?

—No tengo pánico a volar, no es eso. Es solo que... No sé, a todo el mundo le da algo de reparo el momento del despegue.

—Eso es pánico, miedo, llámalo cómo quieras.

—Lo que tú digas —entornó los ojos dándome la razón.

Ya lo estaba haciendo de nuevo, un montón de años después seguía dándome la razón como a los locos. Me sentí fatal. Porque entendí que ese hombre que tan importante había sido en mi vida, se había dedicado a quererme y consentirme en todas mis excentricidades de juventud y no me di cuenta en aquella época. Tal vez fue eso lo que me llevó a tomar aquella decisión, a ese momento. Creo que fue la primera y única vez que él no iba a dar su brazo a torcer, no me iba a dar el gusto de darme la razón en algo que evidentemente no la tenía. Sin embargo, desde que había vuelto a coincidir con Thiago nuevamente no me había mostrado ni un ápice de esa otra persona de tendencia sumisa, en cuanto a la relación me refiero, que en cierto modo fue en el pasado. Eso me impactó y me gustó a su vez, no obstante, verlo nuevamente darme la razón también fue un jarro de agua fría, ya que también me recordó lo estúpida que había sido.

—No te ofendas —le pedí disculpas con la mirada.

Los altavoces nos recordaban que el despegue estaba a punto de empezar. Así que, cogí aire y me maldije por lo que iba a hacer, pero era como si en cierto modo se lo debiera. Así que intenté hacerle el despegue más ameno.

—¿Y qué me cuentas, Thiago? ¿Todo bien en el mundo de los vinos?

Sí, puse un poco de retintín en la tonalidad de esas preguntas, no obstante, él, o no se dio cuenta, o prefirió no hacerlo. Prosiguió a hablar apasionadamente de ese mundillo, ese que sabía que a mí también me gustaba y lo escuché pacientemente. Parloteó como si tuviera muchas ganas de hablar conmigo, así que como si estuviera hablándole a una amiga de toda la vida, a una amiga, no a una exnovia, ni a esa mujer que decidió dejarlo, ni a esa loca que lo quiso con todo su ser, ni mucho menos a esa que había pasado a ser una infeliz crónica y, sobre todo, no a esa, que mientras lo escuchaba hablar y reír, estaba ya calculando el precio que tendría ese vuelo juntos. Definitivamente, un coste muy alto.

Me mantuve en mi lugar incluso cuando hablaba con detalle de ese viñedo que ambos habíamos proyectados juntos. ¿Acaso lo había olvidado? ¡Era nuestro sueño! ¿O le gustaba restregármelo por la cara? Así que simulé ser una persona que no soy, y en vez de soltarle un par de frescas y decirle que no podía alegrarme porque hubiera cumplido nuestro sueño con otra mujer, o que me parecía fatal que su hija se llamara como tendría que haberse llamado «nuestra» hija. Tampoco podía decirle que me sentía como traicionada, sin estarlo. Que era como si hubiera cogido todo nuestro amor y lo hubiera lavado a la piedra y continuara utilizándolo, pero no juntos, no conmigo, en vez de dejarlo en el pedestal en que yo lo tenía. Así me sentía, pero no. Eso tenía que callarlo, estaba en un avión y no podía levantarme y largarme. Así que como solía decir Mireia, me tragué mi *juguito de odio* y simulé ser una persona totalmente cuerda, afrontando una situación de lo más normal. Aunque la vena del ojo me iba a explotar y me titilara el párpado incontrolablemente.

El avión ya había despegado, él, ni se había enterado y yo no quería seguir con esa charla. Tenía que inventarme algo para dejar que esa conversación muriera y así poder conectarme a mi música e intentar olvidar que estaba sentada a escasos centímetros de él.

Hice el intento de volver a conectar mi AirPods.

—Thiago, disculpa, estoy agotada, voy a echar una cabezadita, que he dormido poco.

Supe al instante que no debí decir eso. La excusa me iba a salir cara.

—Bueno. —Hizo una pausa, pero no se contentó con dejarlo ahí—. Cuidado con lo que ves al cerrar los ojos.

¡Dios! ¿Por qué me pasan estas cosas?

15
La respuesta

¿Qué se suponía que debía contestarle cuando él aún creía que seguía pensado en su miembro varonil? A ver..., que no es que fuera algo incierto del todo, pero no podía arreglarlo diciendo: «No, tranquilo, hablaba de la manga pastelera de otro». Hubiera sonado igual o peor, que la opción de que continuara creyendo que era la suya. No obstante, me quedó claro que no bromeó en aquella nota, y que, mientras mi viejo teléfono estuvo en sus manos, fue revisado y diría que más de una vez.

—Olvida lo de anoche, no sabía que eras tú, estaba muy dormida —quise excusarme sin dejar de mirar por la ventanilla, ya que sin evitarlo empecé a sonrojarme.

—Ya... —sonó a sarcasmo del bueno.

—Ya, ¿qué? —le recriminé, girándome hasta volver a chocar con sus ojazos azules *fundebragas*.

—Es normal...

—¿El qué? —me estaba cabreando esa ironía.

—No soy nadie para meterme en tu vida ni darte consejos, sobre todo después de que tú y yo...

—Tú y yo nada, Thiago. Eso fue hace mucho. Suelta ya lo que quieres decir.

—Pues que deberías tener una carpeta con todas esas fotos y videos eróticos. Tu hija podría verlos sin querer. ¿Ahora te acuestas con niñatos?

¡Pero, por Dios santo! ¿Habéis estampado mentalmente a alguien de un codazo en los dientes? Yo lo hice con Thiago en ese instante, pero mentalmente, que como ya os he dicho en un avión, no podía jugármela.

—¿Se puede saber qué demonios? —Lo miré achinando los ojos—. ¿Estuviste husmeando mi móvil?

Inflé mis fosas nasales y supo inmediatamente que no debió revelarme tal información.

Levantó las manos en son de paz.

—No exactamente, bueno... Sí. —Expiré rabia por ambas fosas nasales y se dio cuenta—. Mara, no era mi intención... —Fruncí el ceño—. Vale, no tengo excusa. Es que reconócelo, es algo muy tentador.

—Y denunciable.

—¿Tú crees? —se hizo el chulo—. ¿Más denunciable que el hecho de que una loca te lance un teléfono y un *compact disc* en un semáforo?

No quise contestar, volví a girar mi cabeza hacia la ventana.

—A ver, Mara, no tienes ni idea de lo que fue para mí, ver tu cara en esa quebrantada pantalla después de tantos años. —Seguí sin mirarlo, pero algo pinchó mi corazón saber que algo le despertó mi imagen—. Me volví a mi coche furioso por tu huida, sin saber que eras tú, y en cuanto me dispuse a hacer el intento de desbloquear el maldito aparato, apareciste.

—Eso no te daba permiso a fisgonear su interior.

Ya había bajado la tonalidad de mi enfado involuntariamente.

—¿Tú no hubieras hecho lo mismo? —No contesté—. ¿Después de tanto tiempo y tras el intento de devolvértelo y ver cómo te escabullías una y otra vez? Pues sí, lo miré. Es lo que hay. Lo siento.

Se hizo el ofendido, como si tuviera derecho a hacerlo.

—Déjalo, Thiago, pero no te atrevas a prejuzgarme, no tiene sentido. Olvídalo. Ni siquiera tenemos por qué estar hablando, solo porque nos hayan tocado asientos contiguos. Llevo quince años sin saber de ti ni hablar contigo, puedo estar otros quince más.

—Qué maja te has vuelto —más sarcasmo—. ¿Cuándo ha pasado esto? —Me miró con decepción. No respondí—. Tú antes no eras así...

¡No! ¡Claro que no, gilipollas! ¡Es que yo antes era feliz! Y no lo sabía.

Me hubiera encantado poder decirle eso. Pero lo único que consiguió fue que pasara el resto del vuelo con una piedra en la garganta y la vista fija en la nada, a través de la ventanilla ovalada. Él no continuó tampoco. Qué extraño momento. Dos personas que habían compartido un pasado, compartiendo asientos contiguos, teniendo una conversación inverosímil y claramente con sentimientos encontrados. Thiago había vuelto a mi vida, era algo irremediable, lo supe tras darme cuenta de que sus palabras tenían el poder de herirme todavía, y porque lo odiaba por todo, pero creo que también era la misma razón por la nunca había dejado de amarlo. Antes de que aterrizara el vuelo ya tenía la respuesta a su pregunta. Supe qué y cuándo había pasado «esto», cómo lo había llamado... La respuesta siempre había sido ÉL.

El avión aterrizó haciendo algún gesto brusco que hizo que Thiago sudara la gota gorda, pero como perecíamos ofendidos, ambos, pues nada, ese mal rato se lo dejé pasar sin interceder. Él también debía empezar por reconocer que tenía fobia a esos malos ratos en los vuelos, en vez de hacerse el machote sin sentido alguno.

Por increíble que parezca, no nos dijimos nada más. El momento de coger la maleta de mano de la cabina fue el más incómodo, intercambiamos un par de palabras. Él me alcanzó la mía sin yo pedírselo y lo más curioso, sin yo decirle cuál era. Sí, sí, parecíamos una pareja enfadada. ¿Cómo podía ser? Si hacía unos días que Thiago no estaba en la ecuación de mi vida. Lo había descartado hacía ya muchos años, y ahí estábamos, como un matrimonio en plena crisis. Surrealista total.

Intenté apresurarme y despedirme con un simple «ya nos veremos» y no mirar atrás. Pero pisar un aeropuerto totalmente desconocido, no es que te de margen para hacer las cosas a la ligera. Así que seguí instintivamente a los demás pasajeros que tenían que recoger también su otra maleta y él me seguía a mí. No a mí exactamente, al rebaño en general, aunque claramente conocía ese lugar de sobras. Iba con su calma, revisando su teléfono móvil, remangado, guapo y ofendido. Yo por mi parte, pues en mi línea, despeinada, estresada y cabreada. Mi maleta salió enseguida gracias al cielo, y como sabía que él debía esperar la suya, aproveché para huir nuevamente a mi estilo. Derrapando ruedas, aunque esta vez de maletas.

Solo tenía que avanzar sin mirar atrás, no hacer ruido, huir sigilosamente. Pero claro, cuando tu maleta es como el coche de los *Pica Piedras*, se complica la cosa. La maleta grande no dejaba de chocar con la pequeña debido a la rueda en mal estado. Una miraba para Cuenca y la otra para La Meca, así era imposible avanzar. Paso, choque, paso, cruce, paso, mosqueo, paso, odio la vida… Así que tironeé de ellas en un intento por enderezarlas a la vez y lo único que conseguí fue que la pequeña saliera disparada. ¡Dios, que *inri*!

«Mara, tú puedes, no la líes».

Pero no, algo se apoderó de mí y me lancé a darle patadas a la maleta grande como una maldita loca. La gente me miraba sorprendida y rodeaban mi posición. Menudo espectáculo de pérdida de control. Cansada, despeinada y pateando una maleta inerte y coja. Estaba a punto de darme algo, lo sé, hasta que una mano larga y estilizada apareció. Recogió la maleta extraviada, la puso en mi mano obligándome a sujetarla y tiró de la grande hasta arrastrarla junto a la suya con la otra mano. Por un momento me quedé descolocada, en shock. ¿Qué estaba pasando? Sin decir nada, Thiago avanzaba delante de mí, con ambas maletas a paso ligero. Tras esos segundos de confusión, arranqué detrás de él, dejando el bochornoso espectáculo atrás y haciendo que la gente empezara a circular con normalidad y se olvidara de mí. Lo seguí hasta la salida, donde un coche enorme lo esperaba, un flamante Alfa Romeo Stelvio de color rojo Ferrari.

Apenas reaccioné cuando vi que metía mi maleta en su maletero. Fue cuando se giró a coger la pequeña que yo arrastraba cuando entendí que quería que subiera a su coche.

—Tengo un coche alquilado —me apresuré a decir.

—Déjalo, podrás recogerlo si lo necesitas en otro lugar —sonó a orden, y no me gustó.

—Además, yo voy...

—Sé a dónde vas —no me dejó acabar—. Yo te llevo.

—No hace falta, estoy bien, puedo yo sola con mis cosas.

—¿De verdad puedes? ¿Crees que después de semejante episodio puedes conducir en una Italia caótica?

—Ya soy grandecita. No necesito ayuda —sentencié.

—No es lo que parece. Además, estás aquí porque precisamente vienes buscando ayuda. Sube al coche, Mara.

—¡No! Dame mis maletas.

—Sube al coche, maldita cabezona y orgullosa. ¡Déjate ayudar de una vez! —me gritó, y no supe ni reaccionar. Así que bajó la tonalidad y añadió—: Sube al coche, Mara, por favor. No voy a marcharme de aquí sin ti.

Sonó tan romántico, tan peliculero, que mi corazón se derritió a la vez que mis bragas. Después analicé que esa frase no era como yo la había interpretado de entrada y que se refería al aeropuerto, nada más. Pero se salió con la suya y subí al todo terreno rojo sin rechistar más, bajo la mirada de asombro del chófer.

Thiago aún tardó unos minutos en subir y para mi asombro fue para conducir.

—¿Has despedido a tu chófer? —bromeé—. ¿De verdad tienes chófer? Increíble.

Sonrió negando con la cabeza.

—Tan solo le he pagado un taxi y dado el día libre. Y no, no tengo chófer, es mi amigo Rafael, aunque también trabaja para mí. Puedes sentarte delante si quieres.

Y eso hice, salí todavía incrédula por cómo estaban yendo las cosas y me senté a su lado. Ya desde el coche admiré la belleza del pequeño aeropuerto de Pisa. Jamás había visto un aeropuerto tan verde, tan lleno de vegetación, tan bonito. El sol picaba de buena mañana. Así que me puse mis enormes gafas de sol a lo Audrey Hepburn, pero sin glamur, y me dejé maravillar por ese bonito lugar.

Nunca antes había estado en Italia, aunque pareciera increíble después de haber tenido un novio italiano, pero esa era la verdad. Nunca había pisado ese país, y después de romper con él, supongo que yo misma me lo había vetado. Tonterías que hacemos sin sentido.

Thiago tenía razón, el tráfico italiano era sumamente caótico. ¡Por Dios, qué temperamentales son! Carácter mediterráneo total.

—¿Habías estado ya por aquí?

Mierda. Si le decía verdad e irremediablemente iba a pensar que arrastraba alguna especie de trauma por él o algo así. Dudé unos instantes, pero al final dije la verdad.

—No, nunca he estado en Italia. Es la primera vez.

—¿Nooo? —apuntó entre sorprendido e indignado.

—Pues no. A mí no se me ha perdido nada en Italia.

—Pues tu hija está deseosa de conocerla, podríais haber hecho este viaje juntas.

—Thiago no estoy aquí por placer —le corté—. Es una larga historia y lo de mi hija también.

Dejó que un pequeño silencio se interpusiera entre nosotros antes de volver a hablar simulando no darles importancia a mis secas palabras.

—Vaya, vaya. Entonces nunca has visto la Torre de Pisa.

—No.

—Pues esto hay que solucionarlo.

Y el muy loco dio un volantazo ganándose las pitadas de los demás conductores, un giro tan brusco que tuve que sujetarme al asiento.

—Pero ¿qué demonios haces? ¿Estás loco? Ha sido muy peligroso.

—No menos que salir chirriando ruedas en un semáforo. —Me miró ladeando la cabeza.

Vale, tenía razón y debía callarme. Además, yo era la profesional de imprudencias al volante, así que era mejor que me abstuviera de recriminar nada así.

—Thiago, no tengo tiempo de hacer turismo.

—Solo será un rato, como mucho una hora. Te enseño la torre, tomamos un café y punto.

—No puedo, de verdad, ya la visitaré otro día. Déjame donde pueda alquilar un coche, ya que me has hecho perder el otro y sigue con lo tuyo.

—Yo te llevo donde vayas, ya te lo he dicho.

—Está bien... —Puse los ojos en blanco.

Saqué mi teléfono y busqué el correo electrónico con la dirección e intenté mostrárselo.

—Mira, es aquí a donde voy... —Quise mostrarle la ubicación desde mi teléfono.

Me miró apenas posó sus ojos en los míos un instante y los volvió a la carretera.

—Sé dónde vas. La que no lo sabe realmente creo que eres tú.

Ese comentario despertó esa pequeña alarma interna que todos tenemos y eso que todavía no sabía a qué se refería realmente.

16
Preguntas comprometidas

Si yo era cabezona, Thiago se había vuelto más, porque haciendo caso omiso a mi negación, unos minutos más tarde dejaba el bonito Stelvio en un *parking* a dos calles de la torre. Pagó a uno de los senegaleses que vendían gafas de sol para que le vigilara el coche. Ya que se ofrecían con ese servicio a cambio de que le compraras unas gafas, la mayoría usadas. Thiago no dudó en comprarle un par de gafas y darle veinte euros más a cambio de un servicio que el joven de sonrisa prominente, aceptó encantado. Yo me indigné, típico de mí.

—Pero ¿cómo vas a pagarle si el *parking* es gratis? —rechisté delante del muchacho.

—Déjame a mí, sé lo que hago.

—¡Me niego! —Miré al chico—. Tú, Will Smith, devuélveme esos veinte euros —le exigí.

El muchacho se apresuró a meterse el billete en el bolsillo, confuso, buscando la aprobación de Thiago.

—¿Podrías ser menos borde y tratar con respeto al chaval? Se llama Keita. Y, además, el dinero se lo he dado yo, no me lo ha pedido.

Me sentí un poco mal por haberle llamado así, pero eso no hacía que sintiera que nos estaban estafando.

—¡Pero es que no tiene sentido!

—Mara, baja las revoluciones. Dale un respiro a ese demonio interno que habita en ti, por favor.

Me puso en mi sitio con una verdad como un templo. Así que me mordí la lengua, relativamente. Mientras él tocaba de nuevo el hombro del chaval y le explicaba que todo estaba bien.

—Así que sobornas a los vendedores ambulantes...

—No los soborno, les pago por un servicio, y así me aseguro que cuando vuelva, mi coche está intacto y no han intentado forzarlo o rallarlo o vete a saber...

—Vaya que, para ser un *parking* gratuito, en realidad no lo es.

—Más o menos. Esto no lo hemos inventado nosotros, Madrid está lleno y Barcelona también. Ellos se ganan la vida y mi coche está a salvo. Es un intercambio.

No añadí nada más. Me dediqué a seguirlo. No estaba de acuerdo con eso, pero tenía razón, él había decidido pagarle y yo debía aprender a callarme un poco más.

Nos adentramos en unas bonitas calles adoquinadas, repletas de balcones floridos. Todo me parecía precioso. Los carteles de las tiendas, lo gente sentada en las terrazas de los bares, hasta las caóticas motocicletas que deambulaban a lo loco, aunque fuera una calle estrecha. Sin embargo, no me molestaron. El aire italiano empezaba a hacer mella en mi ser. Empecé a fotografiar cada detalle que me llamaba la atención. Era algo muy típico de mí, cuando viajaba hacía fotos a cosas poco importantes y cuando regresaba apenas había fotografiado las realmente emblemáticas que todo el mundo solía capturar. Thiago me observaba y me dejaba hacer a mi antojo, a mi ritmo. Me guiaba con las manos en los bolsillos. Yo no podía dejar de mirarle el trasero y maldecirme a mí misma por subnormal. ¿En qué momento dejé escapar un hombre así? ¡Pero si parece sacado de un anuncio! Por suerte mis enormes gafas no delataban a mis ojos, que instintivamente se sentían atraídos por el movimiento de semejantes nalgas

Enseguida vi aparecer la famosa torre inclinada al final de una calle. Me hizo mucha ilusión y la expresé sin darme cuenta.

—¡Ahí está! —Me apresuré a captar la primera imagen a lo lejos.

Él solo me miró y sonrió divertido de verme tan emocionada. Poco después nos encontrábamos frente a la preciosa y mal hecha torre. Una infinidad de turistas con la misma emoción que yo, intentando hacer la mítica foto que simula aguantar la inclinación del edificio.

—¿Quieres que te haga una foto de esas? —me susurró por detrás mientras intentaba fotografiarla con un buen ángulo.

O yo estaba muy susceptible, o realmente me había susurrado. Porque noté su aliento detrás de mi oreja y se me erizaron hasta las pestañas.

—Son ridículas esas fotos —contesté.

—¿Y qué? Estaría bien que dejáramos de temer tanto a hacer el ridículo. ¿Quieres hacer algo? Pues hazlo, porque luego probablemente no haya otra segunda oportunidad... y probablemente te arrepientas eternamente —añadió con la vista en alto, sin mirarme.

¿Eso había sido una indirecta? ¿Tendría algo que ver esa reflexión con lo nuestro? Y lo más importante... ¿Por qué me empeñaba en relacionarlo todo con eso, si ya no existía un «lo nuestro»? No obstante, tenía razón, así que accedí a hacerme una ridícula foto, simulando que me caía la torre encima. Eso provocó su risa y por un instante volví a aquellos años en los que reíamos juntos y hacíamos cosas así. Qué jóvenes, ingenuos y enamorados. Y qué triste la nueva realidad.

Seguimos paseando por todo ese lugar. Thiago me dejó en la *Piazza dei Miracoli,* frente a la blanca catedral, desde donde asomaba la torre de fondo. Mientras la fotografiaba fue en busca de un par de botellines de agua. Hacía un calor tremendo. No estuvimos una hora, como previamente me había dicho, estuvimos más, perdí la noción del tiempo y de lo que había venido a hacer en Italia. Disfrutaba de su compañía, me sentía libre, sin estrés, rodeada de gente que desconocía y que no necesitaban nada de mí. Estaba cansada, despeinada y sudada, pero estaba bien. Por primera vez en años, tuve un rato la mente despejada, sin agobios, tranquila y sin ni una clase de yoga.

Antes de salir de la plaza nos sentamos en el césped, a la sombra. Me descalcé y disfruté del contacto con la hierba. ¡Qué sensación! Thiago no estaba excesivamente hablador, tan solo me observaba y me dejaba disfrutar del momento, era un acompañante silencioso, tremendamente sexy, pero silencioso. Me sorprendió esa capacidad que tuvo, de ofrecerme silencios cuando los necesitaba, cuando a su vez, era capaz de discutirme llegando a querer darme órdenes o se enfadaba igual que yo, haciéndose el ofendido. Había cambiado, él lo había hecho a mejor. Desbordaba seguridad en sí mismo. En las horas que llevábamos juntos desde que pusimos un pie en ese avión, había visto muchas versiones de él, y sí, no voy a mentir, ese cóctel que era su personalidad, ese nuevo Thiago, me encantó. No sé si él podía decir lo mismo de mí, ya que me había dejado claro con anterioridad que no era así.

Nos tumbamos en la hierba y bebimos el agua antes de que se calentara. Nos tumbamos bocarriba dejando que la fresca hierba envolviera nuestro cuerpo. Había gente por todos lados, pero juro que me sentía como si estuviéramos solos. En silencio, tan cerca y tan lejos a la vez.

—¿Quieres entrar al museo? —me sorprendió rompiendo el silencio.

—Esto... No, la verdad es que no. Deberíamos empezar a tirar para allí, aún queda un rato de viaje, que lo he mirado en el *Google maps*.

—Está bien, pero antes déjame invitarte a un café. Hay una heladería en la esquina que te encantará y el café es delicioso.

—Al café te invito yo. ¡Qué menos! Con todo lo que estás haciendo por mí.

—Sí, tienes razón. —Vaya, con la soberbia. Lo miré amenazante—. Todo esto quedaría mejor pagado con una cena, pero el café también es una buena opción.

Sonreí con la incertidumbre de si eso insinuaba algo más. ¿Era posible? ¿O era yo que quería ver caballeros donde solo había molinos?

Nos sentamos en una bonita terraza con sillas de color negro, muy elegantes y donde servían los helados en copas de cristal. Muy bonito y cuco todo. Tenía razón, el café *espresso* estaba delicioso y el helado de vainilla que me zampé también. Él se lo pidió de nata y fresa, a lo sumo no parecen ser sabores muy varoniles, pero ver cómo se derretían en sus labios provocó que mi vagina se contrajera irremediablemente. Tuve que disimular la rojez de mis mejillas. Fue un momento extrañamente bonito, por lo menos para mí. Ambos degustando nuestro helado, relajados. Muy surrealista todo. Estaba en Pisa, tomando un helado con mi exnovio, con el que hacía infinidad de años que no mantenía contacto y con el que parecía que no hubiera pasado el tiempo. Seguía provocándome las mismas ganas de quitarle la ropa, morderle todo, inhalar su perfume desde su pecho y olerle el recoveco detrás de las orejas, me moría por volver a hacer eso. Solo que ahora era un hombre casado, bien posicionado y emocionalmente estable, vamos, todo lo contrario a mí. La loca amargada que desayunaba *juguito de odio* para afrontar la vida.

—Mara, ¿puedo hacerte una pregunta sin que me lances cuchillos afilados?

Lamió la última cucharada de su helado y creo que hasta babeé. Dudé qué contestar. ¿Sin cuchillos? Eso quería decir que era una pregunta comprometida. Aun así, acepté.

—Bueno, inténtalo, no prometo nada.

—¿Has conseguido eso que anhelabas? Me refiero a tus expectativas respecto a tu vida.

Vale. Esa pregunta era tan peliaguda que me tomé unos segundos antes de contestar.

—Mis expectativas hace tiempo que se cumplieron.

—¿Y entonces?

—¿Entonces qué? —Me estaba poniendo a la defensiva inevitablemente.

—Es que no eres la imagen de la felicidad personificada exactamente, para haber conseguido llegar a cumplir tus expectativas. —Lo miré achinando los ojos—. Y no te lo tomes mal, te conozco, y es lo que veo.

—No, Thiago, no me conoces, crees conocerme por saber quién era. Pero yo no soy la misma, tú tampoco debes serlo, y la vida a veces no es igual de justa para todos.

—¿Entonces después de nosotros la vida te ha tratado mal? No es lo que parece.

Ese nosotros una vez más fue una lanza directa al pecho.

—No sé, Thiago. ¿Tenemos que hablar de esto? No creo que sea el momento, ni el lugar, y discúlpame, pero no creo que seas la persona con quien deba hablarlo.

—Vale, vale, guarda los cuchillos Xena —bromeó—. Es que simplemente no me ha cuadrado encontrar una Mara así.

—¿Así cómo, Thiago? —Ya me había tocado los ovarios—. ¿Infeliz? ¿Desquiciada? ¿Estresada? ¿Poco querida? ¿Sola? ¿Perdida? —resoplé—. No todos hemos podido llevar una vida perfecta, con la familia ideal y con un trabajo que es más un *hobby*, qué otra cosa.

—¿Un *hobby*? ¿Vida perfecta? ¿Familia ideal? Para el carro, Mara, porque tú también crees conocerme, pero no sabes nada de mí.

Y tenía razón. No sabíamos nada el uno del otro y eso era lo mejor de todo. Esos años de absoluto silencio sin contacto habían hecho que pese a haber compartido algo muy importante, volvíamos a ser dos desconocidos. Y me reitero al afirmar que eso era lo mejor que podía pasarnos.

—Tienes razón, lo siento. A veces hablo sin ser racional —me disculpé sinceramente.

—¿A veces?

—¡Eh! ¡Tampoco te pases! Te recuerdo que casi armas un pollo porque en tu inauguración había hamburguesas veganas.

—¡Porque no pintaban nada!

—Ya, pero es cosa tuya y de tu mujer, en ese momento la racionalidad no brillaba en tu comportamiento tampoco.

—No es lo mismo.

—Ya...

Y así éramos, pasábamos de una conversación profunda a las recriminaciones más absurdas.

Pagué los dos helados y los dos cafés más caros de mi vida. ¡¡Veintidós euros!! Eso sí, los volvería a pagar o los pagaría diariamente con tal de verlo lamer esa cucharilla a mi lado. Una imagen directa a mi cajita mental de recuerdos, en la sección: para noches de soledad. ¿Qué? No me juzguéis. ¿Os imagináis a Henry Cavill comiendo helado? Pues ahí tenéis vuestra imagen, disfrutadla.

Una hora y media nos quedaba de camino hasta San Gimignano. Una hora y media de bonitos paisajes, calma absoluta, castillos, pueblecitos, viñedos, campos amarillos de trigo, el color verde abundando en su esplendor por todos lados. Un paraíso en la bella Toscana. Y un maldito sueño me parecía estar viajando a su lado. No dejaba de mirarle el brazo que sujetaba el volante. Conducía con el otro brazo apoyado en la ventanilla abierta. El viento removía su cabello y me parecía estar viendo un anuncio, con semejantes paisajes y semejante espécimen de hombre a escasos centímetros de mí. Un maldito sueño, que también tendría su coste. Ese recuerdo supe que también me iba a salir caro.

—No pararemos en el pueblo, te llevo directa a la hacienda.

—*OK*, tú mismo, yo no sé ni dónde estoy.

—Bueno, disfruta del retiro, porque este es el último que se va a hacer aquí.

—¿De verdad? ¿Y eso?

—La hacienda es mía. Solo se la cedí a Estel, hasta que su negocio empezara a rodar. Y así ha sido. Increíblemente tiene mucho éxito, cosa que no logro entender. Y bueno, no compré esa casa para algo así, ya tiene ubicado el nuevo destino de los «retiros».

Esa última palabra la dijo con retintín, no acabada de comprender qué era lo que no le gustaba de todo eso, pero estaba claro que no era de su agrado.

Debí sospechar que Mireia no me había mostrado la realidad de lo ofertado en aquel extraño centro.

17
Acerme la psicópata

Llegamos a la casa a través de un camino envuelto en altísimos cipreses. Era imposible salirse de ese camino, estaba perfectamente marcado con los árboles. La hacienda estaba rodeada de campos, ese lugar era la palabra «paz», con sus tres letras. Había que verlo y respirarlo para entenderlo. Delante de la casa había una enorme fuente circular de piedra, de esas de tres pisos, desde donde el agua se desliza, bajando por cada tramo, a cada piso más ancho. Una maravilla de entrada. Había varios coches aparcados bajo la sombra de una estructura que se notaba que había sido construida para ejercer ese papel exactamente. Y justo donde Thiago aparcó el bonito y grandote Alfa.

Me impactó la belleza de la casa, de un color amarillo crema con detalles de piedra. La entrada y los ventanales eran semicirculares dándole una belleza extra. Las paredes estaban adornadas con hiedra trepadora, perfectamente cuidada. Había flores por todos lados, en todos los balcones, en el jardín de la entrada, en los maceteros del camino de piedra que accedía a la puerta principal, hasta había flores que colgaban de un bonito porche de madera blanca que había construido a escasos metros de la casa. No era precioso, no, era lo siguiente. No sé cuánto había pagado Mireia por estos días, pero solo con ver la estancia, fuera lo que fuera, estaba bien pagado.

Una mujer de unos cincuenta años salió a recibirnos totalmente sorprendida y se dirigió directamente a besarle efusivamente las mejillas a Thiago. Hablaron algo en italiano. La mujer quería saber quién era yo y por qué venía con él. No hace falta saber italiano para darse cuenta de lo que la mujer preguntaba. Entendí perfectamente que Thiago le contó que yo era la madre de una amiga de Bianca y que Estel me había vendido un retiro. La mujer arrugó la frente, sin acabar de entender qué hacía yo ahí.

—Ella es Antonella —se dirigió a mí.

Sonreí amablemente y la mujer se lanzó a darme dos besazos con ruido incluido que me dejaron tensa.

—Encantada —articulé con dificultad.

—Ella se encarga de casi todo en esta casa. Cuando necesites algo dirígete a ella directamente. Los empleados de Estel no tienen nada que ver con la casa, así que cuando necesites algo, busca a Antonella o a Ricciardo, es el jardinero, ya lo conocerás.

—¿Y cómo sabré si son de la casa o del retiro?

—Créeme, lo sabrás.

Si él lo decía...

Entró mis maletas y le pidió a Antonella que me cambiara la habitación y me pusiera en otra, no entendí por qué.

—Estarás mejor en esa habitación, es más cómoda, más grande y bueno... Es más tranquila, escucharás menos ruidos.

—Pero si esto es el paraíso de la calma. ¿Qué ruidos voy a escuchar? ¿Los grillos?

No contestó. Se mantuvo unos segundos inmóvil y por fin reaccionó.

—Bueno, Mara, yo ya me voy. Este *hobby* que tengo me da bastante trabajo... —tiró de sarcasmo.

—Valeeee. *Capisci.*

Sonrió al oírme pronunciar algo en italiano.

—Pásalo bien y..., Mara... —Otro silencio incómodo—. No hagas nada que no quieras hacer, tú disfruta de estos días y este lugar. No creo que necesites todo esto, tan solo con que pauses tu vida y tu mente unos días, verás que todo cobra otro sentido.

¿Qué había querido decir con eso? ¡Qué manía con no decir las cosas claras! ¿Acaso hacer el *perroflauta* unos días era tan difícil? ¿Lo diría por el huerto? Supongo que me veía tan de ciudad que no me creía capaz de hacer todas las actividades.

—Creo que sobreviviré. Gracias por todo, Thiago.

Y sí, llamadme atrevida, pero me lancé y le di un abrazo. Un abrazo de verdad, de esos que pude notar sus palpitaciones y en el que intenté hacerme la psicópata y olerle el recoveco de detrás de la oreja como solía hacer. Y sí, olía exactamente como lo recordaba. A gloria bendita y a orgasmo asegurado.

Se separó algo confuso, yo también. Nos habíamos abrazado, así, sin más. Y juro que, si ese abrazo llega a durar unos segundos más, le hubiera costado hasta andar. Ya que notar su principio de erección contra mi cuerpo fue el detonante para que ese abrazo finalizara. Uf, menudo momento. Los dos sonrojados a la vez. Supo que había notado ese impulso involuntario, pero hice ver que no fue así. Y mi taquicardia y yo lo observamos mientras daba la vuelta con el todo terreno.

Al pasar por mi lado, bajó la ventanilla, posó su codo de esa forma tan *sexy* y sin detener el vehículo añadió:

—¿Me has olido detrás de la oreja?

Se me cortó hasta la respiración. Cosa que hizo que él explotara en risas, y así lo vi desparecer, riendo a carcajada limpia.

Todavía tenía una hora antes de la primera reunión grupal en la que nos iban a explicar un poco el funcionamiento de todo. La habitación no era menos impactante que la casa. Me quedé pasmada cuando Antonella la abrió ante mí. Toda con tonalidades blancas y azul cielo. Florecitas de lavanda en jarrones por toda la estancia. Una enorme cama doble con cojines gigantescos a conjunto con las sedosas dobles cortinas celestes y blancas. El escritorio de patas encorvadas, espejo ovalado, mesitas a conjunto... Un enorme cabezal de barrotes de hierro pintado de un blanco gastado y del que se anudaba una especie de cortina también sedosa que caía del techo y que deduje que serviría a modo de mosquitera. Vamos, lo que venía siendo una habitación de ensueño en una estancia rústica en plena Toscana. No podía pedir más, no esperaba tanto.

—Usted es la única que tiene baño, señorita. Las demás habitaciones tienen un baño común al final del pasillo.

—¿En serio? —me sorprendió—. Por cierto, habla usted un español muy bueno.

—Gracias, me casé con un español, pero no fue la mejor de mis decisiones —quiso bromear y yo la seguí.

—La entiendo, me pasó lo mismo.

Ambas compartimos sonrisas y supe en ese momento que Antonella sería la persona con quien mejor conectaría esos días.

—¿Por qué esta habitación tiene baño y las otras no? ¿Es que suele venir el presidente o alguien así a los retiros?

La mujer se incomodó, noté cómo dudó en contestar.

—No, qué va. Esta es la habitación de Thiago, cuando viene a la hacienda.

¿Qué? ¡No me lo podía creer!

—¿Me está diciendo que esta es la habitación de Thiago y Estel?

¡Yo lo mato!

—Mire, señorita...

—Llámame Mara, por favor.

—De acuerdo, Mara. No creo que pueda responder a ciertas preguntas y mucho menos si se trata de la vida de la persona que me paga el sueldo y quiero como un hijo. ¿Lo entiende?

—Sí, claro, Antonella, lo siento. No he debido preguntárselo a usted. Es que todo esto es muy raro..., déjelo. Estoy encantada con la habitación, gracias.

La señora amablemente me enseñó los trucos para regular el agua caliente, me enseñó dónde encontrar toallas y sábanas y me dejó sola. No antes sin soltar algo que me dejó intrigada.

—Me huelo que esta estancia no va a ser lo que espera. Pero déjeme que le diga algo. Júzguelo por cómo se sienta estando en este lugar, no por lo que vaya a experimentar de nuevo. Si Thiago le ha cedido su habitación, es porque cree que usted no es como los demás que vienen buscando eso.

—¿Buscando el qué?

No contestó esa pregunta.

—En cuanto Estel deje de organizar estas cosas, este lugar volverá a ser un lugar maravilloso donde refugiarse de la vida o donde vivir otra de nuevo.

«Apaga y vámonos», pensé. ¿Dónde demonios me habían metido Mireia? ¿Acaso sería un lugar de esos que harían exorcismos o algo parecido? Se me pasó de todo por la cabeza. Bueno, de todo no, evidentemente no imaginaba de qué iba la cosa.

Me dejé caer sobre la cama con los brazos en cruz. ¿De verdad estaba sobre la cama donde seguramente Thiago se había acostado con Estel? Y por increíblemente que parezca, no me causó repulsa, al contrario, sentí algo de morbo al pensar en eso.

Imaginé cómo la ataría a ese enorme cabezal antes de someterla al placer más enloquecedor que solo él sabía dar. La imaginé abierta de piernas esperando ser embestida, la quise imaginar a ella, pero acabé imaginándome a mí, y a él mirándome, deseoso, después de tantos años. Lo imaginé tan meticulosamente que tuve que levantarme de un respingo y hurgar como una loca en la maleta grande, hasta dar con el vibrador que Gustavo me había regalado. Abrí el agua de la ducha y el Thiago virtual y yo nos adentramos en un orgasmo bajo el agua.

¿No había querido que me quedara en la misma habitación donde se había follado a su esposa? Pues yo me lo follaba a él virtualmente, en la misma estancia. Esa era mi estúpida venganza personal. Menuda venganza, ni para eso era buena. Eso sí, solo yo sé el buen momento que pasé.

Guardé el chisme en la mesita, tras cumplir a la perfección con su trabajo, supe que iba a acompañarme estos días si no dejaba de pensar en Thiago, su olor de detrás de la oreja y su erección bajo ese pantalón chino.

Una vez recobrada la dignidad y tras la ducha reparadora acudí a la sala principal donde nos habían convocado. Había cojines en el suelo y una mesa repleta de bebidas refrescantes sin gas y un piscolabis de lo más sano. Tostaditas con aguacate, semillas y esas cosas, que rara vez solía comer, sin embargo, engullí como si no hubiera un mañana. Debía haber unas quince personas, deduje rápidamente que algunos eran instructores, por la pinta de *hippies soplagaitas* de gimnasio entre ellos Enrico, el *buenorro* de Enrico, que no tardó en fijar su mirada en mí, provocándome una extraña sensación. Clavó sus ojos fijamente en los míos, hasta tuve que girarme para ver si realmente era a mí a quien miraba, pero, efectivamente, estaba en lo cierto, aunque no lograba entender el porqué. Así que me di otra vuelta entre los que serían mis compañeros.

Todos se presentaban, se abrazaban de una forma muy lenta y rara. Se tocaban mucho, cosa que me incomodó enseguida. No era muy tocona que digamos. Aunque era consciente de que era un requisito fundamental para fomentar el acercamiento entre personas. Así que básicamente dejé que me sobaran y se presentaran. Para mí eso ya era el ejercicio del año. Yo que me había vuelto una antisocial y cada vez más, rehuía de la interacción humana que no fuera por trabajo. Así que ni os imagináis lo que me costó ese primer contacto. Además, todos utilizaban un seudónimo, nada de nombres reales, así que tuve que inventarme uno sobre la marcha. De haberlo sabido hubiera pensado en uno mejor.

No tardé nada en detectar al *hippie piji* de los Ralph Lauren, o, mejor dicho, él me detectó a mí y vino a presentarse.

—Hola, soy Equino.

¡Y pam! Otros dos besazos y otro abrazo lento e incómodo. ¿Equino? ¿Sería Equino, de caballo? ¿O sería el nombre de algún cantante raro que aún no conocía? Ni me animé a preguntarle e hice mi presentación cutre, al más no poder.

—Yo soy *Serendipity*, encantada.

Se me escapaba hasta la risa de lo ridícula que me sentía presentándome con ese nombre, utilizando una palabra que había descubierto en Pinterest y de la que no recordaba bien el significado, solo sabía que no era algo malo y con eso me valía.

Me miró lascivamente de arriba abajo. «¿Qué hace este *hippie piji*?», pensé mientras no hizo ni el ápice de intención de disimular ese tipo de mirada.

—*Serendipity*... —repitió como si fuera un pensamiento en voz alta—. Creo que sí vas a serlo, sí...

¡Dios, qué momento más raro!

18
El plafón informativo

Por si acaso busqué acercarme al grupo de mujeres mientras Enrico se presentó ante todos como Eros. ¡Lo que me quedaba por oír! ¿Eros? ¿El dios de la atracción sexual y la fertilidad? ¿Qué clase de nombre era ese para un instructor? Definitivamente se lo tenía más que creído que era un *mojabragas*, y vale, sí, tenía toda la pinta de serlo, con ese pelo largo y ese pantalón de hilo. De hecho, la clase de yoga que di con él en Madrid acabó así, pero no todo fue mérito suyo. De igual modo, vaya mierda de nombre. Menudo soplagaitas ese Enrico, alias Eros.

—Bienvenidos a todos, tomen asiento. Dejen fluir la energía y siéntense donde más cómodos estén, captando las energías de sus compañeros. Tienen un par de minutos para hacerlo. Y recuerden, nada de nombres reales y nada de información personal. Aquí y ahora, son quienes quieran ser.

«Uf, esto va a costar más de lo que creía».

No dejaba de repetirme eso a mí misma, mientras intentaba sentarme cerca de alguien que no me mirara, no sé... ¿eróticamente? Es que no sabía ni cómo definir esas miradas. Al final me senté al lado de una joven tatuada, de pelo corto, morena, muy mona y de voz dulce. De trasero de vértigo y sonrisa pícara. «Dulcinea», así se presentó y me gustó, muy *quijotesco*. A mi otro lado un hombre de unos cincuenta largos, serio, no era de los que se relacionaba excesivamente, eso también me gustó. De pelo canoso a lo Clooney, con la camisa de lino abierta y un colgante en forma de espiral. Un hombre *sexy* para su edad, de facciones varoniles y dientes blancos perfectamente alineados. Pero repito que me senté cerca de él por su poca sociabilidad, las más cercana a la mía. Se había presentado como Cronos. No sé si iba a ser capaz de recordar esos extraños nombres.

Una vez que todos estábamos posicionados y había podido eludir que el Equino ese se sentara a mi lado. Enrico, ay, perdón, Eros y sus dos discípulos, como él los presentó, procedieron a explicar por encima normas y horarios a seguir, tales como las comidas y los descansos. Eso empezaba a sonarme a una secta. Me dieron ganas de huir a toda prisa, pero solo de pensar en Mireia, me anclaba a ese cojín.

—Cada día cuidaremos del huerto y recogeremos nuestros propios alimentos. Las clases de yoga y pilates al aire libre se harán junto a la piscina. Las sesiones de meditación diurnas en el porche blanco y las nocturnas en la sala principal, antes de proceder a las sesiones *privé* de después de cenar.

Hasta ahí todo bien. Nos íbamos a dedicar a hacer el perroflauta a base de bien. Pero ¿a qué se refería con la sesión *privé*? Eso no me olía nada bien. Pero no me atreví a preguntarlo. Pensé en que Antonella me lo aclararía.

Enrico se puso en pie, nos hizo cerrar los ojos y mantenernos sentando con las piernas cruzadas mientras él y su arma letal, claramente suelta entre sus pantalones, volvían a contonearse demasiado cerca de los presentes ahí sentados. ¿Se habrían dado cuenta los demás de que ese hombre no utilizaba ropa interior?

—Ahora quiero que visualicéis estos días, llenos de calma, sin preocupaciones, respirando aire puro, abriendo la mente, liberando vuestro verdadero ser. El día será enfocado al trabajo en equipo, donde os conoceréis, sin hablar de vuestra vida privada, así vuestra alma podrá ir eligiendo con quien tiene más afinidad y por la noche, sin prejuicios y con la mente lo más abierta posible, como recompensa aprenderéis a dar y recibir el placer más intenso que jamás habéis experimentado, de una manera diferente, desde el alma. Os aseguro que es la mejor parte del día —bromeó mientras yo estaba algo en shock—. Nada más por hoy, juntemos nuestras palmas de las manos y despidámonos. Mañana a las siete de la mañana os quiero a todos en la sala principal, antes de desayunar. Namasté.

Todos repitieron esa palabra y se levantaron como si nada. Como si yo hubiera sido la única que había entendido algo raro. ¿Había sido yo la única? ¿Nadie más se había percatado que habían dicho la palabra placer? No entendía nada.

Salí a toda prisa para evitar interactuar con nadie. Estaba realmente abrumada. ¿Qué era eso, una comuna *hippie*? «¡Oh, Dios mío! ¡Voy a matar a Mireia! ¡Con razón no ha querido venir!».

Me di una vuelta por el recinto buscando a Antonella, que parecía habérsela tragado la tierra. No obstante, encontré a Ricciardo, deduje que era él, más que nada porque estaba podando un bonito seto de poco más de un metro.

—Perdón, ¿Ricciardo? ¿Habla español?

—*Solo un po* —contestó con un italiano bastante cerrado.

—Estoy buscando a Antonella.

—Antonella... Sí. *In cucina.*

Le agradecí la información y antes de que se diera cuenta ya me estaba adentrando en la casa en busca de la mujer. Di un par de vueltas antes de encontrar la cocina. ¡La enorme cocina! Me quedé impactada al ver a Antonella y dos mujeres más trabajando en esa estancia de techo tan alto.

—¿Qué sucede? —Se asustó al verme esa cara.

—Puedo hablar contigo.

La mujer supo que iba a ser algo incómodo.

—Ya sabes que no voy a hablar de ciertas cosas.

—Sí, lo sé, no es de Thiago de quien quiero hablar.

Creo que en ese momento yo misma me delaté delante de esa mujer, dejando claro que, si algo me interesaba en ese lugar, era Thiago. Ella me miró con el rabillo del ojo. Me analizó unos segundos.

—¿Qué te preocupa?

Tiré de ella del brazo para sacarla de la cocina, ya que las otras mujeres estaban con la parabólica puesta, esperando mi respuesta.

Salimos afuera, ella iba secándose las manos con el delantal. Mis compañeros paseaban a sus anchas, estaba claro que ya habían empezado a relacionarse entre ellos, todos menos yo.

—Antonella, ¿tú sabes de qué trata la actividad de la noche?

La mujer abrió los ojos de par en par, hasta se ruborizó.

—Yo no sé. Yo, en cuanto hago la cena, desaparezco hasta el día siguiente. De eso se encarga Enrico. Yo no sé...

Se puso más nerviosa de lo normal. Estaba claro que sí sabía de qué iba todo eso.

—¿Cómo que desapareces?

—Yo vivo en la casita que hay detrás de la hacienda. Ricciardo y yo vivimos ahí. Son dos pisos separados. —No sé por qué quiso aclararme que ella y Ricciardo no eran pareja—. Pero, mujer, ¿no leíste la información del retiro?

—Es que lo compró y me obligó a venir una amiga. En principio iba a venir ella también, pero tuvimos un mal entendido muy grande y... bueno, como castigo he venido yo sola, ya que ella lo compró creyendo que algo así era lo que me hacía falta.

—Pues vaya amiga que tienes —refunfuñó.

—Pero, Antonella, solo dime una cosa. ¿Es algo rollo sexual? Me refiero a, ¿existe un retiro espiritual basado en el sexo? ¿Es eso lo que hacen aquí?

—Ay, niña, yo no sé nada. Pregúntale a Thiago, que te ha traído él, y aún no entiendo por qué te hace dormir en su cama. Algo no está bien.

—No, no, Antonella, no es eso. Thiago y yo, no... De verdad. No ahora —eso la desconcertó más—, fuimos novios hace quince años, pero eso ya murió. Simplemente coincidimos en el vuelo. Su hija y la mía, para mi desdicha, se han hecho muy amigas. A mí me suelen pasar estas cosas, yo no... —me desinflé agachando la cabeza.

—Ay, la pequeña Bianca, qué dulzura.

—Ya.

Me había hecho sudar la gota gorda la mujer con sus especulaciones. Pero ya me había quedado claro que algo muy raro pasaba y que ella no iba a soltar prenda. Así que corrí en busca de mi teléfono móvil para llamar a Thiago. Subí las escaleras que ni las vi. Rebusqué en bolso hasta dar con él. ¡Mierda! No había ni una pizca de señal. ¿En serio estaba atrapada en una casa llena de pervertidos y sin señal de llamadas ni de Internet?

Vale, lo de pervertidos lo saqué de contexto, aun no sabía de qué iba nada. Pero mi mente se apresuraba a mostrarme lo peor. Recordé que en la entrada había un plafón con información. Con horarios y donde se exponía el *planning* general. ¿Hablarían allí de esa última sesión? Me dispuse a bajar con la intención de no encontrarme a nadie. Así que me tocó hacer de ninja fracasado de nuevo, escondiéndome tras los ficus, asomando la cabeza desde la escalera, dando pasos atrás a cámara lenta... ¡Dios, qué patética! Logré llegar al plafón informativo y ¡pam! Ahí estaba.

Día 1: Noche libre.

Aprovecharemos para conocernos, tomar una copa, charlar, conectar nuestras almas y desconectar de la realidad de la que procedemos.

Día 2: Iniciación al *Naked Yoga.*

Enfocado al aprendizaje de posturas sexuales.

Material: nada. Completamente desnudos. El que aún no se sienta seguro puede acudir en ropa interior.

Lugar: Sala principal.

Día 3: Juego de los cinco sentidos.

Nos conoceremos sensorialmente.

Material: Venda oscura, proporcionada por el centro.

Lugar: Sala principal.

Día 4: La danza del *froterismo.*

Aprenderemos el arte del *froterismo* a través del baile.

Material: Ropa fina que transmita la energía de la frotación.

Lugar: Porche exterior.

Día 6: Baño de energía lunar.

Aprenderemos a relacionarnos, bajo el agua y luna, desnudos.

Material: Nada.

Lugar: Piscina exterior.

Día 7: El placer de la dendrofilia.

Aprenderemos el arte de la masturbación individual o en pareja con vegetales.

Material: Vegetales de nuestro huerto proporcionados por el centro y elegido por cada alumno.

Lugar: Sala principal.

Día 8: Con ojos de *voyeur*.

Disfrutaremos de la sexualidad a través de nuestros ojos mientras observamos una relación de sexo tántrico.

Material: Cojín y toalla personal donde sentarse desnudo.

Lugar: Sala de los espejos.

Día 9: Habitación oscura.

Noche de despedida: No hay reglas, no hay tabúes. Déjate guiar por tus instintos y tus placeres. Tu mente es libre, nadie te va juzgar. Con diferentes ambientes, grupales, individuales o en pareja, acompañados de una luz tenue rojiza que nos envolverá de pasión.

Material: Todo tipo de material sexual a elegir y a estrenar por gentileza del centro, para una noche sin límites que siempre recordarás.

Lugar: Buhardilla del placer.

Normas:

- Queda totalmente prohibido mantener relaciones sexuales durante las clases, excepto el noveno día.
- Si se desea hacer uso de la buhardilla del placer en algún momento hay que solicitar la llave.
- En la piscina queda prohibido cualquier tipo de relación sexual incluyendo la masturbación.
- Recordad que estas actividades son para aprender y disfrutar de sexo sin consumarlo. Todo lo aprendido podrá llevarse a

cabo la última noche. O si se da el caso, podéis ir practicando, pero en vuestro tiempo libre.

- Nadie está obligado a nada. Las sesiones no son obligatorias.

Feliz y placentera estancia.

Pero ¿qué mierdas...?

No daba crédito a lo que acababa de leer. Y menos me podía creer que Mireia me hubiera mandado a un lugar así. Estas cosas le iban más a ella, a su mentalidad abierta como un abanico, pero yo no. Mi mente no estaba preparada para abrirse de esa manera.

¿Y ahora qué? Necesitaba salir de ahí, no quería quedarme, no podía. Estaba en shock. No es que estuviera en contra de todo eso, al contrario, envidiaba esa gente que era capaz de abrir tanto su mente, como sus otros orificios corporales. Pero yo no. No me veía capaz. ¿Toda esa gente era consciente de eso? Me preguntaba si a alguien más le habría pillado por sorpresa como a mí. Fue entonces cuando caí en que Thiago tenía que ser conocedor de todo eso. Entonces empezó a cuadrarme todo. Él lo sabía, vamos si lo sabía. Es más, él cedía su hacienda para que esto pudiera llevarse a cabo. Pero ¿qué clase de relación tendría con Estel? ¿Formarían parte de estos seminarios?

Empecé a pensar en ellos y ese extraño comportamiento que mantenían como pareja, simulando ser la pareja ideal y lo vi claro, vamos, clarísimo. ¡Aquí hay tomate! Imaginé que debían ser una de esas parejas liberales que montaban orgías y bacanales sexuales, donde todo valía. ¿Tanto había cambiado Thiago? Y ahí me surgió una de esas preguntas que ponen un punto y aparte en cualquier crisis existencial.

¿Era yo una persona de mente cerrada y por eso había acabado así? La respuesta no tardó en explotarle en la cara. Así que antes de dormir, estuve dándole vueltas a toda esta extraña situación, a mi vida, mi exmarido, mi hija, mi trabajo, a Gustavo, a Thiago... Siempre había estado haciendo lo que yo creía correcto, sin prestar atención a lo que los demás querían o demandaban. Yo tomaba mis decisiones, aunque pésimas por naturaleza, pero no dejaba que nadie las tomara por mí. Nunca me abrí a otros mundos, otras posibilidades, y apenas había escuchado opiniones externas. ¿Y cómo me había ido? Pues a las pruebas me remito. Fatal. Con una crisis existencial como un elefante. ¿Qué de malo iba a hacerme abrirme a este rollo espíritu-sexual? Thiago y Estel parecían estar más que abiertos y a ella se la veía estupenda.

«Venga, Mara, abre tu mente, tu alma y tus piernas y vuelve a casa flotando en una nube de orgasmos».

Sí, estaba dispuesta a abrirlo todo. Me vine arriba.

Aunque de momento iba a empezar con lo de la mente, que lo mío me iba a costar.

19
Lecciones de Sensei

Las siete de la mañana llegaron enseguida, en un abrir y cerrar los ojos. La cama de Thiago de dos por dos, era la cama más cómoda del mundo. Busqué rastro de su olor, pero no encontré ni el más mínimo, y eso que le puse empeño. Todo olía a romero, olor que, por cierto, me encantaba. La cortina se movía levemente con una agradable brisa que llegaba hasta la cama. El sol empezaba a brillar con ganas. Podía olerse ese olor a humedad, a rocío de buena mañana, envuelta con el mejor de los sonidos de la naturaleza, el de los pájaros. Sí, había calma, eso era la calma, lo había olvidado o realmente la había experimentado muy pocas veces. Me levanté sin pereza totalmente desnuda, sintiéndome libre y sin apenas pensarlo fui hasta el balcón, abrí la cortina de un golpe seco dejando que el sol me cegara momentáneamente, abrí mis brazos y respiré profundamente, a ver si de una vez por todas aprendía a respirar. Sí, señor, eso era la vida. Inspiré con fuerza y exhalé de igual modo. Me dejé envolver por todo lo que mis sentidos pudieron captar. Me mantenía con los brazos en cruz sujetando ambos extremos de las cortinas con las manos, así estuve no más de un minuto, ojos cerrados y sentidos abiertos. Tan abiertos que capté la extraña sensación de haber oído algo, un murmullo, gente hablando que enmudecía de golpe. Abrí los ojos lentamente, con miedo a lo que pudiera encontrar y claro, no podía ser de otra manera. Me encontré a tres hombres mirándome totalmente anonadados con la boca abierta y juraría que sin pestañear. Sí, sí, tenía que pasarme a mí. Thiago, Enrico y Ricciardo.

¡Tierra, trágame!

Del susto cerré las cortinas con un movimiento rapidísimo. Y me quedé tras ellas totalmente avergonzada. La cara de los tres hombres fue de puro asombro mientras yo inhalaba aire en mi magnífico despertar de película. Eso me hizo reír, pese a que me avergonzaba terriblemente, me provocó la risa. Cosa que también me extrañó. En otro momento, esa misma situación me hubiera provocado un odio y muy malas palabras hacía mis improvisados espectadores. Pero no fue así. ¡Bien por mí! Mi mente empezaba a abrirse. Aunque el exhibicionismo no fuera la mejor manera para empezar.

Un momento... ¿Qué hacía Thiago ahí de buena mañana?

Bajé sumamente avergonzada, pero con la cabeza alta, simulando que no había pasado nada. Al primero que me encontré al entrar en el comedor para desayunar fue a Enrico y su pantaloncito corto ancho. Era imposible no mirarle la entrepierna, que no llevara ropa interior tenía un pase, pero *eso* tenía vida propia, os lo digo yo. Era hipnotizante, me pregunto si lo sabría, seguro que sí, ya se le veía claramente que le gustaba despertar cosas. Por suerte, y pese que me costó mirarlo a la cara, él, como todo un profesional, hizo como si nada. Me dio los buenos días, me invitó a sentarme con el grupo a desayunar y pude relajarme un poco. Digo poco, porque al momento entró Thiago, y ahí sí, quise morirme al instante. Él no iba a obviar lo ocurrido y sabía perfectamente que en cuanto se acercara, vendría ya apuntando con la primera broma sobre mi despertar. Ya me estaba cabreando y ni siquiera había llegado hasta mí.

Me levanté y fui en busca de un café con leche. Pero ¿dónde está la leche? Bebida de soja, bebida de arroz, bebida de avena... ¿Quién mierda bebe estas cosas? Uf, empezamos bien. Nada de café por ningún lado. Tuve que contentarme con un té negro de buena mañana, la teína no es como la cafeína, pero menos da una piedra. «A ver qué como», pensé al ver esa enorme mesa de diferentes panes, ninguno normal, claro, y frutas, y cosas raras para untar. «¿Nada de dulce? Necesito chocolate... que alguien me mate». Necesitaba desayunar algo rico, pero no me atrevía a picar nada de esa mesa. Una de las mentoras, Alma, que, aunque parezca un nombre normal, no era el suyo verdadero, detectó mi indecisión ante la mesa y se acercó a socorrerme.

—¿Está todo bien, Serendipity?

Tardé en reaccionar, ni me acordaba que ese era el estúpido nombre que había elegido para estos días.

—Estamos en Italia. ¿Cómo puede ser que no haya Nutella? —Busqué desesperadamente con la vista por la mesa.

—¿Nutella? ¿No sabes que utilizan aceite de palma? Es dañino para el organismo, y no solo eso, sino también la cruel manera en que lo consiguen, a base de deforestación y sacando a numerosos orangutanes de su hábitat, contribuyendo a su extinción...

Alma me estaba dando la chapa y yo solo quería comer Nutella. La escuché con paciencia y al acabar solo supe decirle:

—Ah, bueno, me pensaba que era la Nocilla la del aceite de palma.

La mujer, que llevaba unas trenzas largas y un montón de collares, me miró con cara de «¿tú eres tonta?». A punto estuve de mandarla a la mierda a ella, al aceite de palma y a los pobres orangutanes. Pero me mordí la lengua, me di media vuelta y la dejé solita con su rollo ecologista. Sabía que la camiseta que llevaba

Alma era de la marca Desigual y ya me hubiera gustado poder saber de dónde procedía ese tejido y dónde habían manufacturado esa ropa. Pero como no era conocedora de esa información tuve que callarme, además, es que no tenía ni puñetera idea de esa realidad. Sin embargo, ella parecía hablar con conocimientos de causa. Nada, que a un perroflauta en modo ecologista, no lo iba a ganar en su terreno, por eso preferí darme media vuelta.

Notaba la mirada de Thiago clavada en mi nuca, sabía que me observaba, pero proseguí en el intento de comer algo. Las tostadas con aguacate me servirían, Mireia me hacía comer eso de vez en cuando, así que más vale malo conocido, que bueno por conocer. Me senté al lado de Dulcinea, esa chica me caía bien y no la conocía de nada. Llevaba unos enormes aros negros expansivos en las orejas. Y varios *piercings*, sí, definitivamente tenía que ser tatuadora, tenía toda la pinta. Su cuerpo estaba muy bien dibujado, nunca me gustaron mucho los tatuajes, pero a esa chica le quedaban genial, le daban un toque muy sexy. Habíamos empezado una conversación cuando noté como le cambiaba la cara, algo no le estaba gustando y era Thiago sentándose a mi lado. Se había cambiado, llevaba un pantalón corto de chándal gris, una camiseta blanca muy juvenil de la marca Billabong, con un par de palmeras de colores. Lo miré de arriba abajo mientras hacía el gesto de cruzar las piernas y dejarse caer, sentándose sobre sus talones a mi lado.

—¿Va bien la estancia? —preguntó mientras se llevaba a la boca, algo parecido a una galleta.

—De momento sí, teniendo en cuenta que prácticamente aún no ha empezado.

No pude evitar mirarle esas musculosas piernas dobladas que incitaban a pasarle una mano por encima.

—Por lo menos has dormido bien...

—¿Y tú qué sabes si he dormido bien?

—A juzgar por tu despertar, me ha parecido que has dormido más que bien.

Sonrió pícaro y me ruborizó al instante. Quise seguir esa conversación, pero noté como Dulcinea nos estaba escuchando, intentando atar cabos.

—¿Así vestido vas a las reuniones?

—No. Hoy me quedo con vosotros, me uno al grupo.

¿Qué? Nooo. Lo que me faltaba. Pero, Dios, ¿por qué me odias? Había venido a desconectar, no a estar mirándole el culo a mi ex todo el día.

—¿Tú has hecho el retiro más de una vez? —pregunté con especial interés.

—Sí, las primeras veces.

—Entero... ¿entero?

Rápidamente notó por dónde iba mi interés. Se le escapó la sonrisa, la cual intentó retener apretando los labios. ¡Madre mía, qué labios!

—Sí, entero. Un par de veces con Estel. Pero eso fue antes de... Eso fue al principio.

No acabé de entender qué quería decir. ¿Antes de qué? ¿Al principio de qué?

—Vamos, que ya sabías de qué iba esto y no me dijiste nada.

—A ver, Mara, uno no se apunta a una cosa así sin querer, viene porque quiere experimentar cosas nuevas y abrir su mente.

—¿Y tú? ¿Ya la tienes suficientemente abierta? —tiré de sarcasmo.

—Depende. Esto no es lo mío. Pero está claro que tú no la tienes para nada abierta.

—¿Qué insinúas? —empieza a molestarme.

—Pues que eso es lo que te pasa. Tienes y siempre has tenido la mente tan cerrada a solo lo que tú crees, que se te olvida que hay más opciones y que todas son igual de válidas que las tuyas.

—Gracias por la lección, sensei. Lo tendré en cuenta.

Me levanté claramente enfadada y queriendo ignorarlo. Como si eso fuera posible, como si pudiera ignorar que volvía a tener cerca al hombre que siempre había querido tener, aunque esta vez no como me hubiera gustado, casado, con una hija, con éxito, maduro y con esa sonrisa a lo Henry Cavill, la cual sabía perfectamente que me mataba. Viendo su intento por darme lecciones de vida, supongo que, con la intención de castigarme por mi mala decisión del pasado, cabreándome como solo él sabía, aun así, no podía evitar que mi cuerpo reaccionara cuando estaba a mi lado. Solo esperaba que no se diera cuenta o estaba perdida, sabía que su revancha podía caer en cualquier momento. Y bastante venganza era para mí saber que él había conseguido alcanzar una vida perfecta, cuando la mía había sido todo lo contrario.

La primera actividad del día era el huerto. Yo, que nunca había plantado nada en mi vida y así me iba. Sonreí a Dulcinea cuando hizo el intento de volver a acercarse, pero Thiago volvió a ganarle terreno.

—Vaya, veo que esta chica lo tiene muy claro.

La miro como busca otro hueco entre los compañeros.

—¿Claro el qué?

—Oh, venga, Mara, ¿no te has dado cuenta? —Encogí los hombros—. Le gustas. Busca el acercamiento, la conexión, para cuando lleguen las actividades nocturnas, ella ya ha elegido con quién quiere hacerlas.

Abro los ojos de par en par y me sonrojo al recordar todo lo que leí en aquel plafón informativo.

—No sé si voy a poder hacer esas actividades.

—Lo imaginaba.

—¿Imaginabas qué?

Joder, cómo me cabrea este tío. ¿Por qué me cabrea tanto? ¿Tanto me importa los que opine? Lo miro. Está claro que sí.

Me gustaría que dejara de verme como lo que era, ya no soy esa, quiero ser diferente. Quiero que vea que he cambiado, que soy mejor.

—Pues que esas actividades no son para personas como tú. No hace falta que las hagas, no es obligatorio.

—Entonces... ¿tú vas a hacerlas? —pregunté irónicamente.

—No sé, depende.

—¿Depende de qué? Yo no dependo de nada —vacilé—, y sí, voy a hacerlas. He venido a eso, ¿no? Tal vez Enrico se preste a explicarme bien todo este mundillo... —Lo miré a lo lejos, disimulando que me gustaba, bueno, disimulando nada, Enrico gustaba a todas las mujeres.

Pero ¿por qué meto a Enrico en esto? ¿Qué pretendo? Miré la cara de Thiago, que había cambiado por completo, no le había hecho ni pizca de gracia. Ah, vale, eso era lo que pretendía.

Pues no era tan difícil eso del huerto, regar, sacar malas hierbas, recoger tomates... Me mantenía la mente ocupada y casi pude olvidar que Thiago estaba en el grupo. No entendía qué pretendía. ¿Por qué se había unido, si el mismo había dicho que no era lo suyo? Me había parecido entender que no acaba de aprobar los retiros que montaba Estel y que por eso no cedería más la casa, siendo este el último que se iba a hacer en esta finca. Pero eso era lo que yo había percibido, no lo que él me había contado. Se le daba bien eso de contar las cosas a medias y a mí, eso de hacer ver que las captaba a la primera. Estaba claro que no me enteraba de nada.

Había demasiadas cosas que se me escapaban. Como, por ejemplo, por qué Enrico y Thiago no se profesaban mucha simpatía, claramente Enrico no se sentía cómodo con la presencia de él. Supuse que entraba dentro de la normalidad, ya que en cierto modo era su *jefe*.

Thiago me iba observando, pero mantenía las distancias, eso me dio la libertad de poder desconectar un poco, charlar con otros compañeros y, por qué no decirlo, disfrutar de las vistas que Enrico y su pantaloncito me proporcionaban. Lo cierto es que no estaba tan mal la cosa, Dulcinea y yo, recogíamos los cubos y las mangueras cuando algo llamó mi atención en la entrada del huerto. Enrico y Thiago hablando con tez seria. Así que, como ya sabéis, volví a sacar mis dotes de ninja fracasado y disimulé acercándome para dejar la manguera enroscada y cerrar el grifo.

Enrico se dirigía a él con los brazos en cruz.

—¡Me niego! ¿Sabe ella que estás aquí?

20
El sándwich

No podían verme y estaba más que claro que esa conversación era de mi interés. Thiago estaba de espaldas a mí y Enrico ni se percató de mi presencia, mientras simulaba enroscar la manguera, la cual aún soltaba un chorro flojito de agua. Aparté mi atención de ellos un instante al notar que mis pies se empapaban y me dispuse a cerrar el grifo de una vez. Lo hice con decisión, pero a mi estilo, o sea, con mala decisión. Giré el grifo al revés, dándole la máxima potencia del agua, la manguera recobró vida propia y empezó a dar coletazos con un potente chorro incontrolable y en uno de esos revuelos cayó cerca de los pies de los dos hombres. Fue en esa milésima de segundo antes de que el agua empezara a empaparlos sin control de arriba abajo, en que me percaté de que estaban a punto de enzarzarse y llegar a las manos. ¡Se iban a pelear! Estoy completamente segura, de no ser por la manguera loca, esos dos se iban a pelear. Pero el agua descontrolada los sorprendió duchándolos de arriba abajo, mientras yo corría tras la manguera que parecía una serpiente pitón enloquecida.

Todo sucedió muy rápido, la reacción de los tres fue querer atraparla, la visibilidad era casi nula, ya que cuando intentaba abrir los ojos un chorro proveniente de vete a saber dónde me cegaba y a ellos igual. Así que parecíamos tres idiotas detrás de un chorro de agua. Todos los compañeros nos miraban atónitos a nuestros torpes y ridículos movimientos. Hasta que todo acabó por fin y no de la manera más apropiada. Logré atrapar la manguera, y al levantarme, Thiago y Enrico, que la perseguían con el mismo esmero y con la visión casi nula, acabaron pegados a mí. Uno por delante y otro por detrás. Estaban totalmente empapados, los tres los estábamos. Fue una situación extraña, tenía pegados a mi cuerpo dos hombres de anuncio. De frente tenía a Thiago, con su camiseta de palmeras pegada al pecho y el agua resbalando por su nariz, y por detrás tenía a Enrico y su anaconda suelta bajo el pantalón, el cual tuvo una reacción inesperada, tanto para él como para mí, pero no dije nada. Claramente estábamos haciendo lo que Mireia llamaba un *sándwich*. El chorro de agua disminuyó lentamente entre mis manos. Dulcinea había parado el agua. Volví a mirar a Thiago, ninguno de los dos retrocedía un paso atrás, yo sujetaba la manguera ya sin vida, totalmente perpleja, con los pezones endurecidos y totalmente empapada. Por dentro y por fuera. Éramos el punto de mira de todos y esos segundos, porque debieron de ser segundos, me parecieron eternos. Enrico fue el primero en ceder, al notar que su erección había recobrado demasiada vida y no iba poder disimularlo. Así que se apartó y salió de vuelta a la casa a paso ligero. Creo que nadie pasó por alto lo que escondía aquel pantalón, aunque no hubo comentarios, no entonces. Como tampoco se me pasó por alto, lo que escondía el pantalón de Thiago pese a que él, sí llevaba ropa interior y, por alguna extraña razón, y aunque Enrico ya se había ido, permaneció pegado a mí. Y sí, mis pezones permanecieron erguidos y mis bragas se mojaron más, si eso era posible. Hasta que Dulcinea tiró de la manguera y nos sacó de ese momento, esa burbuja imaginaria que habíamos creado con espectadores.

Me aparté, sonrojada, hasta empecé a sudar. Debió ser un poco incómodo para todos, nadie dijo nada en ese momento, pero escuché como cuchicheaban de camino a la casa. Estaba claro que ya habíamos levantado los primeros murmullos. ¿Qué había pasado? ¿Mi cuerpo reaccionó así por Enrico? ¿Por Thiago? ¿O tal vez por los dos? ¡Sí, había sido eso! Tenerlos a los dos... ¿No sería yo una de esas que le acabarían gustando los tríos? Visto lo visto y en un intento por abrir mi mente y demostrar que yo también podía, llegué a no descartar esa posibilidad. ¿Por qué no? Ya tenía la fantasía para mi próxima ducha, porque de la realidad estaba bastante lejos y lo sabía. Abrir la mente, sí, pero no sé si nada más. No de momento. Me encantaba autoengañarme, se me daba bien.

Hasta la hora de comer fingimos que no había pasado nada. Pero me moría de curiosidad por saber qué pasaba entre ellos dos y por qué estaba segura de que iban a pelearse antes del agua, las erecciones involuntarias y las bragas empapadas. Ahí había gato encerrado y me temo que Estel tenía algo que ver, así que empecé a sacar mis propias conclusiones.

Antes de comer, nos tocaba una clase de yoga a la sombra junto a la piscina y después un chapuzón. Me sorprendió que la clase no la diera Enrico si no Alma, de él no hubo ni rastro hasta la hora de comer. Me quedé sorprendida de lo bien que se le daba a Thiago, yo y la mujer que tenía delante a mi derecha. Esa mujer no cerraba los ojos, hacía todos los ejercicios mirándolo y yo empezaba a ponerme nerviosa. Vale, lo reconozco, yo tampoco cerraba los ojos, pero esa mujer se estaba pasando. Debía tener mi edad, pero algo más virtuosa que yo. Aunque esos labios carnosos estaba totalmente segura de que no eran verdaderos del todo. Joder, cómo odiaba en la forma en que lo miraba, si hasta se mordía el labio. ¿Qué se había creído? Esto es un retiro espiritual, se supone que se viene a desconectar. Bueno, y a follar por lo que veo. No obstante, esa mujer no desconectaba sus ojos del culo de Thiago. ¡Que se acabe la maldita sesión ya! Un momento. ¿Por qué me cabreaba tanto? A él no parecía importarle, ya que le sonreía como si nada. Hasta diría que disfrutaba de que lo mirasen así.

Lo ignoré mientras comíamos, lo perdí de vista hasta que apareció bien vestido de nuevo. Llevaba unos pantalones chinos de color beige, y un polo Lacoste azul marino. Creo que a casi nadie le pasó desapercibido. Supongo que ahí empezaron a entender que él no era uno más como nosotros, que era alguien por encima incluso de Enrico. Como me había dedicado a ignorarlo él hizo lo mismo. Sin embargo, no pude aguantarme más y cuando se subió a su precioso todoterreno, lo abordé.

—¿No ibas a quedarte?

—Tengo cosas que hacer —dijo secamente.

—Para no ser lo tuyo, se te da bien todo lo que se hace aquí... ¿vendrás luego?

—Mira, Mara, si lo que quieres saber es si vendré a las clases nocturnas, ya te digo ahora que no.

¿Se estaba poniendo borde?

—No, yo no...

—A no ser que te sientas más cómoda si te acompaño y así evitas situaciones incómodas con otros. Aunque, tranquila, que Enrico te echará una mano, todas en cuánto te dejes...

—¿Perdona?

¿Qué mosca le había picado? ¿Se estaba mostrando celoso? No entendía nada.

—No me cabe la menor duda de que estás encantada de que así sea, como todas... —dijo, a sabiendas de que me iba a ofender.

—¡Vete a la mierda, Thiago!

Me di media vuelta y él arrancó, avanzó unos metros y oí como volvía marcha atrás. Me giré antes de entrar en la casa. Me miró, exhaló con los orificios nasales bien abiertos.

—¿Quieres venir? Estaremos de vuelta para la clase nocturna.

—¿Puedo hacerlo? —dudé.

—Has pagado por esto, y no poco. Puedes hacer lo que te dé la gana.

Ni me lo pensé.

—Dame un minuto.

Subí las escaleras que ni las vi. Me cambié y bajé con un short, unas deportivas y una blusa de encaje de tirantes blanca. Y no olvidé mi móvil, estaba dispuesta a conectarme al mundo real y tomarme una copa, hacía dos días que no bebía ni una triste cerveza. Este retiro, que había sido todo un engaño, pensaba hacerlo a mi bola. Me subí al Stelvio, me puse las gafas de sol y sin importarme lo más mínimo lo que dijeran o pensaran, me fui con Thiago, todavía no sabía ni a dónde.

Siempre había oído hablar de lo caótico que es Italia y lo escandalosos que son los italianos, sin embargo, no era la Italia que yo estaba conociendo. No sabía a dónde íbamos, no es que me importara. Las carreteras eran estrechas y los campos de viñedos se veían desordenados en un puzle de tonalidades verdosas y color ocre, haciendo de ese paisaje algo único e increíble. Los senderos que llevaban a las casas estaban adornados por altísimos cipreses. Algunos incluso llegando a ser larguísimos abarcando varios kilómetros. Era evidente que estaba fascinada con toda esa maravilla. Así que tuve que pedirle que paráramos para capturar alguna imagen con mi teléfono.

A lo lejos, aunque no mucho, un pueblo amurallado se alzaba con torres muy altas. Era el primero que veía. Y quise inmortalizarlo. Thiago paró el coche a un lado y dejó que disfrutara del paisaje.

—¿Ese es el pueblo más cercano?

—Sí, pasamos por ahí ayer. Es San Gimignano. Mi abuelo nació ahí.

—Lo sé, lo recuerdo —le corté, me miró momentáneamente y prosiguió.

—Por eso compré esta finca.

—¿La compraste o la heredaste?

—Un poco de todo, heredé esta, compré otra... Es una larga historia. ¿Quieres que paremos a tomar un café y así lo ves?

—Me encantaría.

En menos de diez minutos ya estábamos aparcando a las puertas de la muralla. La situación era rara, no lograba sentirme cómoda del todo. Suerte que llevaba mis gafas de sol, porque no podía dejar de analizar cada movimiento que Thiago hacía. El cual se desenvolvía en ese lugar como pez en el agua, saludando a la gente de los comercios y esquivando a los niños que correteaban sin control alguno. Sin embargo, se notaba a leguas que yo era una forastera, o, mejor dicho, una turista, con el teléfono en mano y fotografiando todo lo que podía. Me encantaban los pueblos medievales, con sus calles adoquinadas, a prueba de tobillos de acero y repletos de detalles de otra época. Llegamos a una plaza que en el centro tenía un antiguo pozo en desuso, cubierto con una reja, pero en el cual la gente tiraba monedas y pedía deseos. Los italianos son muy supersticiosos y creen mucho en estas cosas, por eso supe que iba a encontrar cosas así en cualquier esquina.

Me acerqué, pero no lancé ninguna moneda. Tan solo lo fotografié. Thiago me acompañaba, mientras me contaba la historia del lugar, y yo lo escuchaba entretenida. Paseamos por las estrechas calles, repletas de balcones floridos y una tranquilidad embriagadora. Quería preguntarle cosas, saber de él. Pero cada vez que me acercaba con la intención de hacerlo, algo interrumpía el momento. Ya fuera una anciana gritando algo desde una ventana, o un joven pasando con su bicicleta entre los dos. Situaciones de pueblo, cotidianas, como el hecho de que hubiera animales sueltos por las calles. No podía evitar pararme a tocar el sinfín de gatos callejeros que íbamos encontrando. No estaba acostumbrada y me impactaba ver que la gente los cuidaba y todos estaban gorditos. Media hora después volvíamos a estar en la plaza. Me armé de valor y solté lo que quería saber.

—¿Es que Estel no sabe que estás aquí?

21
El pozo de los deseos

No contestó. Para su suerte, un hombre cincuentón de barriga prominente y un delantal blanco acudió a su encuentro.

—¡Piccolo Lombardi!

Y antes de que Thiago pudiera articular palabra lo estaba estrechando entre sus brazos, dándole seguidamente unas fuertes palmadas en la espalda. Mantuvieron una escueta conversación en la que pude entender que el hombre se interesaba por saber de su visita y por mí, sonrió pícaramente. Después le preguntó por la niña y no mencionó a Estel, eso despertó mi curiosidad.

—Tomemos un café antes de seguir. Esa increíble heladería de ahí, es de Pietro. —Palmeó el pecho del hombre mientras él hacía una reverencia con la cabeza hacia mí—. Es un amigo de la familia.

Sonreí e hice la misma reverencia, pero el hombre se lanzó y me dio dos enormes besos a los que apenas pude reaccionar. Nos sentamos en la terraza allí mismo, a nuestro lado unos chicos con un contrabajo, un chelo y una trompeta animaban la plaza con su música. La gente se agolpaba alrededor de ellos y depositaban sus monedas en la funda de la trompeta.

Me pedí un helado de Nutella, así por lo menos me quitaba el gusanillo del desayuno. Thiago tomó un café *espresso*. Se había puesto sus gafas de sol y cada vez que se mesaba el pelo, creía que iba a sonar música de anuncio de perfume en cualquier momento. Me costaba creer lo que estaba viviendo. Estaba en Italia, con un exnovio guapo a rabiar, en un pueblecito de los más bonito y romántico tomando un helado. ¿Cuándo había pasado y cómo había llegado a esto? ¿Sería un sueño? No voy a negar que tonta de mí, me pellizqué un par de veces, por si acaso.

Así visto desde fuera era una situación perfecta e idílica, si no teníamos en cuenta, que yo estaba allí porque mi vida era una mierda, había perdido las riendas de casi todo y él estaba allí por trabajo, felizmente casado y con las expectativas más que cumplidas. Por lo demás, sí, deseé que se parara el tiempo. Me permití soñar un instante con una vida a su lado. ¿Sería esta mi vida? ¿Pasearía por pueblos italianos de la mano de un hombre guapo e ignorando como las otras mujeres lo miran? ¿Viviría menos estresada? ¿Más satisfecha? ¿Menos vacía? ¿Sería mi hija más feliz? ¿Tendríamos algún hijo en común? Mi cabeza empezó a plantear y fantasear con lo que pudo ser y nunca fue. ¿Por qué? ¡¡Porque soy idiota!!

—¿Quieres pedir un deseo?

Me lanzó una moneda que cacé al vuelo y levantó las cejas apuntando al pozo.

—¿Dos euros? —Miré la moneda—. Tendrá que ser un superdeseo. No creo en estas cosas... —Intenté devolverle la moneda.

—Pues ya es hora de que empieces a creer en algo más. Abrir la mente. ¿Recuerdas? —Arrastró sobre la mesa nuevamente los dos euros hasta dejarlos frente a mí.

Puse los ojos en blanco, los cogí y me dirigí al medio de la plaza. Subí un par de escalones, miré al fondo del pozo repleto de brillantes monedas y me disponía a lanzar la moneda con los ojos cerrados cuando un niño de no más de ocho años me frenó.

—*Signorina*... —Abrí los ojos—. ¿Española?

—Sí —dije algo confusa.

—Tiene que alejarse del pozo y tirar la moneda de espaldas mientras pide un deseo. —Bajé nuevamente los peldaños y el chico me acompañó cuatro o cinco pasos—. Yo le guío para que lance la moneda. Después de tirarla, con los ojos cerrados, debe contar hasta diez para darle fuerza al deseo.

—De acuerdo —dije algo confusa.

El chico me guio y cuando me dio la orden, lancé la moneda en la dirección que él me había posicionado. No oí caer la moneda al suelo, ni chocar contra la reja antes de caer al interior del pozo. Lo que sí oí fue la risilla de dos críos que no me gustó un pelo. Abrí los ojos rápidamente y dos mocosos corrían con la moneda de dos euros. Miré a Thiago, que se estaba desternillando de la risa, buscando mi complicidad con la mirada. Se me vinieron los demonios a la cabeza y salí tras los niños. Bajo la atenta mirada de Thiago que sabía que no los alcanzaría. Corrí maldiciéndolos, hasta que me di cuenta de que estaba haciendo el ridículo por dos míseros euros. Estaba tan cabreada y sulfurada, que menos mal que no los pillé, o alguno se hubiera llevado una buena colleja. Toda la plaza fue testigo del momento, incluido Pietro.

Regresé a la mesa con la lengua fuera y sintiéndome avergonzada. Thiago me observaba, ya no se ría, solo me observaba.

—¿Qué? —le recriminé.

—¿Qué te ha pasado, Mara? Ya no te ríes. En otra época te hubieras echado a reír y me hubieras pedido otra moneda y punto. No te reconozco.

¡Zasca!

¿Que qué me ha pasado? ¡Pues la vida, me ha pasado! ¡La puta vida! Que no he logrado levantar cabeza desde que te fuiste. Que cometí el error de mi vida dejándote ir y ahora tengo que estar disimulando que soy tu *amiga* o algo así. Eso es lo que me ha pasado y eso es lo que no te voy a decir.

—A veces yo me pregunto lo mismo.

No hablamos en los diez minutos siguientes, ni cuando nos subimos de vuelta al coche.

—¿A dónde vamos? —me atreví a romper el hielo.

—A Siena.

No dije nada más. Saqué mi teléfono, le quité el modo avión y empezaron a llegar mensajes a toda velocidad. El ruido de la campanilla era incesante, llamó la atención de Thiago, que dirigió la mirada al teléfono.

—No sé si es una buena idea eso que haces —dijo con semblante serio.

—Necesito escribirle un mensaje a Gaia, y otro a Mireia, para que se pase por casa algún rato a ver que todo esté en orden y le eche un ojo al bonsái.

—¿El bonsái..., mi bonsái? No me lo puedo creer... —dijo perplejo.

—Sí, tu bonsái, bonsái. —¡Mierda! Ahora parezco una ex loca que no ha superado lo nuestro—. Que, por cierto, ya te lo podrías haber llevado. ¿Cuántos años dura un arbolito tan pequeño? Me da mucho trabajo.

Algo en su cara cambió. Sonrió. Era evidente que saber de la existencia de su bonsái le había gustado.

La lista que sonaba en el equipo de música del coche era muy del estilo de Thiago, así que me sentía cómoda con la mayoría de canciones. Sonaban The Creedence, *Have you ever seen the rain*. Quise decirle que también guardaba su disco de vinilo, pero no lo hice. No quería parecer ese tipo de ex que he mencionado y que evidentemente era. No muy lejos de la realidad, por cierto. Así que me limité a subir el volumen y disfrutar de la canción. Me había fijado que el todoterreno tenía techo solar, así que sin pedir permiso abrí el techo y me puse en pie. Saqué medio cuerpo, abrí los brazos y disfruté del momento. Mientras Thiago tocaba mi pierna para que bajara. Pero no lo hice, quería estar ahí. Quería demostrarle que a veces también podía ser la Mara de antes, no solo la Mara enfadada, gruñona y amargada.

—¡¡Me encanta Italia!! —grité a todo pulmón.

Thiago se reía e intentaba con una mano que volviera a mi asiento. Lo consiguió sin dejar de mirar la carretera ni soltar el volante, con la mano derecha metió uno de sus dedos por el hueco de mis pantalones por donde va el cinturón y tiró de mí hacia abajo. Eso hizo que todo se removiera dentro de mí. Con la adrenalina que llevaba encima, me hubiera bajado directa a morderle el labio, pero no, estaba frenética pero no loca.

—Estás muy pirada ¿lo sabías? —dijo sin dejar de sonreír.

—¿Qué te ha pasado, Thiago? —Lo miré de lado levantado una ceja a modo burlesco—. El Thiago de antes me hubiera dejado gritar y disfrutar del momento.

Con todo el sarcasmo le devolví el comentario de antes. Lo entendió, apretó los labios y asintió con la cabeza dándome la razón. Thiago, 1 - Mara, 1.

No, no éramos los de antes, tampoco lo pretendíamos, pero si de algo estaba segura, es que ambos estábamos disfrutando de la compañía del otro. Me gustaba como me miraba de vez en cuando apartando la vista de la carretera y me gustaba como me hacía sentir.

Saqué una vez más mi teléfono y decidí ojear mis mensajes. Acabé de escribirle a Gaia y a Mireia, que, aunque estuviera enfadada, sé que no iba a dejar morir el bonsái y se daría una vuelta por mi casa. Dudé si abrir los mensajes de Gustavo, el pobre muchacho me había declarado su amor justo antes de venirme y no me había dignado ni a contestarle. Abrí sus mensajes, esta vez había repertorio, de varios tipos, no solo guarros, sino alguno con toques románticos. Sentí pena por él, era un gran chico y se lo estaba currando mucho, tanto conmigo, como con la empresa. La verdad es que me sorprendí preguntándome a mí misma, si no estaría dejando pasar nuevamente un buen tren. Lo pensé hasta que abrí la imagen de su pene en la que había escrito: «Vosotras dos tenéis una conversación pendiente». Se me escapó la risa. De verdad que no tenía remedio ese chico y su pene bonito. Thiago al verme sonreír intentó desviar la mirada, pero ya me había apresurado a sacar la imagen de la pantalla.

—¿Es tu novio?

—¿Cómo? —me sorprendí.

—Sí, ya sabes, el de las fotos y palabras obscenas. El niñato. ¿Mantienes una relación con él?

—No sé qué quieres que te conteste a eso, Thiago. No es de tu incumbencia.

—Una de tus trabajadoras me contó que salías con él, aunque lo mantenías en secreto.

—¿En serio? ¿Te dijo eso? ¿Quién?

—No voy a decirte cuál, fue el día de la inauguración del local.

—Ya me imagino quién ha sido entonces. No creas todo lo que diga la gente, la envidia es muy mala.

—¿Pero es cierto o no?

—Sí, bueno no, no sé... —Apartó varias veces la mirada de la carretera incrédulo—. Es una larga historia.

—Puedes contármela. Tenemos tiempo.

—¿Para qué?

Volví a ponerme borde.

—Joder, Mara, ¿no te das cuenta de que lo que te pasa es que callas demasiado? Habla, suelta las cosas, en vez de reventar de mala manera, siempre estás a la defensiva.

—¡Que yo no reviento! —grité.

—¿Que no? —Volvió a mirarme un segundo—. No es lo que parece.

—Thiago, no me juzgues, ¿vale? Tú ya no sabes nada de mí.

—Pues cuéntame y así entenderé.

—Pero ¿para qué?

Me desconcertaba esa insistencia.

—¡Quiero entenderte, Mara! Quiero ayudarte.

—No necesito tu ayuda.

—¿No? Si no llego a estar aquí, estarías ya a punto de hacer algo de lo que te arrepentirías, no va contigo todo eso.

—¿Quién te dice que no conmigo? Es más, esta noche pienso asistir a la primera sesión.

Thiago negó con la cabeza mientras aparcaba. Habíamos llegado a Siena y ya volvíamos a discutir. No entendía por qué demonios quería ayudarme. ¿Sabes cómo me hubieras ayudado, maldito idiota? ¡No marchándote hace años! Y dándote cuenta de que me iba a arrepentir, que tan solo estaba confusa y que te quería más que a nada.

No, no me atreví a decirle eso, claro está. No tenía sentido, como tampoco lo tenía que estuviera con él en la bonita y peculiar Piazza del Campo, de Siena. Tras caminar unos minutos llegamos a esa plaza y mi cabreo momentáneo se esfumó. Lo primero que hice fue sacar una foto panorámica de la plaza. La había visto tanto en fotos que no podía creer que estuviera en Siena. Era incluso mejor.

—Ven, quiero mostrarte una fuente.

Cogió mi mano como si un momento antes no hubiéramos estado discutiendo, en un intento por husmear en mi vida, cuando él no suelta ni pizca de la suya. Volver a sentir su mano con la mía fue electrizante. Y quizá la sujeté con demasiada fuerza, ya que pude ver cómo llevó la mirada a nuestras manos al notar la fuerza con que la oprimía. No quería soltarlo.

—Y esta bonita fuente —me soltó para mostrármela abriendo una panorámica con las manos— se llama Fuente de Gaia.

—¿Gaia..., como mi hija?

—Sí, desde que supe que Gaia era tu hija he deseado que vieras esta fuente. Sabía que te gustaría.

Solté su mano y observé la fuente de piedra blanca fascinada. Sobresalían varias figuras de perros o tal vez lobos. Saqué el teléfono y lo fotografié para enseñárselo a mi hija.

—Es curioso, porque a Gaia le encantan los perros. Qué casualidad.

—Las casualidades no existen. Es así por algo, aunque no podamos entenderlo. No creo que sea mera casualidad. —Lo miré emocionada. Qué bonito detalle enseñarme esa fuente—. Te invito a comer algo y antes del atardecer volvemos.

Ni respondí, tan solo lo seguí. Comimos en esa misma plaza, me llevó a hacer de turista, disfruté de su compañía con el corazón ensanchado, pero dando pinchazos a la vez. Mi nivel de hostilidad, agresividad y ansiedad había disminuido estos dos días y, seamos sinceros, el retiro no tenía nada que ver. Era el efecto que Thiago ejercía sobre mí, lo sabía, siempre lo he sabido. De igual modo que antes de que acabara la tarde sabía perfectamente que volvía a estar, mejor dicho, que nunca había dejado de estar, enamorada de él, y eso, en este momento de nuestras vidas, era un gran problema.

Ya nos íbamos cuando sonó su teléfono y antes de que pudiera silenciar la llamada y hacer ver que no era importante, pude leer ese nombre que me hizo poner los pies en la tierra, que digo poner los pies, me hizo caer de la nube en la que me encontraba y darme un buen batacazo con la realidad. Ese nombre..., el único que en ese preciso instante no me apetecía leer: Estel.

22
Naked yoga

Me pasé casi todo el camino de vuelta mirando por la ventana, observando el paisaje y viendo uno de los atardeceres más bonitos del mundo, el de la Toscana. El sol caía tan lentamente que daba lugar a una fusión de colores anaranjados con las diferentes tonalidades de amarillos y las hileras de color verde intenso que adornaban los campos. El contraste era increíblemente bello y único, el aire también, el mismo que iba despeinándome sin importarme, mientras disfrutaba de tal regalo de la naturaleza, junto al silencio de Thiago. La llamada no contestada de Estel nos descolocó a los dos por igual. Me dejó poner una *playlist* de las mías. Sonaba Leiva, la canción de «Histéricos». Al parecer le encantó esa canción la escuchamos dos veces y la segunda vez subió el volumen para entender bien la letra. No dejaba de mirarme de reojo. «No me das miedo», decía la canción. «¡Pues tú sí, Thiago, me das mucho miedo! Volver a tenerte tan cerca me aterra, sí, tú sí me das miedo...», pensaba mientras nos adentramos en el bonito camino de la casa envuelto en tan altísimos árboles, los cuales intenté seguir con la vista para alcanzarles las copas, pero no pude, cuando Thiago por fin abrió la boca.

—Al final no me has dicho qué deseo habías pedido al pozo.

—¿Te estás riendo de mí? —Giré la cabeza hacia él sarcásticamente y poniendo los ojos en blanco.

—No, de verdad, me interesa. Antes quise preguntártelo, pero se me fue de la cabeza, no sé por qué.

¿Tal vez porque te llamó tu mujer mientras paseabas con otra? Solté el aire por la boca inconscientemente bufando.

—No pedí nada, Thiago, la moneda se la llevó ese maldito crío.

—Pero el crío cogió la moneda cuando ya la habías lanzado. Eso quiere decir que el deseo ya estaba formulado.

—No lo sé, no lo recuerdo —mentí.

—Bueno, eso es porque no era el momento de formular ese deseo.

—¿No me digas? —puse énfasis en mi cara de sarcasmo, como si hubiera podido leerme la mente con lo del deseo.

—Sea lo que sea, cuando estés preparada y lo desees de verdad, volvemos y lanzas otra moneda. Tranquila, me aseguraré de que no se te acerque ningún crío veloz.

—Y tan veloz... parecía una liebre el malnacido —refunfuñé. Conseguí que sonriera, aunque se notaba que seguía pensativo—. ¿Puedes dejarme a unos metros de la casa? No quiero que nos vean llegar juntos y se genere algún mal rollo.

—Como quieras. Por ese caminito de piedras accederás a la parte trasera y creerán que has venido de pasar la tarde en el bosque. Yo me esperaré un poco para aparecer con el coche y solucionado.

—Gracias. No quiero que piensen que tengo privilegio por ser la amiga del dueño.

—Ahí los únicos que saben quién soy son Enrico, Antonella y Ricciardo. Ni siquiera la otra monitora lo sabe, es algo que les he remarcado y quiero que siga siendo así.

—Oye... —dudé sin preguntar, aunque ya tenía la puerta del coche abierta y estaba a punto de bajarme—. ¿Te pasa algo con Enrico?

Me miró fijamente y creí que iba a contestar, pero contraatacó.

—Cuando me cuentes qué deseo habías pedido, yo te contaré lo de Enrico.

Achiné los ojos fundiéndolo con mi inútil mirada láser. Cerré la puerta del coche y seguí el caminito de piedras.

¿Qué pretendía, que le contara que había pedido retroceder en el tiempo y no dejarlo marchar? ¿Que quería?, que mi vida fuera esa, ¿estar pidiendo deseos a su lado? Sí, claro, estaba yo como para rebajarme a ese nivel y decirle todo eso a un hombre casado. Ni de coña.

Llegué justo para la cena, todos me miraron al verme aparecer. Primero se generó un silencio de lo más incómodo seguido de un murmullo odioso, que me enfureció al instante. ¿De qué van este puñado de *perroflautas*? Antonella apareció justo en el momento en que todos cuchicheaban y alardeó de sus dotes teatrales.

—¿Fue bien la visita del doctor? —preguntó, guiñándome un ojo y alzando una octava la voz para que todos la oyeran.

Tardé un segundo en reaccionar y entender lo que estaba haciendo. Esa mujer era más lista que el hambre.

—Esto... Sí, todo bien, gracias. Tal vez tenga que volver de nuevo.

—No se preocupe, que yo le apunto el recado cuando llame.

Volvió a guiñarme un ojo y yo hice lo mismo. Vocalizando sin ruido la palabra *grazie*. A lo que ella contestó con una caricia en mi brazo. Me encantaba esa mujer.

Dulcinea no tardó en acercarse y disimular que se preocupaba.

—¿Te encuentras bien, Serendipity?

Cada vez que escuchaba ese nombre que yo misma había elegido me moría de vergüenza. Me daban ganas de gritar: ¡Mara! ¡Me llamo Mara! Pero no iba a ser yo, una vez más, la que se saltara las reglas de ese lugar.

—Sí, todo bien.

—Como te has ausentado...

—Tengo algo a medio resolver y bueno..., necesitaba un poco de mi tiempo.

No quería dejarle nada en claro, tan solo quería esquivar la conversación.

—Bueno, no hace falta que lo escondas, todos tenemos adicciones y algunas cuestan más que otras de superar.

¿Adicciones? ¿Era eso lo que creía? Bueno, sí que tenía una adicción y se llamaba Thiago, pero preferí dejar que pensara que era una yonqui de algún tipo de estupefaciente, o algo así. Total...

—Yaaa... Bueno. Es un tema delicado.

Y me metí un trozo de brócoli hervido en la boca que me supo a nada y tuve que disimular que no estaba a punto de morir de asco.

Tras la cena hubo ese rato de descanso para los que quisieran conectarse con la vida real, cosa que yo ya había hecho toda la tarde, así que subí a la habitación y me dejé caer sobre la cama mientras meditaba si debía asistir a esa última sesión del día. ¿Debía hacerlo? ¿*Naked Yoga?* ¿Desnuda? ¡Va a ser que no! Decidí bajar en ropa interior a ver qué se cocía. Ir en ropa interior era como ir en biquini, tan solo esperaba no ser la única. Como Thiago había dicho, había pagado una pasta por eso, bueno yo no, Mireia, pero el caso es que no era una obligación.

Sabía que ir en ropa interior era exactamente lo mismo que ir en ropa de baño, lo sabía, pero se ve que mi subconsciente no. Bajaba las escaleras, incómoda. Miré a un lado y a otro antes de bajar, como si fuera algo malo o no fuera a encontrarme a los demás desnudos o semidesnudos unos minutos después.

—Tsss, tsss —alguien llamaba mi atención—. Mara...

Me giré y encontré a Thiago a escasos metros en el pasillo. Por instinto quise taparme con ambas manos. La reina del absurdo, me sentí idiota, sobre todo después de que él levantara una ceja con ironía. Mirándome de arriba abajo, dándome a entender que no tapaba nada con una mano en los pechos y otra en mis braguitas.

—¿Qué quieres? —Bajé mis manos.

—¿En serio vas a asistir? No prefieres que...

—No, Thiago, no prefiero nada. Abrir la mente, ¿recuerdas?

—Ya, bueno, hay muchas maneras de abrir la mente.

—Thiago, ¿qué haces? —la pregunta lo pilló por sorpresa—. ¿Qué quieres de mí? ¿Qué pasa? ¿Es que hay problemas en el paraíso y pretendes revolcarte con tu ex, para así darte cuenta de que solo estáis teniendo una mala racha y volver a ser la familia feliz? —Se quedó totalmente desconcertado—. Experimenta si quieres, pero no conmigo.

Me di media vuelta ya harta de ese jueguecito. Había venido a un retiro supuestamente espiritual y no pretendía salir con el corazón roto de nuevo por la misma grieta, esa que nunca había cerrado. Alargó su brazo y consiguió alcanzar mi mano.

—Parece mentira que me digas eso, tú que me conoces tan bien.

—No, Thiago, ya no te conozco, ni tú a mí.

Esta vez sí me deshice de su mano y llegué a la sala con el corazón a mil. Cerré la puerta tras mi espalda como si estuviera huyendo del diablo, con un portazo sonoro que captó la atención de todos. Pasé de estar agitada, cabreada y nerviosa a empezar a ruborizarme y sudar en cuanto vi que todos, to-dos, estaban completamente desnudos, cada uno en su respectiva colchoneta.

—No estábamos seguros de tu presencia y habíamos empezado —apuntó Enrico con toda aquella hipnótica anaconda colgando—. Pero pasa, coge una colchoneta y siéntate con nosotros.

Me invitó serenamente, mientras no dejaba de mirar mi ropa interior, como invitándome a que me la quitara. Enrico era de esos hombres que despertaban algo en mí, calor, mucho calor. De esos que si me llega a mirar así en otra sala donde no hubiera habido nadie, seguramente esa ropa interior se hubiera esfumado a la de tres. Pero le devolví la mirada tímidamente y me senté en el fondo. Dulcinea me miró, o, mejor dicho, me repasó sonriente, le devolví la sonrisa tímida e hice lo mismo con casi todos los asistentes, incluso con el *hippie pijí*, Equino, que después de verlo en bolas entendí mejor el porqué de ese nombre.

Atenuaron las luces, encendieron velas alrededor de la sala, sonaba una bonita melodía de fondo. Aquello no estaba tan mal, por momentos hasta olvidaba que iban todos desnudos. Empezamos con la desconexión mental, eso me costó un poco, pero la armonía del lugar se prestó a que como mínimo no estuviera a la defensiva, aunque siendo sinceros, lo hice todo el rato con un ojo abierto. Después del saludo al sol empezamos con las posturas. Yo ya estaba exhausta. Todo iba relativamente bien, si no fijaba la vista en nada de lo que colgaba por ahí. Todo menos cuando tocaba una postura en la que tenía delante de mí el culo en pompa y los testículos colgando de Equino. Esa visión no se la recomiendo a nadie. Y es que no se me daba muy bien concentrarme y no dejaba de abrir los ojos y observar la clase. Aunque lo más hipnótico, como ya he dicho, era la anaconda de Enrico, en cuanto me daba cuenta de que la estaba mirando cerraba los ojos con fuerza e intentaba concentrarme en las posturas, que eran de lo más sexual que había visto en mi vida. Fue una clase extraña, entré tímida y ruborizada y salí con la libido bastante alta. No sé si por las posturas, si por las miradas lascivas de Enrico o porque todo en ese lugar y ese momento era tremendamente sexy. ¿Que si recomiendo el *Naked Yoga*? Definitivamente sí, es una experiencia única, aunque mi falta de concentración no me dejó disfrutarla del todo.

En cuanto finalizó la sesión noté cómo cada asistente buscaba instintivamente a alguien con quien hablar, como si nada, como si no fueran desnudos. Yo no podía, quería dejar la colchoneta y salir de ahí a toda prisa, cuando de golpe me vi entre dos personas nuevamente. Enrico y Dulcinea se habían acercado simultáneamente a hablarme, ella desde atrás y él por delante. ¿Qué mierda estaba pasando? Estaban más cerca de lo normal, Enrico y su *mascota* estaban demasiado cerca de mí y noté el aliento de Dulcinea en mi nuca.

—¿Te apetecería tomar una copa con nosotros y charlar un poco?

La voz de ella cosquilleó mi oído. Levanté la vista y me topé con la de Enrico, le caía un mechón despistado de su despeinado recogido. Eso lo hacía más sexy. No pude descifrar esa mirada, pero estaba claro que esperaban una única respuesta que serviría para los tres.

«Abre tu mente, Mara... Solo es tomar una copa, si te incomodas, te vas». Me autoconvencí y respondí.

—Claro, ¿por qué no?

Los ojos de Enrico se abrieron de par en par y ahora sí pude ver el fuego.

—Voy a por una botella de vino, ahora subo.

¿A dicho vino? ¿Hay vino? Y casi sin darme cuenta Dulcinea ya me llevaba de la mano, escaleras arriba.

—¿Dónde vamos? —pregunté, inocente de mí.

—A tomar una copa tranquilos.

No me gustó el tono en que lo dijo, pero igual la seguí, hasta que me di cuenta de que íbamos directos a la buhardilla. Supe que algo no salía según lo previsto cuando Dulcinea detuvo su paso y le dedicó una mirada de odio a alguien. Miré por delante de ella y al final del pasillo estaba Thiago, con los brazos cruzados. No abrió la boca, pero me miró fijamente y supe que debía interrumpir lo que fuera que iba a hacer.

—¿Sabes qué, Dulcinea? Estoy muy cansada, necesito darme una ducha y dormir, aún quedan muchos días. Discúlpame con Enrico.

Y no le di opción a respuesta, me di media vuelta y salí a paso ligero hasta mi habitación.

¿Qué demonios estaba pasando? Cerré la puerta y me quedé apoyada de espaldas, levanté la cabeza mirando al techo y solté un bufido de alivio. Fuera lo que fuera, sabía que había hecho bien retirándome. Abrí el agua de la ducha ya algo más tranquila y se me paró el corazón cuando tocaron a la puerta.

23
Sincronización

Pensé en taparme antes de abrir, pero eso ya carecía de sentido tras haber estado en una clase de yoga tan extraña. Así que abrí preparando mi mejor actuación teatral, creyendo que tal vez serían Dulcinea y Enrico. Respiré hondo, dejé caer los hombros y puse cara de cansada, mientras abría lentamente.

—¿Ibas a hacer un trío? —Esperé unos segundo, pero no reaccioné—. ¿Te van esas cosas ahora? ¡Dios, Mara! ¡No te reconozco!

No, no eran ellos, era Thiago furioso. No lo invité a pasar, no obstante, mientras renegaba de esa manera entró como Pedro por su casa. Vale, era su casa, y esa era su habitación, pero eso no le daba derecho a entrar de esa manera. Cerró la puerta a su paso.

—¿Perdona? —apunté estupefacta—. ¿Hola...?

Se sentó en la cama. Apretaba las mandíbulas, tenía los brazos apoyados en las rodillas con las manos entrelazadas y girando los dedos pulgares como en una rueda de hámster. Ese gesto lo conocía perfectamente, estaba nervioso y enfadado.

—Mara, de verdad. Esto no es un juego. A ver cómo te lo explico... Durante el día es una estancia, como cualquier otro campamento espiritual, donde puedes hacer yoga, cuidar del *huertecito* y esas cosas, pero durante la noche… —Lo miré con los brazos de cruz esperando que acabara—. Durante la noche, hay sexo, lujuria, drogas… ¿Qué clase de amiga le paga una estancia así a otra? No estarás metida en este mundillo a estas alturas, ¿verdad?

—Pero… —Estaba entrando en shock al oír eso. Había olvidado hasta que iba en ropa interior.

—¡Con abrir la mente no me refería a eso! —Se puso en pie y avanzó hasta mí—. Me refería al mundo espiritual, que medites, que disfrutes de la naturaleza, que sepas hacer pausas de la vida… Esas cosas, en las que sé perfectamente que no crees y, sin embargo, harían de ti otro tipo de persona.

Tardé un poco en reaccionar. Un momento…

—¿Otro tipo de persona? —Se me engrandecieron las fosas nasales del enfado—. ¿Y qué tipo de persona soy según tú?

—¿Vas a enfadarte por esto también? ¡No te estoy atacando! Yo…

Se quedó inmóvil justo enfrente de mí. La verdad es que me tembló hasta el alma con ese repentino gesto.

—¿¡Tú qué!? —intenté disimular más enfado.

Me miró desafiante, estaba demasiado cerca, podía oír su corazón bombear con fuerza y el mío empezó a hacer lo mismo. Buscó mi mirada. ¿Qué hacía? ¿Me estaba analizando a estas alturas? ¿Acaso iba a besarme? Consiguió desconcertarme. Sus ojos decían una cosa y sus gestos otra. Me aparté justo cuando parecía querer tocarme.

—Lárgate de aquí, Thiago —decreté con la mirada gacha—. Quiero estar sola y *meditar*… —no puede evitar el retintín con sarcasmo.

Soltó el aire por la nariz con fuerza, apretó los labios y se dirigió a la puerta. Una vez más se marchaba haciendo caso a mi petición. Sentí un escalofrío. Otra vez estaba apartándolo de mi lado.

—¿Dónde duermes? Si necesitas la habitación me instalo en cualquier otra.

Sonó a excusa para retenerlo un instante más. Él no era el único que se contradecía.

—En la casita de los empleados. No veo el momento en que toda esta mierda deje de hacerse aquí y pueda disfrutar de todo esto.

Levantó los brazos dirigiéndose al habitáculo.

Ambos habíamos bajado la tonalidad y volvíamos a dialogar como personas. Cogió el pomo de la puerta, pero no le dio tiempo a abrir.

—¿Por qué lo haces? —pregunté confundida.

—¿El qué?

Se giró de golpe.

—Ceder tu casa para esto, si claramente no estás de acuerdo.

Noté como sintió alivio al oír mis palabras. Seguro que conociéndome había imaginado algo más hiriente.

—Estel y yo firmamos un acuerdo.

—Se llama matrimonio —lo interrumpí.

Arrugó la nariz.

—No es exactamente eso. Es una larga historia... —Volvió a coger el pomo de la puerta.

—Me encantaría oírla.

Creo que eso fue un pensamiento en voz alta que obtuvo buen resultado.

—¿Te interesaría conocer Florencia?

Dejé que se asomara una tímida sonrisa en mi rostro.

—Me encantaría, pero...

—No te sientas obligada, yo solo lo decía por sacarte un poco de aquí y conozcas algo más de Italia.

—Solo quería decir que no he traído ropa para una ciudad tan elegante.

Asomó a su cara una bonita sonrisa que inevitablemente iba a ver en mi cabeza muy a menudo.

—Eso tiene solución. —Su alegría era evidente y creo que la mía también—. Te recogeré después de comer, por la mañana tengo que ir a visitar los otros viñedos.

¿Serían «otros» viñedos, o serían los que hubieran sido «nuestros» viñedos?

—¿Puedo acompañarte?

Lo sorprendí nuevamente. Lo cierto es que siempre tuve ese punto de masoquista y quería ver cómo llevaba el que tendría que haber sido nuestro negocio, de qué trataba exactamente. Iba a odiarme a mí misma tras descubrir esa realidad, aun así, quise hacerlo.

—¿Qué vas a decirle a tus compañeros?

—Oh, nada, tranquilo. Creen que soy una yonqui y que me ausento para ir a algún tipo de rehabilitación, a por metadona o vete a saber.

No pudo evitar reírse demasiado fuerte, a carcajadas. Por instinto le tapé la boca con una mano mientras con la otra me tapaba la mía, me acerqué con los ojos abiertos como platos e intenté que dejara de hacerlo. Tampoco podía contener la risa. Ahí estábamos de nuevo sincronizados. Nuestras risas y nuestros corazones. Estaba perdida, lo sabía. Después de todo, en ese momento quería dejarme perder.

Bajó mi mano lentamente, dejó de reír, nuestras miradas parecían imantadas. Acarició mi cara con su dedo pulgar, me rehíce al instante. Pero para mi asombro volvió a largar la mano, sujetó el pomo un instante y abrió la puerta. Tomó aire y apretó los labios. ¿Qué había pasado? Iba a besarme, estaba completamente segura. Sin embargo, había algo que hacía que al instante me mirara con recelo, pude ver el resentimiento en sus ojos, es lo último que vi antes de cerrar la puerta.

Me quedé bastante rato allí de pie, intentando asimilar lo que había pasado, o sea, nada. ¿Pretendía volverme loca? ¿Seguía en pie lo del día siguiente? Menudo retiro estaba teniendo. Si Mireia lo hubiera sabido en aquel momento... hubiera pedido inmediatamente la devolución de cada euro.

Me permití darme una ducha larga y placentera. Abrí la ventana, dejé que el aire fresco de la noche entrara mientras me dedicaba a escuchar música con el volumen bajo y pensaba en el maldito Thiago, en Mireia, en Gaia, en Héctor, en Gustavo... Seguí dándole vueltas a las intenciones de Gus. Ese muchacho estaba dispuesto a quedarse a mi lado pese a que sabía perfectamente que no lo amaba. Quería formar parte de mi vida y no solo con *empotramientos* de película, fotos pervertidas y palabras obscenas. Quería estar conmigo... No entendía el porqué, ya que siendo tan joven podía aspirar a tener algo mejor. Cada vez que lo pensaba, algo en mí se planteaba seriamente esa posibilidad. ¿Por qué no? Pero ese pensamiento siempre era pisoteado por la imagen del *rompevidas* de siempre, Thiago.

No podía dormir. Vuelta a un lado, vuelta a otro. ¿Quería besarme? ¿Por qué no lo había hecho? ¿Acaso no era feliz en su matrimonio? ¿Querría dejar a su mujer? ¿Serían un matrimonio abierto? Porque a mí esas cosas no me iban nada... ¡No podía dormir! Así que me puse una sudadera abierta y con el pantalón de pijama salí a dar un paseo. Era tardísimo, pero necesitaba airear mi cerebro, pasear. Primero saqué la cabeza y espié el pasillo, no quería encontrarme a nadie. Y menos sabiendo que había alguien deseando liarme para hacer un trío. No voy a mentir diciendo que no me generó curiosidad, pero no era lo que había venido a experimentar exactamente. ¿O sí? Salí de puntillas. Se oía barullo en la buhardilla, allí había más de una persona, de dos y hasta juraría que de tres... En realidad, admiraba a esa gente que era capaz de disfrutar del sexo sin tabúes, de verdad, pero seamos sinceros, mi mente jamás se iba a abrir tanto, no en eso.

Me alejé un poco de la casa, lo justo para que la luna, más que las luces de la casa, iluminarán el camino y pudiera ver por donde pisaba. Un camino desde donde tenía a tiro la *casita*, por decirlo de alguna manera, donde dormía Thiago. El tamaño de esa vivienda era mucho menor que la casa principal, pero no era mucho más pequeña que mi casa en España. ¿Y esa era la casa de los empleados? Increíble. Me acerqué más de lo que debía. Lo hice intrigada al ver como se dibujaba claramente la silueta de unas cabezas juntas. Era una pareja claramente acaramelada, estaban demasiado juntos. Se me cayó la gota fría al pensar en la posibilidad de que Estel estuviera con Thiago, o peor aún, que estuviera con una amante. Mi cabeza ya empezó a sacar a flote su don peliculero. ¿Por eso no me había besado? ¿Acaso había tenido la cara dura de venir con alguien y aun así presentarse en mi habitación? Estaba entre agitada y cabreada. Fuera lo que fuera, no podía quedarme con la duda, así que volví a desempolvar mis dotes de ninja fracasado y me acerqué sigilosamente, hasta estar a una distancia prudencial.

¡Por Dios! ¡¡Antonella y Ricciardo!! ¡Qué calladito lo tenían! Se estaban fundiendo en arrumacos y caricias, sentados en un sofá viendo el televisor. Una sensación de alivio recorrió todo mi ser. Ella se había empeñado en recalcar que no eran pareja, así que deduje que eso que estaba presenciando era algo que debía permanecer en silencio. No sería yo quien desvelara un amor secreto. Pero... ¿y Thiago lo sabría? Seguro que dormía como un tronco, nunca fue de sueño ligero, al contrario que yo. Ya estaba por marcharme, contenta por haber descubierto tal cosa, cuando algo se movió detrás de mí. Algún animalejo, pensé, aunque no me hizo gracia. No era un ruido de pasos de persona, ¿o tal vez sí? Me giré lentamente, y bastante asustada, apretando los ojos. Los abrí lentamente y para mi sorpresa, me encontré con un perro enano, un sabueso larguísimo, de mirada caída, orejón y de patitas muy cortas. Era parecido al Teckel de mi vecina, pero bastante más grande. Blanco y marrón. De esos que arrastran las orejas al rastrear.

—Pero ¿de dónde sales tú?

Me agaché a acariciarlo. Era tan bonito, con esas patitas tan cortas... El perro me respondió con un sinfín de lametones y mimos. No sabía qué hacer con él y el animal no parecía querer seguir su camino, empezó a seguirme. Así que sin trazar ningún plan dejé que me acompañara en mi paseo. Apenas estaba a unos metros de la casa cuando el chucho salió corriendo de una forma muy graciosa.

—¡Eh, tú! ¡Rastreator! —grité, intentando que volviera.

—¿Cómo le has llamado?

Una voz salió de la oscuridad con el perro al lado.

—¡Dios, Thiago! ¡Qué susto! —resoplé con la mano en el corazón.

—¿Qué haces a estas horas despierta?

—¿Y tú? —Lo miré levantando una ceja, mientras observaba que llevaba la correa del animal en las manos.

—No podía dormir y decidí salir con Loki.

—¿Loki? ¿Así se llama tu perro?

—Bueno, no es mío, es de Antonella, pero no quería molestarla. En verdad, no es que no pudiera dormir. ¿Sabes guardar un secreto?

—Si me vas a contar que Ricciardo y ella... No te canses, lo he visto con mis propios ojos.

—Uf, menudo apuro, no me he atrevido a entrar, he reculado sobre mis pasos sin que se dieran cuenta y el perro ha salido a la vez conmigo. Esperaré a que se duerman. En realidad, siempre lo he sospechado, pero... Ahora no sé si podré disimularlo.

—¡Claro que sí! Ya te lo contarán cuando lo crean necesario —le recriminé.

—¿Y qué haces tú a estas horas? ¿Espiando casas ajenas?

—Ha sido sin querer, no me dedico a eso, no. Es que... Yo tampoco podía dormir.

Giré sobre mis pies y él notó mi clara intención de huida, así que se apresuró a decirme:

—Te acompaño hasta la casa.

No me preguntó el porqué de mi insomnio, supongo que era fácil de deducir. Si me conocía mínimamente sabía de sobras que me iba a costar conciliar el sueño. Llegamos hasta la puerta, el perro no dejaba de juguetear con la correa. Llevábamos todo el camino sin hablar, tan solo disfrutando de la compañía el uno del otro y el silencio de la noche. Es de agradecer cuándo uno sabe que las palabras sobran, ahí sobraban palabras y sentimientos, de eso estaba segura. Pero ¿qué tipo de sentimientos? Estaba claro que a él se le arremolinaban varios a la vez. Me apoyé en la puerta con la intención de despedirme, ahora sí que iba a conciliar el sueño.

—Mara, ¿has conseguido ser la persona que querías ser? —Lo miré levantando una ceja—. No quiero decir ahora mismo, ya me has dicho que estás en un mal momento. Pero... ¿valió la pena?

—¿A qué te refieres?

—A romper lo que teníamos.

24
Las cepas asesinas

Era la segunda noche en ese paraíso, ese extraño paraíso que no dejaba de sorprenderme. No solo porque el supuesto retiro tenía una connotación espíritu-sexual, la cual desconocía, sino porque me estaba brindando la desconexión de esa realidad asfixiante que yo misma había creado en Madrid y evidentemente, también, porque me permitía volver a saber de Thiago, aunque fuera desde una posición muy diferente. Teníamos tanto que contarnos, recriminarnos y escucharnos, que no fui capaz de contestarle la pregunta. Acaricié su bonita y preciosa cara con aires de Henry Cavill y apenas articulé un «buenas noches» mientras desaparecí con el corazón encogido. Me inundaba la rabia y quise girarme para gritarle: «¡No! ¡Claro que no valió la pena! ¿Acaso es que no me ves? ¡Jamás me repuse a tu marcha!». Pero no lo hice.

Llegó un momento en que cuando fui consciente que lo había perdido del todo, dejé de sufrir. Me repuse y sin darme cuenta, y sin planearlo, la vida siguió. Empecé a centrarme en mis proyectos, conocí a Héctor y la sombra de Thiago empezó a empequeñecer. Es curioso cómo arrinconamos en nuestro corazón aquello que nos hace sentir culpables. Eso me pasó con Thiago, lo arrinconé para que no doliera el sentimiento de culpabilidad que se había instalado en mí, porque, en cierto modo, sabía que todo había sido mi culpa y él estaría en cualquier otro lugar del mundo herido por mi estupidez. No tardé en convencerme de que él merecía algo mejor que yo. Así de triste e incoherente, ahora que lo veo.

Pese a todo, conseguí conciliar el sueño más rápido de lo que creía. Mi segundo amanecer sin ruidos, sin despertadores, sin gritos, sin salir corriendo de la cama... Eso lo hice lentamente, desperezándome con el sol impactando directamente en mis pupilas, obligándome a cerrar los ojos y disfrutando de ese magnífico momento. Esta vez me aseguré de llevar algo puesto antes de acercarme al balcón y regalar un desnudo de los míos. Corrí el resto de la cortina con fuerza, y una vez más lo primero que vi fue a Thiago hablando con Enrico. Podía acostumbrarme a eso, pensé. Esta vez parecían más amigables, aunque desde mi posición no podía asegurarlo, no obstante, no había gestos agresivos y eso me hizo bajar la guardia. Thiago estaba radiante, se notaba recién salido de la ducha, con el pelo aún mojado, peinado hacía atrás, echado a un lado, a lo Clark Kent. Vestía con unos pantalones chinos marrones y camisa blanca remangada.

Se miró el reloj antes de levantar la vista hasta mi ventana. ¡Cierto! ¡Que vamos a visitar los viñedos! Lo recordé en cuanto su mirada de italiano sexy se cruzó con la mía, holgazana y con legañas. Levanté el dedo índice pidiendo un minuto y pude ver como puso la mirada en blanco. Ese gesto tan suyo me hizo sonreír. El que no parecía tan sonriente con la situación era Enrico, que ya se había retirado más allá y estaba repasando algo sobre un papel con Alma, pero con la vista puesta en nosotros dos. Enrico era todo en bombón de hombre, pero algo me decía que no era trigo limpio. Sin embargo, no iba a dejar que un *perroflauta* que no gastaba ropa interior me arruinara el día. A la vuelta, ya daría las explicaciones que tuviera que dar.

Me vestí con esa estúpida sonrisa que una jamás debe poner cuando va a ver a un ex, sin embargo, ahí estaba yo, más risueña que nunca. Iba a pasar el día con Thiago, primero en los viñedos y luego en Florencia. No me juzguéis. ¿Era mi ex? Sí. ¿Se me iban a empapar las bragas todo el día? Pues también. Pero estaba en la Toscana, ¡en la bendita Toscana! Con un hombre que se parecía a Henry Cavill y que se había ofrecido a guiarme por la bella Italia. ¿Qué había de malo? Ah, bueno... Sí, claro, que era mi ex y que seguía locamente enamorada de él. Preferí omitir ese pequeño detalle.

No pude evitar sonrojarme cuando me encontré con Dulcinea y el *Hippie piji.* Estaba más que segura que ambos habían estado la noche anterior en la buhardilla con Enrico, lo supe en cuanto al bajar las escaleras y sin poder evitarlo vi como él le susurraba algo y dejaba caer su mano más cerca de su nalga que de su cintura. ¡Ahí había habido tomate! Disimulé tanto como pude, aunque mis mejillas fueran a su rollo. En cuanto se abrió la puerta de la sala del desayuno, desaparecieron todos los compañeros que deambulaban esperando ese momento. Yo aproveché para meterme en la cocina con Antonella y pedirle algo dulce y rico.

—Cariño, el desayuno completo está en la sala.

—¿A eso lo llamas desayuno? Por favor Antonella, necesito azúcar, café...

Sonó tanto a súplica como a desespero. La mujer no pudo aguantar su risa y se dio media vuelta. Como por arte de magia me plantó sobre la mesa una buena taza de café con leche y unas magdalenas caseras que ella misma había hecho de buena mañana. Me puse tan contenta que salté a abrazarla y besarle la mejilla mientras gritaba un enérgico gracias.

—¿Qué es tanto alboroto?

Thiago irrumpió en la cocina y su olor me llegó antes que su presencia.

—Yo no quiero saber nada —se excusó Antonella con las manos en alto.

—¿Así que la comida de verdad se esconde aquí? —Lo miré amenazante.

—Tú has pagado por la otra comida —utilizó un tono burlesco.

—¡Que yo no he pagado por nada! ¡Que ha sido Mireia!

Quise volver a recalcar eso.

—Menuda joyita de amiga, ya tengo ganas de conocerla.

Ese comentario generó un silencio incómodo en la cocina. Antonella lo miró, después me miró a mí, mientras le entregaba una taza de café a Thiago, lo hizo como a cámara lenta.

Un momento... ¿Estaba dando por hecho que iba a conocer a mi amiga? ¿Quería decir eso que de algún modo iba a quedarse en mi vida? Como amigo, claro...

Tras ese silencio incómodo, Antonella rompió el hielo.

—¿Van a algún lado? —Volvió a mirarnos—. ¿Juntos?

Thiago carraspeó antes de contestar.

—Esto... Sí, voy a enseñarle a Mara los viñedos de la finca Santoro. Está interesada en hacer negocios, tiene una empresa de *catering* y...

Se notaba que no tenía argumentos y que la mujer no se estaba creyendo de la misa la mitad. Por suerte Ricciardo irrumpió torpemente sin percatarse de nuestra presencia.

—¡Un bel fiore, per un altro bel fiore! —gritó al entrar con una bonita Dalia de tonalidad rosada.

Al vernos cortó su paso totalmente sorprendido y avergonzado. Ninguno de nosotros reaccionaba, así que quise salvar la situación incómoda y le arranqué la flor de las manos.

—Gracias, Ricciardo, qué bonito detalle.

Lo dejé atónito. Antonella se dio media vuelta totalmente ruborizada y se puso a hacer ver que hacía algo. Ricciardo sonrió y desapareció a la velocidad de la luz. Eso hizo que Thiago y yo nos dedicáramos una mirada de complicidad, con una sonrisilla pícara.

Nos tomamos el café allí mismo, en la cocina. Fue como retroceder quince años atrás, compartiendo el desayuno. Lo hicimos como cuando éramos novios, un mordisco cada uno de la misma madalena. Fue sin darnos cuenta, no sabíamos hacerlo de otra manera. Creo que ninguno de los dos se percató de ese pequeño detalle en ese mismo momento.

Antes de irnos dejé que Thiago saliera de la cocina y me volví con la flor en la mano. Antonella estaba de espaldas. Le asomé la flor por encima del hombro.

—Toma, creo que esto te pertenece.

La mujer se supo acorralada, así que la cogió se la llevó a la nariz e inhaló su olor.

—Gracias, cariño.

No hizo falta aclaraciones, entre nosotras nos entendimos.

La otra finca, la Santoro, como él la había llamado, consistía en una casa no tan ostentosa, toda enterita de piedra, pero cuidada a cada detalle. Había un grupo guiado por un joven italiano. Rápidamente Thiago me aclaró que esa finca estaba dedicada al agroturismo. Donde se explicaba la historia del vino, se paseaba por los viñedos, se hacían catas y se les dejaba experimentar la pisada de uva para extraer el mosto. Esa era la parte que más le gustaba a la gente. Pese a que actualmente ya no se hiciera así, esa era una de las cosas que más atraía al turista. Lo cierto es que lo tenía muy bien montado y todo estaba impoluto, bien decorado con cosas de antaño, con esa mezcla de la modernidad y lo antiguo fusionados para una experiencia única en la Toscana. Verlo en un video promocional llama la atención, pero verlo en persona como yo lo veía, era increíble, como un sueño. Ese, sin duda, hubiera sido parte de nuestro proyecto. Qué bonito suena ¿verdad? Nuestro... Pero no, era solamente suyo.

Thiago entró en la casa y sacó con él dos sombreros promocionales con el sello Lombardi, que consistía en un racimo de uvas y el apellido. Los mismos que se les regalaba a los turistas. Alzó el de color blanco y me lo puso sobre la cabeza.

—Lo vas a necesitar.

Me lo acomodé.

—¿A dónde vamos?

—A pasear entre las cepas.

Y no dije nada más. Lo seguí. El sol caía con fuerza, entendí entonces lo del sombrero. Mientras caminábamos me iba hablando del tipo de uva que había en esa parcela y a cuál de sus vinos pertenecía. Yo lo escuchaba mientras mis ojos no daban crédito a tanta belleza. Hileras e hileras de cepas hasta el infinito. A lo lejos, un joven agricultor que parecía sacado de un calendario saludó a Thiago desde un tractor.

—Es Marcello.

No apuntó nada más. Ni quién era, ni qué hacía... Lo saludó, le dio la espalda y proseguimos la caminata.

A lo lejos, se veían varios grupos de personas con sus respectivos guías y yo, con el mío particular. El mío, con un culo respingón el cual no podía dejar de mirar, la camisa remangada con esos antebrazos de superhéroe y con un par de botones desabrochada, dejando entrever parte de uno de sus pectorales, y que me obligaba a tener que redirigir la mirada que se atascaba justo en el recoveco donde acababa el doblez de la camisa con el último ojal libre. Justo ahí me perdía mientras él hablaba.

—¿La heredaste de tu abuelo?

—No exactamente, la otra finca, en la que te hospedas, fue heredada. Por esta, sin embargo, conseguí un buen precio, debido a que la señora Santoro fue una «antigua» amistad de mi abuelo.

Noté el retintín en la palabra antigua.

—¿De verdad? ¿Por ese motivo? —Fruncí el ceño mostrándole mi incredulidad.

—Te voy a ser sincero. Me la vendió la viuda de los Santoro. Esa mujer y mi abuelo..., ya sabes.

—No sé. ¿A qué te refieres?

—Pues que creo que fueron amantes o algo así. No he querido profundizar. Pero mi abuela, que en paz descanse, odiaba a la viuda Santoro con todas sus fuerzas. En cuanto oí como la vieja hablaba de mi abuelo, até cabos. La señora Santoro que enviudó muy joven siempre estuvo enamorada de mi abuelo, básicamente me lo dijo ella, con otras palabras. Mis abuelos, si no me equivoco, tuvieron un matrimonio de esos acordados. Así que todo apunta a...

—Que estuvieron enamorados toda la vida.

Quise restarle importancia.

—Sí, eso, y que fueron amantes, fijo. Vaya tela con mi abuelo.

—¡Eh! Pero ¿por qué lo juzgas? Gracias a eso tienes esa bonita finca. Además, era otra época, nosotros no podemos entender como funcionaban nuestros abuelos y ese tipo de matrimonios. Me sabe mal por tu abuela, pero me sabe peor por él, por ellos dos, de ser así, vivieron una vida añorando otra.

—De ser así, como tú dices, eso le pasó por cobarde.

—¿Y tú qué sabes?

—Oh, venga. Cuando amas algo y crees que vale la pena, no lo dejas ir así como así, luchas por ello, por más difícil que sea la situación.

Lo estaba llevando a lo personal y pude notar el resentimiento en sus palabras. Se generó un pequeño e incómodo silencio.

—¿Sí? No creo que en esa época tuvieran muchas opciones. Además, de haber sido así, tú no hubieras nacido.

—Ya, pero ellos hubieran podido ser felices, si se amaban.

—Tal vez la cosa no fuera tan así, tal vez...

—Tal vez no valiera tanto la pena... —sentenció y aceleró el paso levantando polvo en el caminito entre las cepas.

Me encendió de rabia, sí, a su manera estaba hablando de nosotros o eso era lo que yo quería creer. Avancé herida por sus palabras y me puse a su lado. Caminamos en silencio unos metros más. ¿Qué estaba pasando? ¿Me estaba recriminando algo? ¿O se estaba refiriendo a la historia de su abuelo? Quise decir algo más al respecto, pero no logré encontrar palabras, así que opté por un clásico, la huida.

—Me vuelvo a la casa con los turistas. Cuando acabes lo que tengas que hacer, me buscas.

Me di media vuelta con los brazos en cruz, dando a entender mi enfado. Apenas había avanzado unos metros cuando oí mi nombre.

—Mara...

—¡No! —grité sin girarme.

—Mara, ¡detente!

Sonó a orden. ¿Qué se había creído? ¿Darme órdenes a mí? Apresuré el paso y noté como él lo hizo también. Pero mi intento de llegar a la casa antes que él fue en vano.

—¡Mara! —gritó a escasos centímetros de mí.

Y antes de que pudiera contestarle con toda mi ira pasaron tres cosas; una que algo hizo que uno de mis pies no avanzara, haciendo que perdiera el equilibrio y cayera sin dignidad alguna; dos, que me rasguñé entera con una cepa, mientras maldije llevar ese vestido que acabó dejando algo más que mis piernas al aire y que tan bien había combinado con mis deportivas. ¡Malditas cepas asesinas!; y tres, que Thiago tiró de mí antes de que la caída fuera más humillante y dolorosa y acabé totalmente pegada a su cuerpo, notando su palpitar, con la mirada fija en sus labios, envueltos en polvo y no de hadas precisamente, aunque en ese momento me lo pareciera, ya que esa vez, iba a besarme irremediablemente. Me flojearon de nuevo las piernas, él me sujetó con firmeza no quería que me separara. Cerré los ojos, preparé mis labios, inhalé con fuerza y... ¡Tierra, trágame! O, mejor dicho, ¡cepas, tragadme!

¡Le tosí en la cara!

¡Sí, sí! ¡Le tosí!

25
La pisada de uvas

Entramos en la casa y una mujer que vestía con el clásico cliché de campo me curó las heridas. Deduje que sería la esposa del granjero sexy que habíamos visto hacía un rato. La mujer de no más de cuarenta años, llevaba el pelo recogido con un pañuelo anudado en la cabeza, unos pantalones remangados hasta las rodillas y una camisa de cuadros anudada por encima del ombligo. Era una mezcla de campesina, con modelo de revista. Y llamadme loca psicópata, pero pude notar como entre ellos dos había tensión y claro está, que no me gustó un pelo.

—Vuelvo en unos veinte minutos —se dirigió a mí al ver que tan solo era un rasguño por encima de la rodilla—. Quédate en la casa a la sombra. Tómate un vino o algo fresco, en la barra de las catas te servirán.

—Pero...

Noté como me miró y a su vez evitaba las miradas de la mujer. Claramente huía de esa situación.

—Vete tranquilo, yo cuidaré de ella —apuntó la mujer con retintín y en un italiano tan fluido que pude entender a la perfección.

Eso hizo que detuviera el paso en seco. Miró el reloj.

—Puede cuidarse sola, además, tienes la actividad en cinco minutos —añadió secamente.

¿Estaba siendo esquivo con la mujer? Habló rápido, supongo que intentó que yo no entendiera del todo la conversación. Se me daba mejor el italiano de lo que creía, supongo que había dejado dormir el idioma en mi cabeza junto a su recuerdo.

—Vete tranquilo —salvé la situación—. Me quedaré tomando un vino lejos de las cepas asesinas.

Eso rebajó la tensión, conseguí que sonriera antes de verlo desaparecer con su culo respingón y su sombrero de propaganda. Suspiré involuntariamente. De hecho, lo hicimos las dos a la vez. Fue muy raro.

—Esto ya está, es solo un rasguño, no se te infectará.

—Gracias.

—Valentina, mi nombre es Valentina.

Y me extendió la mano de forma amigable.

—Mara.

—¿Española?

—Sí —apunté como disculpándome no sé de qué.

—*Sono amanti?* —dijo sin preámbulos.

Vale, eso sí lo entendí a la perfección.

—¿Qué? ¡No! ¡No! Somos viejos amigos, bueno, nuestras hijas son amigas, yo... no... —Levanté las manos en son de paz—. Además, él está casado, o eso creo...

La mujer me miró de arriba abajo dos veces antes de devolverme la palabra. Estaba claro que Thiago era de su interés. ¡Lo que faltaba!

Relajó las fracciones y sonrió.

—Venga —tiró de mi mano para que me levantara de la silla—, será divertido.

—¿Qué? ¿A dónde vamos?

La seguí hasta una especie de patio trasero donde aguardaban un grupo de chinos, todos descalzos sobre una lona negra. Tardé en entender lo que iban a hacer. Valentina empezó a hablarles en inglés y se pusieron por parejas. Yo me quedé a un lado observando el espectáculo. Había varias plataformas repletas de uvas, parecidas a barriles cortados por la parte baja. Iban a experimentar el pisado. Se oyeron muchas risas, se sujetaban por los hombros en parejas y cuando ya estaban todos, amenizaron la experiencia con un acordeonista que se encargaba de poner la banda sonora con música tradicional al momento. Los chinos se lo pasaban de maravilla. En varias ocasiones, Valentina me invitó con un gesto a unirme, señalando uno de los barriles que había quedado sin ocupar, pero denegué.

Saqué mi teléfono y empecé a grabar el momento hasta que apareció Thiago y mi teléfono comenzó a dejar de grabar para que fuera mi mente quien grabara esa secuencia. Como si de una película se tratara, parecía moverse a cámara lenta, venía en mi dirección y yo apenas podía cerrar la boca. Ya no oía a los chinos, ni el acordeón, ni la uva estrujarse bajo sus pies. En mi cabeza, la canción de Led Zeppelin, «Whole lotta love» sonaba junto a su caminar. Venía sudando, se sacó el sombrero y se pasó el antebrazo por la frente. La camisa la llevaba más abierta que antes. Levantó una pequeña vasija de cerámica que contenía agua y empezó a refrescarse y a beber mientras el agua le caía por la frente, la cara, el cuello y le empapaba la camisa al mismo ritmo que lo hacían mis bragas. Me mordí el labio en un acto reflejo hasta que noté que alzaba las cejas de un modo extraño. Se dirigía a mí, pero no entendía qué quería decirme, así que se acercó más.

—¿No te animas?

Volvió la vista al grupo.

—¡Ah, eso! No, no, déjalo, paso.

—Tienes que probarlo, no te arrepentirás.

—Yaaaa, bueno, tenemos que ir a Florencia, creo que no me apetece ir con los pies sucios y con olor a mosto.

No pudo evitar soltar una carcajada.

—Abre la mente... ¿Recuerdas?

—¿Perdona? La tengo muy abierta, es solo que no me apetece mancharme, que me conozco. Hazlo tú —lo incité.

—Lo he hecho muchas veces, pero claro que lo haré, no me importa improvisar, si me mancho ya veré sobre la marcha. Improvisar. ¿Sabes lo que es eso? Lo hace la gente cuando disfruta de la vida.

Ya me estaba tocando los ovarios de nuevo. Se había sacado los zapatos y se estaba remangando el pantalón.

—Vengaaaa... —volvió a incitarme levantando las cejas en dirección a la barrica que no había nadie.

Puse los ojos en blanco, me había convencido, básicamente diciéndome una verdad. No sabía disfrutar de la vida, de los momentos. Hacía tantos años que mi mundo había sido solo mi negocio, el estrés, las peleas y poca vida, poco disfrute. Pensé en Gaia y en cómo le gustaría estar aquí, sin duda alguna se lanzaría descalza a pisar las uvas. Así que sí, me descalcé, dejé el móvil dentro de una de mis deportivas y me metí con su ayuda en la barrica. Una extraña sensación me hizo cerrar los ojos. Las uvas crujieron bajo mis pies, no sabía si me estaba dando asco o me resultaba placentero. Thiago volvió a carcajearse al ver mi expresión. Me quedé inmóvil, no tenía claro si quedarme o salir de un salto. Rápidamente se dio cuenta y me sujetó con ambas manos por los hombros. Quise hacer lo mismo, pero me quedaba muy alto, así que me sujeté por los costados arrugando su camisa con mis manos.

—Mírame a los ojos.

Eso hice y ¡mierda! Estaba totalmente a su merced. Mi Henry Cavill italiano quería que lo mirara de nuevo a los ojos y una descarga eléctrica en el estómago me dijo claramente que volvía a estar totalmente enamorada de él. Bajé la mirada al notar que me sonrojaba.

—Mara, mírame a los ojos. Un, dos, tres, un, dos, tres...

Empezó a pisar con ritmo, intenté seguirlo, pero no estaba mi cerebro como para pedirle mucho.

—Un, dos, tres, dijo levantándome la cara con su dedo bajo mi mentón.

—Que estamos pisando uvas, no en *Dirty Dancing*... —bromeé con ironía.

Volvió a reírse con ganas, sabía que mi sarcasmo y mi falta de romanticismo siempre le había causado gracia.

—No son huevos, Mara, pisa con ganas, no te vas a clavar nada.

Apreté los trozos de tela arrugados por donde me sujetaba de su camisa y quise hacerlo mejor. Pero no lo hice, casi lo tiro, nos desequilibramos a la vez.

—¿Será posible? —apuntó—. ¿Todo esto es porque no quieres mancharte? Es solo mosto.

Se detuvo, se agachó y cogió un puñado para enseñármelo. Volví a poner cara de asco y añadió:

—Pues me han dicho que te lo bebes de lo lindo.

Y sin darme opción a nada lo aplastó contra mi cara.

¡No me lo podía creer! ¡Este tío es tonto!

—Pero ¿qué diablos...?

El demonio se apoderó de mí. Mientras notaba como la piel de uva se escurría por mi cara, había manchado hasta mi flequillo. Así que sin pensármelo me agaché, cogí yo otro puñado y se lo lancé con ganas. Le impactó casi en los labios, dejando su mentón y el cuello chorreando. Ahora era yo la que me desternillaba de risa. Eso sí que no se lo esperaba. Pero no se estuvo quieto, no... Así que nos enzarzamos en una pelea lanzándonos y estrujándonos uvas por todo el cuerpo, al principio ambos actuábamos ofendidos, pero no tardó en ser una persecución llena de gritos y risas dando vueltas en el poco espacio que nos ofrecía la barrica. No embadurnamos de pies a cabeza, hasta me atraganté con un trozo de uva que me lanzó justo cuando lloraba de risa a carcajada limpia. ¡Me dolía la barriga de reír! Cuánto hacía que no experimentaba eso, ¡cuánto!

Incluso se nos olvidó que estábamos en presencia de más personas. Nuestro juego acabó cuando me hizo una llave de judo para detenerme. Me abrazó con fuerza desde atrás para inmovilizarme, volví a sentirme en sus brazos y perdí todas mis fuerzas. Tan solo podía oír nuestros corazones de nuevo latiendo al compás. Bajó la intensidad del brazo de oso y me giré lentamente alzando la cabeza, quería comprobar en sus ojos que estaba sintiendo lo mismo que yo, necesitaba comprobarlo y lo encontré. Efectivamente, así era.

—Estás preciosa cuando improvisas —susurró mientras apartaba un mechón pegajoso de mi frente con su pulgar.

—Y tú estás tan...

No me salían las palabras para expresar lo que quería decirle. ¿Sexy? ¿Follable? ¿Jugoso? ¿Apetecible? Ninguna opción me parecía adecuada. Aunque creo que supo leer mi mirada.

—Me vale.

Y esta vez no dejó que añadiera nada más y me besó. Sí, quince años después, volví a sentir sus labios sobre los míos, mientras me fundía en sus brazos. De nuevo nuestros besos sincronizados, perfectos. Sopesé la posibilidad que aquello fuera un sueño, no sería la primera vez que me levantaba anhelando exactamente eso. Pero no, no lo era, lo supe justo en el momento en que el aplauso de varias personas hizo que abriera los ojos y levantara las cejas hasta media frente. Una nunca imagina que van a besarla así en un lugar como ese, descalzos sobre uvas prensadas. No obstante, ese beso... Fue perfecto, uvas incluidas. Pasó a ser mi favorito en mi historial de besos, el cual siempre estuvo encabezado por la misma persona.

El acordeonista, que imagino que hacía rato que había dejado de tocar, nos miraba totalmente atónito. Los chinos aplaudían enérgicamente nuestra escenita. Habían estado siguiendo nuestro espectáculo seguramente esperando el desenlace final y ahí lo tenían y lo estaban disfrutando de lo lindo. La que no pareció disfrutarlo fue Valentina, que se marchó claramente disgustada mientras los chinos, ya habían empezado a lavarse los pies. No se dignó a esperarlos y eso generó algo de confusión.

Separamos nuestros cuerpos y ahí empezó nuestro desconcierto. Ninguno sabía hacia dónde mirar. Ambos sabíamos que habíamos hecho algo que no debíamos haber hecho y encima en público. Thiago bajó ágilmente y me ayudó a salir. Tras lavarnos los pies, cosa totalmente estúpida, ya que íbamos sucios hasta la coronilla, fuimos directos a la casa, o, mejor dicho, al hotel. Algo me decía que así, no íbamos a subir a su flamante Stelvio y mucho menos ir a Florencia. Recorrimos la recepción buscando a alguien.

—¡Viviana! —gritó—. ¡Leo!

Y apareció una pareja joven de unos treinta años.

—Pero ¿qué os ha pasado? —preguntó inocentemente el chico.

La chica le dio un codazo disimuladamente, ya que ella había entendido la situación. Thiago no respondió a eso.

—¿Queda alguna habitación libre?

—Solo una —añadió ella.

—Me vale.

Volver a oír esas palabras removió las mariposas internas que habitaban de nuevo en mí.

La chica desapareció un instante y apareció con las llaves de la habitación. ¿Pero qué demonios? ¿Había dado por sentado que íbamos a tener sexo? ¡No me lo podía creer! ¡Ni hablar! ¿Qué se había creído?

—Vamos a ducharnos. Os dejaré en la puerta toda nuestra ropa, en cuanto la tengáis limpia nos iremos y os dejaré libre la habitación por si surge una reserva.

—Perfecto —añadió Viviana—. En cinco minutos subo a por la ropa.

Apenas sonreí a los muchachos y salí tras él que parecía que se había olvidado de que estaba allí.

—¿La gente siempre hace lo que le pides?

—Trabajan para mí.

—Pues yo no. Podrías haberme preguntado qué me parecía lo de la habitación y la ducha, ¿no?

—Ni muerto te dejo subir así a mi coche.

—Ya, pero...

—Tranquila. —Se detuvo delante de la primera puerta a la izquierda—. No vamos a tener sexo. No voy a colarme mientras te duchas, ni voy a enjabonarte, ni lavarte el pelo como tanto te gustaba...

Solo pensar todo lo que había dicho, mi vagina ya se contrajo en un espasmo, que me fundió hasta el cerebro y me dio rabia a la misma vez. Me dejó sin palabras.

—Yo... no...

—Bueno, a no ser que me lo pidas —bromeó—. Ahí vamos a tener un gran dilema los dos.

Le pegué un puñetazo en el hombro y negué sonriendo. Vale, estaba bromeando. ¿O no? Nos jugamos a piedra, tijeras, papel quien se duchaba primero y ganó él, aunque ambos nos habíamos desnudado por separado y envuelto en diferentes toallas. La ropa la dejamos en un cesto, en el rellano frente a la puerta de la habitación.

La habitación era preciosa, sencilla pero con encanto. La cama tenía las patas encorvadas y un cabezal enorme de hierro forjado. Una bonita alfombra de tonalidad violeta a conjunto con el edredón que presidía el lugar. Las mesitas de patas encorvadas también, sostenían unas bonitas lámparas que parecían de otra época. Las cortinas lucían una tonalidad más suave, entraba la luz perfectamente. En el majestuoso escritorio había una botella de vino y dos copas tapadas con una servilleta blanca perfectamente doblada. Todo era rústico y bonito. Seguro que la gente pagaba un pastizal por hospedarse allí. No me atreví a tocar nada.

Me di una vuelta por la habitación e instintivamente volví hasta la puerta del baño al oír el agua caer. La puerta estaba entreabierta, me acerqué sigilosamente y pude observar la silueta del enorme y musculado cuerpo de Thiago mientras se enjabonaba. Pero ¿por qué me pasan esas cosas? Pensé entre suspiros. Estaba ahí, yo lo deseaba, él me deseaba, y no podía tocarlo, no debía tocarlo. Pero ese culo era de dios del Olimpo y con los años se había vuelto más musculado. Lo observé embobada, mordiéndome el labio, imaginando qué pasaría si decidiera abrir esa puerta y meterme en esa ducha. Imaginando sus manos en mi cuerpo de nuevo, mis piernas envolviendo su cintura… Soñando despierta. Hasta que algo me devolvió a la realidad.

—¿Me estás espiando en la ducha?

¡Mamma *mía!*

26
Rock de los setenta

No contesté, me aparté a toda prisa de al lado de la puerta y fingí no haber oído nada. El pulso me iba a mil. ¡Dios! ¡Necesitaba darme una ducha, pero de agua fría! Cinco minutos después salió con una sonrisa entre tímida y pícara, llevaba la toalla anudada a la cintura de una manera muy sexi. «Vale, Henry Cavill italiano, me piro de aquí...». Sin darle opción a decir nada, pasé por su lado y me metí en el baño. Ajusté la puerta con el pie, sin llegar a cerrarla, no quería que pensara que no confiaba en él después de todo. Abrí el agua, dejé caer la toalla sucia y sentí un enorme alivio al notar como el agua desprendía los trocitos de piel de uva que habían quedado enganchados en mi cuerpo. Me enjaboné bien intentando no pensar en la imagen de su trasero y su espalda chorreando. Sacudí la cabeza varias veces para sacar esa imagen de mi mente y procedí a lavarme el pelo. Ahí fue inevitable hacerlo. Cuando éramos jóvenes solía lavarme el pelo hasta que el agua del piso en que vivíamos en la zona de Malasaña, decidía soltar un chorro frío y teníamos que salir pitando. Recordar eso me hizo sonreír.

—¿Estás pensando en el chorro de agua fría del piso de Malasaña?

Detuve el enjabonamiento de golpe. Abrí un ojo y allí estaba apoyado en el marco de la puerta, con su toalla anudada a la cintura y tratando de ocultar algo que empezaba a ser visible.

—¿Qué te hace pensar eso?

Hice como si nada, quitándole importancia a que estuviera mirándome mientras me duchaba.

—Tu sonrisa... Y porque yo he viajado en el tiempo también hace un momento y quería comprobar que te pasaría lo mismo.

El corazón me iba a mil.

—Has dicho que no te ibas a colar mientras me duchaba.

—Y no lo he hecho. —Levantó los brazos mostrando que estaba en el marco de la puerta—. No, si no me lo pides...

Un silencio momentáneo se coló en ese baño, tan solo el ruido del agua cayendo sobre mi cuerpo y en el plato de la ducha.

—¿Quieres meterte en la ducha? —solté casi en un susurro.

—¿Así que has aprendido a pedir las cosas que deseas? —Dejó caer la toalla, dejando a la vista su potente erección y se introdujo en la ducha quedando detrás de mí.

Exprimió el bote champú y empezó a masajearme la cabeza, fue una sensación casi orgásmica. Acercó su cuerpo al mío dejando su erección latiendo por detrás de mi cintura. Y me estremeció con un simple susurro.

—Solo voy a lavarte la cabeza. Si quieres algo más, también vas a tener que pedírmelo.

—Yo creo que no —jadeé—. Si crees que vale la pena, vas a quedarte y a saber cómo solucionarlo.

Hasta en la ducha estábamos con pullitas de nuestro pasado. Lo que era evidente es que en ese escaso metro y medio de ducha había más erotismo, más deseo y más amor, del que había en kilómetros a la redonda.

No hubo más peticiones. Me di la vuelta, lo besé primero con ternura, después con pasión, liberando por fin el deseo que había reprimido desde que volví a verlo. Olvidé quién era, nuestras nuevas vidas y realidades. Volvíamos a ser él y yo. Ya no éramos los mismos, pero seguíamos siendo uno, totalmente imantados. Me levantó con las manos en mi trasero, enlacé mis piernas en su cintura mientras me penetraba jadeante, seguíamos siendo un solo ser. Me empotró contra la pared y descargó toda su ira contenida, toda su impotencia y todo su amor en cada embestida, mientras yo tiraba de su pelo y él me susurraba entre gemidos que no había podido olvidarme y que había soñado con este momento todos estos años. Yo no podía articular palabra, sentía exactamente lo mismo, pero no me atreví a decir nada. Entre el agua y los besos no quería morir ahogada teniendo sexo. Cuando el último espasmo flojeó mis piernas, mordió mi mentón y dos embestidas después liberó el suyo dejando caer su cabeza hasta apoyarla contra la pared. Quise que se parara el tiempo, lo deseé con todas mis fuerzas. Apreté los ojos y quise que esta fuera mi vida, que él fuera mi marido, que todos los años que había vivido sin él tan solo hubieran sido un sueño. Pero no fue así. Salió a toda prisa de la ducha al oír su teléfono sonar. Dejándome tan llena y tan vacía a la vez. ¿Qué habíamos hecho? ¡Por Dios! ¡Era un hombre casado!

Salí unos minutos después, enroscada en la toalla. Estaba sentado en la cama con la cabeza entre las manos y los codos apoyados en las rodillas. Llevaba la toalla anudada. Aún le resbalaban gotas por el torso de una manera muy sensual. Bajó las manos, las entrelazó y empezó con ese gesto tan suyo, el que lo delataba cuando estaba preocupado. El movimiento circular de los pulgares, como si estuvieran persiguiéndose el uno al otro. Lo miré antes de acercarme. Lo amaba con todo mi ser, pero no podía hacerle esto, no podía destrozarle la vida a Estel, a su hija...

—Thiago, yo... Lo siento.

Levantó la cabeza, sorprendido.

—¿Lo sientes? ¿El qué sientes?

No me gustó su tono.

—Pues lo que acaba de pasar.

—¿Y qué ha pasado según tú?

—Pues que se nos ha ido de las manos. ¡Que hemos tenido sexo en la puta ducha!

No sé por qué elevé un poco la voz.

—No, Mara, no. Ahí dentro no hemos tenido sexo. Ahí dentro hemos hecho el amor, con mucha pasión, pero hemos hecho el amor y eso, tanto tú, como yo, lo sabemos de sobras. Y eso, sí, es un problema. ¡Ojalá hubiera sido sexo!

Me dejó sin palabras. El correcto de Thiago, una vez más sacando a flote la verdad, mientras yo prefería rehuir la evidencia. No quise añadir nada más y pude ver la decepción de nuevo en su mirada. Recordaba muy bien esa expresión, la puso el día en que rompimos, el día de la decisión de mierda. ¿Iba a perderlo de nuevo? ¿Iba a dejar que se marchara por mi estupidez? Seguramente. Pero quise darme una tregua.

—¿Qué vamos a hacer ahora? —musité.

—¿Ya, Mara? ¿Ha llegado ya el momento en que quieres salir corriendo? —me recriminó mientras me fundía con la mirada.

—No me refería a eso. Me refería a que vamos a hacer los días que me quedan del retiro. Debería volver.

—¿Quieres fingir que no ha pasado nada? —Me miró incrédulo—. ¿Volver allí y acabar seguramente en las manos de Enrico o de alguno más? ¿Eso quieres? ¿Eso has venido buscando?

—¿¡Pero qué mierda dices!? —Me levanté de su lado furiosa—. Yo nunca pedí esto, ni estar aquí ni en la Toscana. ¡En la puta Italia! ¡Y mucho menos en un retiro de *perroflautas* salidos!

Estaba furiosa, pero esas últimas palabras consiguieron arrancarle una sonrisa, y verlo sonreír suavizó el momento.

—Ven aquí —me ordenó.

—Yo no trabajo para ti, a mí no me órdenes nada.

—¿Puedes venir aquí, Mara, por favor? —suavizó la tonalidad.

Me acerqué y me dejé caer a su lado, mirando sus enormes pies huesudos y desnudos.

—Creo que necesito una copa —dije tras una exhalación contundente.

—Pues estás en el lugar adecuado. ¿Bajamos a tomar algo y después pensamos en qué mierda hacemos?

Se levantó y se fue hasta la puerta con la toalla liada a su cintura.

—Me parece perfecto. Pero... Thiago...

—¿Qué? —preguntó mientras giraba el pomo de la puerta.

—Que vamos sin ropa.

Se detuvo, se miró la toalla, me miró a mí y empezó a reír, yo lo hice a la par. Una vez más corazones sincronizados. ¡Puta vida!

Nuestra risa se vio interrumpida por dos toques en la puerta. Había pasado casi una hora desde que pusimos un pie en esa habitación y Viviana nos traía la ropa, tras un lavado rápido y media hora de secadora, como ella dijo. Bueno, digamos que estaba relativamente limpia. La camisa blanca de Thiago se había quedado de un tono rosa pálido y mi vestido de Zara también. No nos importó. Sin darnos cuenta se nos había pasado el día y no habíamos ido a Florencia. Así que pidió que nos prepararan algo de comida y nos quedamos a cenar. El comedor era precioso, las paredes de piedra vista, mesas redondas con manteles blancos y presididas por un ramito de lavandas en el centro. Copas anchas y cubertería destellante. Una mezcla de lujo y rural muy lograda.

Estaba a tope y con eso me refiero a que había cinco parejas, ya que la casa tan solo disponía de seis habitaciones. Mientras cenamos me entretuve en observarlas. Una, claramente, era recién casados o recién enamorados, otra era una pareja ya entrada en años que apenas hablaban, pero mantenían sus manos enlazadas. La tercera pareja eran dos chicos de muy buen ver y de diferentes etnias, que no dejaban de comerse con la mirada y tocarse. La cuarta... No me gustó mucho, me dieron malas vibraciones, seguramente estaban enfadados, sus caras de indiferencia hablaban por sí solos. Pensé en cuántas veces había salido a cenar con Héctor enfadada, o estresada y acababa haciendo de lo que debería haber sido una velada bonita, una noche para olvidar, pobre Héctor, no fui la mejor de las esposas. Y la quinta pareja...

—Son amantes —me aclaró Thiago por lo bajo.

—¿Cómo lo sabes?

—Es el señor Giancarlo. Todos aquí lo sabemos, siempre alquila la habitación roja cuando viene con ella. Las otras veces, cuando viene con la mujer, se hospeda en la azul.

—¿Habitación roja? ¿No será este hotel otro de índole sexual?

Conseguí arrancarle una carcajada que hizo que todo el comedor posara sus miradas en nosotros. Me ruboricé al instante.

—No, mujer. Simplemente cada habitación está decorada con un color diferente.

—Cierto, la nuestra es violeta, el color favorito de mi hija.

—¿Nuestra? ¿Quieres repetir y marcarte un Giancarlo? —bromeó.

—Más bien un Briatore... ¿Has visto la edad de esa chica?

—¿Y qué más da? Un momento... ¿Sigues mirando la fórmula uno?

Puse los ojos en blanco antes de afirmar.

—Sí, claro, menuda herencia me dejaste —quise que sonara a reproche, pero lo cierto es que me encantaban esas carreras—. Junto al maldito bonsái y tu discografía de *The Creedence*. ¡Ah! Y tus babuchas, las marroquís.

Se quedó un ratito pensativo, no dejaba de mirarme con una medio sonrisa. Se notaba que esa información le había gustado.

Pasamos el resto de la cena con las revoluciones bajas, charlando, disfrutando de nuestra compañía. A mi cabeza no paraba de acudir el pensamiento de «¿Y ahora qué?». Pero lo veía sonreír relajado y yo misma posponía esa pregunta para más tarde. Llevábamos unas pintas horribles, la camisa y el vestido desteñidos y ambos despeinados con pelos de locos que han tenido sexo en una ducha.

Nos despedimos de Viviana y Leo. Decidimos dar el día por zanjado y volver a casa. Que bien sonaba, «a casa», como si fuera nuestra, como si no fuera un lugar donde sucedían cosas..., digamos, políticamente incorrectas.

—Deberías avisar a Antonella —propuse mientras subíamos al todoterreno—. Ya sabes, por si los pillas en algún momento en el que sobras —bromeé.

—Si se complica la cosa, vendré a dormir contigo —añadió, intentando ponerse serio esperando mi reacción. Lo miré con las cejas arqueadas—. Solo si tú me lo pides..., ya lo sabes —intentó bromear.

—Thiagooo...

Lo amenacé con el dedo índice. La cosa quedó así, como una broma. Ambos sabíamos que eso no se podía repetir. Él tenía una familia y yo, no podía... Gaia me odiaría aún más si saliera con el padre de su amiga, no me lo perdonaría en la vida. No podía plantarme y decirle: «El padre de tu amiga es mi exnovio y yo aún lo amo, por eso quiero que deje a su madre y se quede conmigo, ¿lo entiendes cariño?». No, ¿verdad que no? Pues eso. Por más que quisiera que Thiago volviera a ser mi todo, no lo era y no lo iba a ser.

Llegamos ya de noche. La casa se veía preciosa a la luz de la luna. Todo el caminito de la entrada tenía pequeños focos de luz.

La fuente también estaba iluminada. Flotaba una bonita magia en el ambiente. Vimos pasar corriendo al pequeño sabueso Loki, claramente se había escapado de nuevo. Eso nos regaló una sonrisa a ambos. Todo en ese maldito instante era perfecto. Thiago estaba guapísimo con esa camisa desteñida, aparcando marcha atrás y en la radio sonaba un *playlist* muy suya, rock de los setenta. Sonaba Nazareth, *Love hurts*. Y esa maldita canción estaba a punto de hacerme saltar las lágrimas. El amor duele, como si yo no supiera de sobras esa realidad. Cada vez que había escuchado esa canción, después de la marcha de Thiago, se me anudaba a la garganta. Ahí estaba en un coche, escuchando la hiriente letra, esta vez no tuve que imaginar su cara porque lo tenía al lado. Él, ajeno a mi desvarío mental, una vez aparcado, me enseñó una sonrisa a media asta y me dio un golpecito en la pierna con la palma de su mano.

—Pues ya hemos llegado.

Frotó su mano en mi muslo. No podía creer el día que había pasado junto a él. Era como si hubiéramos estado en otra dimensión y en cuanto el motor del coche se paró, nos devolvió de golpe a la tierra. Saqué el móvil para mirar la hora.

—¿Habrán hecho ya la actividad?

Me miró con cara de desaprobación.

—¿Sigues queriendo asistir a esa mierda? —preguntó dando un portazo al bajarse—. ¿No has tenido bastante por hoy?

En su tonalidad no había ni pizca de broma y me ofendió. Salí de un respingo del coche.

—¿Perdona? Solo era una pregunta, no he dicho que quiera unirme. Y si quisiera ¿a ti qué más te da? Lo haría y punto. ¿Estás celoso? Lo que me faltaba.

Levanté las manos al cielo y me introduje en la casa, hasta plantarme delante del plafón informativo. La sala estaba cerrada, no había nadie por ahí, así que deduje que en ese instante estarían... ¿jugando al juego de los cinco sentidos?

Thiago me observaba desde la entrada, pero no llegó a entrar, supongo que estaba esperando para ver si realmente iba directa a la sala o solo era un farol. ¿Por qué teníamos que estar tanto a la defensiva? ¡Joder, qué raro era todo! Estaba en la Toscana supuestamente para participar en un retiro espíritu-sexual, en el cual apenas había asomado la cabeza y sin embargo estaba pasando los mejores días de mi vida, paseando y enamorándome de nuevo de un exnovio, con el cual había tenido sexo espontáneo (del bueno), un ex que parecía sacado de un anuncio de perfume, que estaba casado y que, para colmo, nuestras hijas eran amigas... ¿Algo más, karma? ¿Tienes pensado algo más? Le recriminé a la nada, al ver que seguía apoyado en la puerta de la entrada. La luz que provenía de fuera dibujaba la silueta del hombre más sexy que había conocido, con las piernas y los brazos cruzados, apoyado de lado y con semblante serio, como esperando su sesión fotográfica. A punto estuve de salir corriendo hacia él, enroscarme de nuevo en su cuello y mandar el mundo al carajo. Pero no lo hice, por la contra me enfadé conmigo misma y con el puto karma. ¿Por qué me hacía esto? Enfadarme se me daba bien, aunque tenía que reconocer que desde que había pisado la bella Italia, mi ira había disminuido, ¿o tal vez fuera por su compañía? Apreté los labios y lo miré una última vez. Suspiré casi exhalando.

—Buenas noches, Thiago.

Y con todo mi cabreo y mi calentón de quedarme con las ganas de arrancarle la ropa, subí hasta la habitación, como una niña enfadada, poniendo hincapié en cada pisada. Qué triste mi vida.

Me dejé caer sobre la cama, aplasté la almohada contra mi cabeza y grité de rabia. Un grito liberador. ¿Por qué? ¿Por qué ahora? ¿Por qué se había colado de nuevo en mi vida? ¿O había sido yo en la suya? ¡Dios! ¡Esto no tenía sentido! Pero... ¿quería que se marchara? ¿Qué mierda quería? Ni yo lo sabía. Me levanté y espié por la ventana por si lo veía caminar hacia la casita de

Antonella y Ricciardo, pero no vi nada. Sentí una pizca de decepción, hasta que dos golpecitos suaves en la puerta me asustaron. ¡Mierda! ¡Ya me habían visto entrar! Seguro que Dulcinea o Enrico, tenían planeado otra noche de las suyas. Intenté cavilar una buena excusa. Tomé aire antes de abrir. Pero, para mi sorpresa, Thiago aguardaba con un brazo en alto apoyado en el marco de la puerta. Me miró serio y añadió:

—El juego de los cinco sentidos.

—¿Qué? —pregunté totalmente confusa.

—Trata de conocerse sensorialmente, con los ojos vendados.

—Ya, gracias por la aclaración, ya lo he leído abajo, pero no pienso asistir.

—Has pagado por esas sesiones y no vas a marcharte sin experimentarlas —afirmó con tez seria.

—¿Cómo?

¿Había sido eso una afirmación? ¿Una orden? ¿Una proposición?

No entendía nada. Pero se me erizaron hasta las pestañas al ver que sin pedir permiso alguno entró cerrando la puerta tras él con el pie.

27
Los cinco sentidos

Creo que me excitó con ese simple gesto. Siempre tan decidido, aunque a la vez tan vulnerable. Se mostraba celoso, me tocaba con deseo, pero me miraba con amor, de eso estaba segura, porque yo no podía evitar mirarlo igual. Eso, cuando no me cabreaba y me sacaba de mis casillas.

Tras cerrar la puerta supe que no había marcha atrás, estaba ahí porque ambos queríamos que estuviera ahí, aunque en realidad esa era su habitación y era yo la ocupa. Se quitó la camisa, yo aún no había podido avanzar ni un solo paso hacia él, seguía pegada a la puerta. Desabrochó cada botón como si de un anuncio se tratase, mientras mi vagina no dejaba de darme calambrazos. ¡Dios! Deseaba a ese hombre más que a nada en el mundo. Siempre fue así, pero ahora con la madurez en nuestras vidas, su *sex-appeal* había aumentado y mi libido con él. Justo cuando estaba a punto de lanzarme a su encuentro, sujetó la camisa frente a su pecho, la estiró con tirón seco y la desgarró. ¿Qué estaba haciendo? Lo hizo dos veces más hasta sacar dos tiras de tela.

—Ven —me ordenó.

Lo miré con los brazos en cruz y arqueando una ceja. Él respondió poniendo los ojos en blanco y tuve que contener la risa.

—Mara, por favor, ¿puedes venir?

Me acerqué intrigada, aunque sabía que algo bueno me esperaba. Cuando me tuvo enfrente, con una de las cintas me vendó los ojos y con tono muy sensual, demasiado sensual, me habló al oído.

—Vamos a vendarnos los ojos y vamos a descubrir nuestros cuerpos.

—Perdona, bonito —lo corté—, pero creo que nuestros cuerpos están aprendidos ya, han cambiado un poco con los años, pero se conocen de sobra.

—Estás más buena ahora con la madurez... —consiguió endurecer mis pezones con su susurro—. Me he expresado mal entonces. Vamos a redescubrirnos, esta es la actividad del día. Y si tu amiga ha pagado por todo el pack, yo no voy a dejarte sin actividades.

Me mordí el labio a ciegas mientras él tapaba su vista.

—Podemos tocarnos, besarnos, lamernos, follarnos... No hay límites para el redescubrimiento.

Instintivamente llevé mis manos a su paquete.

—Mara, *amore* —me dejó helada al llamarme de esa manera, retrocedí en el tiempo por un instante—, lento, no hay prisa. Tócame, pálpame, siénteme...

Y eso hice, empecé por su pelo. Era suave, podía enredar mis dedos. Él hizo lo mismo, note cómo se llevaba un mechón y lo olía inhalando profundamente.

—¿Huele a mosto aún?

—Tsssss.

Me hizo callar poniendo sus dedos en mis labios de una manera muy sensual. Palpé su cara, sus facciones marcadas, sus rugosas cejas, su piel tersa y sus esponjosos labios. Acaricié el contorno de su mandíbula y su hoyuelo del mentón igual que el de Henry Cavill. Empezaba a apuntar la barba, rascaba, pero de una manera agradable. Era su turno e hizo lo mismo, recorrió mi cara lentamente palpaba cada milímetro, cada vez que pasaba su dedo por mis labios yo lo mordía o lo succionaba. ¡Dios! Ya estábamos como una moto y solo habíamos recorrido la cabeza. Bajó las manos y deslizó las tiras de mi vestido con una caricia, para dejar que cayera al suelo. Sentí su calor corporal cuando me envolvió con ambos brazos para poder desabrochar mi sujetador. Aproveché para reseguir cada músculo de su espalda y morderle el hombro. Él trazó líneas con su dedo índice por todo mi pecho y decidió acercar sus labios a mis pezones para que sintiera su aliento y apenas los rozó con la lengua. Cuando volvió a ponerse erguido, lo hizo para acariciar mi espalda, mientras yo aproveché para olerle en mi lugar favorito, detrás de la oreja. Me encantaba hundir mi nariz en ese recoveco e inhalar, porque olía a casa, me reconfortaba, y seguía haciéndolo después de tantos años después. Eso le gustó, pude notarlo. En cuanto repasé su torso, lamí sus pectorales y comprobé que cada cuadradito de su tableta seguía ahí, llegó el momento de desabrochar el pantalón. No se deslizaba debido a la enorme erección, así que tuve que ayudarlo y quise hacerlo con los dientes. Me agaché y tiré del pantalón a mordiscos. Mi nariz rozaba su miembro que latía con desespero y empezaba a oler a sexo.

—Con que esas tenemos, ¿eh? —apuntó con la voz entrecortada.

Me levantó por las axilas y me dejó frente a él. Dimos un paso atrás acercándonos a la pared. Mordió mi labio, nuestras narices se chocaron torpemente. Y se deslizó hacia abajo. Primero se agachó y disfrutó palpando el contorno de mi culo, lo acariciaba y lo estrujaba entre sus enormes palmas. Mordió mis braguitas varias veces, pero no me las llegaba a quitar.

—¡Por Dios, Thiago! ¡Quítalas de una vez!

Noté como sonreía.

—¿Ves como no cuesta tanto pedir las cosas?

Y sin decir nada más tiró de ellas dejándolas caer entre mis piernas. Me levantó una pierna y se deshizo de ellas, pero no devolvió la pierna a su lugar, sino que se la cargó en el hombro.

—Mara...

—Qué —jadeé a sabiendas que es lo que iba a hacer.

—Alarga tu mano hasta que toques la pared y apóyate, lo vas a necesitar —me dio instrucciones, esta vez no rechisté.

Y eso hice, palpé torpemente la pared que había apenas un palmo por detrás de mí. No me costó nada dar con ella y recostar mi espalda. Acomodé mi pierna abrazando su cabeza y dejé que hundiera primero su nariz y luego su majestuosa lengua. Rasguñaba su cuero cabelludo con mis uñas y tiraba de su cabello con cada espasmo de placer. ¡Dios! Esa lengua había aprendido mucho estos años, sabía lo que hacía y cómo lo hacía. No tardó en llegar el orgasmo, subió hasta mi garganta encorvada y me deshice en un grito placentero, como nunca antes había sentido. Al darse cuenta rápidamente se puso en pie y me sujetó, sabía que mis piernas iban a flojear tras semejante descarga de energía. Quise quitarme la venda, pero no me dejó. Con movimientos torpes nos acercamos a la cama y nos recostamos lentamente. Nuestras cabezas chocaron varias veces.

—Ya está, Thiago, podemos quitarnos esto o alguno saldrá lesionado.

—Tsssss.

Volvió a hacerme callar con un beso. Casi por instinto me subí encima suyo. Íbamos a acabar el juego hasta el final. Así que puso sus manos sobre mis caderas y me guio con el ritmo que quería llevar. Estaba totalmente desinhibida, loca de placer con todo su ser dentro de mí, en todos los sentidos, me sentía poderosa con semejante dios bajo mi cuerpo. Pero necesitaba besarlo así que tiré de sus hombros para que quedáramos los dos de frente, sentados en la cama. Fundidos en uno, besaba su boca mientras subía y bajaba a mi antojo enloqueciendo, lentamente. Quería verlo, necesitaba verlo, pero no encontraba el momento de bajarme la venda. Como si pudiera leerme la mente, con una de sus manos tiró del trozo de tela, liberando mi vista que tardó unos segundos en enfocarlo. Hice lo mismo con la suya.

—Quiero que me mires cuando llegues al final y quiero correrme mirándote a los ojos.

Y así fue. Llegué al clímax encima suyo, tirando de su cabello, mordiéndole el labio y mirándole a los ojos. Dos segundos después apretó mis nalgas clavando sus uñas, su gemido salió desde la garganta, con la boca semiabierta mientras yo le mordía el labio inferior y nuestros ojos brillaban a la vez. Se me cristalizó la mirada y a él se le deslizó una minúscula lágrima. ¿Qué había pasado?

Tres días llevaba en ese extraño paréntesis de mi realidad, tres días y pareciese que llevara allí toda la vida. Como si por unos días se me brindara la oportunidad de vivir aquello que debió ser y no fue. Dos negocios en auge, un paraíso de escenario, buen sexo, buen vino y un hombre, guapo, inteligente, divertido y que físicamente estaba por encima de la media y no voy a engañarme, sé que interiormente siempre lo estuvo también y siempre lo estará. Seguía ahí dentro, el Thiago que conocí seguía ahí, en cierto modo, él sí continuaba siendo el mismo.

No podía dejar de mirarlo boca abajo, creo se hacía el dormido, mientras yo me deleitaba con su figura en esa enorme cama. No podía dormir. ¿Cómo era posible que no supiera disfrutar de ese paréntesis que la vida me regalaba? Me levanté desnuda y me acerqué a la ventana. La claridad de la luna fluía por la habitación a través de la traslúcida cortina, que se movía con la única corriente de aire que debía haber en toda la Toscana. Me detuve en frente y dejé que la brisa me pusiera el vello de punta con su caricia. Inspiré hondo y observé el cielo, limpio de polución, estrellado, con un negro intenso, creo que nunca había visto un cielo así. Se oían los grillos y poco más. El silencio de fondo. Era maravilloso.

Me di media vuelta y observé de nuevo a Thiago, él también era maravilloso, todo era maravilloso y yo estaba ahí de pie, con un nudo en el pecho porque, anticipándome a los hechos, empecé a calcular el precio que tendría que pagar por estos momentos y es que, analizando mi vida, cada decisión tomada, tenía un coste adicional y en este caso, era demasiado alto. Se me iba a romper el corazón y esta vez no habría parches para tal herida. Porque esta vez, Thiago no me pertenecía, lo digo en un sentido figurado. Había madurado, prosperado y avanzado mucho en la vida y quedarse conmigo… Ni lo dudé, no era una opción, después de ver a su mujer, su vida, su éxito… Entendía lo que le había pasado al volver a reencontrarnos, ¡joder! Es que nos quisimos tanto. ¿Nos quisimos? Hablar en pasado siempre es como si le quitara un poquito de intensidad a la verdad, y la verdad era que estaba en mi cama. Bueno, en la suya, pero conmigo.

—Mara, *bella* —Se rascó los ojos antes de mirarme—. ¿Qué haces ahí? ¿Qué hora es?

—No podía dormir —Volví a girarme y mirar el cielo estrellado.

—Vuelve conmigo. —Me giré al instante. Ambos sabíamos que había sonado raro—. Ven a la cama —lo arregló—. ¿Qué te preocupa tanto que no te deja disfrutar de esto?

Me acerqué y me senté a su lado, con la espalda apoyada en el cabezal de la cama y las piernas en cruz.

—Es por Gaia… —entre otras cosas, pero eso no lo dije.

—Deberías llamarla mañana. —Se desperezó y se sentó a mi lado.

—No es por eso. Es que... Si se entera de esto...

—¿Por qué iba a enterarse? —me cortó.

Sin él saberlo me lanzó un puñal directo al alma, ya que con esa frase acababa de afirmar que después de esto, no existiría ni la más mínima posibilidad. De eso mismo, de un después.

—Voy a perderla para siempre —proseguí—, y va a ser ella misma quien pida que quiere que su padre tenga la custodia. Y yo, no...

—Eh... Mara. —Me sujetó el mentón obligándome a mirarlo—. No vas a perderla, es tu hija, con una edad y un carácter difícil, pero es tu hija.

—Sí, la perderé, tú no la conoces. Me odia.

No sé ni por qué empecé a contarle eso, supongo que me ardía dentro.

—No te odia. Tan solo debes pasar tiempo con ella, conocerla, disfrutarla...

—Me detesta, siempre me lo dice, no con esas palabras, pero lo hace con sus gestos y su actitud.

—No es cierto. Oí como hablaba orgullosa de ti, explicándole a Bianca que tú fuiste la encargada del evento de Ariadna Grande.

—¿Quién es esa?

Me miró levantando las cejas y las bajó con un suspiro.

—¿Ves cómo deberías conocer más a tu hija? Es su cantante preferida y tú te encargaste de ese evento, pero ni siquiera la llevaste a conocerla. También es la cantante favorita de mi hija junto a Taylor Swift.

—Sí, por lo menos esa sí sé quién es.

Saber que no había reparado en eso me cayó como una ventolera de aire frío, que digo frío, polar. No sabía ni quién era la artista favorita de mi hija. ¿Qué clase de madre no sabía esas cosas? Pues una como yo. Debí imaginar que la época de princesas Disney no iba a durar eternamente.

—¿Tú sabes esas cosas de tu hija?

—Claro. Así es más fácil hacerla feliz, a la hora de sorprenderla con algún detalle y esas cosas que hacemos los padres.

—Querrás decir que la sobornas. Compras su amor.

—Yo no hago eso. La quiero y ella me quiere, nos tratamos con amor y respeto, como padre e hija. La adoro con toda mi alma.

Lo miré envidiando esa facilidad y ese amor con el que hablaba de la niña.

—¿Por qué tuviste que llamarla Bianca? —no pude aguantarme.

Sí, era claramente un reproche a las tantas de la mañana. Efectivamente, no sabía disfrutar de las cosas buenas, ni de los momentos mágicos, siempre tenía que romperlos con mis mierdas internas. Hubo un silencio y un cambio de postura. Acomodó bien la espalda en el cabecero de hierro y miró hacia arriba, evitando el contacto visual.

—Que tú no quisieras seguir adelante con nuestros sueños no significa que yo no pudiera hacerlo, y lo hice. Te habías borrado, pero la ecuación seguía ahí, y yo quería, y podía resolverla.

—Thiago, nada de tecnicismos, capto la indirecta. En realidad, no importa, nada importa ya.

—Eh, Mara —volvió a obligarme a mirarlo—, aquí nadie va a perder nada, todo continuará como está.

—Ya —dije con sarcasmo—. Eso ya me lo imaginaba.

Apretó los labios. Le sonreí a media asta, dándole a entender que no pasaba nada.

—Está bien. Hagamos un trato...

28
Proposiciones

Cuando un hombre te propone un trato, sabes que no va a ser de tu agrado, sabes que suele llevar un interés a su favor y, sobre todo, sabes que depende del hombre, como en este caso, vas a ceder y vas a salir escaldada.

—¿Cuántos días quedan?

—¿Para qué? ¿Para la extinción de la humanidad? Espero que pocos.

—No, Mara, deja de ser tan *hater* —sonrió—. Para que acabe todo esto.

—¿Todo esto? —fruncí el ceño, confusa.

—Me refiero al retiro, ¿de cuantos días es el que pagó tu amiga?

—De diez.

—Vaya con tu amiga, sí que te ha visto mal, es uno de los más largos.

—Ni te cuento de cómo estaba...

—Ya, si lo entiendo, ¿pero un respiro espíritu-sexual crees que era la solución?

—¡Que yo no sabía nada de esto! —le volví a recordar sulfurada.

—Mara, por Dios, ¿puedes relajarte y dejar de estar a la defensiva?

Lo miré, apreté los labios, sabía que tenía razón. ¿En qué me había convertido?

—Lo siento, yo... No sé qué me pasa, de verdad.

Acarició mi cara apartando un mechón de pelo rebelde que caía por encima de mi nariz.

—Hagamos un trato. —Lo miré poco convencida—. No me mires así y escucha. Queda una semana. Esos son bastantes días. Todo esto que está pasando es repentino y confuso para los dos, pero míranos, cuando nos metemos en nuestra burbuja, todo fluye.

—Pero esto no es real, fluye porque el escenario en el que estamos no es el real. En nuestras rutinas hay más gente, obligaciones... Esto solo es como un pequeño sueño, un sueño ilegal, por cierto...

Hizo caso omiso a la palabra ilegal, refiriéndome a la infidelidad que estaba cometiendo en su matrimonio. Yo no le debía nada a Gustavo, porque a eso no se le podía llamar relación, a mi manera de ver, pero él sí estaba casado, aunque no llevara anillo y se comportara como si no lo estuviera.

—Estamos de acuerdo en eso, más que un sueño, digamos que es un paréntesis en nuestras vidas y que nos ha pillado dentro. —Frotó mi pierna—. Así que tenemos dos opciones. O dejamos de pensar en el «¿y después qué?» y disfrutamos estos días juntos, sin reproches, sin miedos, sin hostilidad. O no lo hacemos. Así de simple, sí o no. Puedo salir por esa puerta y dejarte espacio estos días para que campes a tus anchas y participes en lo que te dé la gana, o puedo quedarme y pasar ratos juntos, charlar, beber vino... y te prometo que será más satisfactorio que esas sesiones grupales.

Levantó las cejas dos veces de una manera muy graciosa.

—¿Y después qué? —ahí estaba yo con mi negatividad.

—Mara, después podrás volver a tu vida y te aseguro que tu mente será otra. Y me aventuraría a asegurar que la Mara que conocí volverá a asomar la cabeza.

—Pues menudo ejercicio mental. Pasar diez días con tu ex, en el paraíso teniendo sexo, eso no tiene que ser sano.

—Lo será, porque conozco muchas técnicas de relajación mental, podemos hacer clases de yoga juntos, meditar, pasear... La naturaleza y el lugar hacen el resto. Incluso programar algún viaje, conocer Florencia, podemos ir a ver el mar, o donde queramos. Y en cuanto a lo del sexo, digamos que también conozco muchas técnicas... —sonrió pícaramente.

Joder, es que era una proposición muy bien argumentada. Tranquilidad, relajación, disfrute y buen sexo. ¡Compro! ¡Compro ya! ¡Compro para toda la vida! Pero no, no iba a ser para toda la vida, tan solo duraría unos días... Muy arriesgado para mi afligido corazón, pero... ¿dónde había que firmar?

—Suena bien... —quise hacerme la dura.

—Claro que suena bien. Así que desconecta esa cabeza y disfruta.

Besó mi frente, un beso largo como si me estuviera besando la mente en vez del cuerpo. Lo consiguió, sus besos volvían a ser sedantes para mí. No tardó en asomar una mirada maliciosa, se deslizó por mi cuerpo, dejando que su aliento erizara lo erízale y bajó hasta hundir su lengua justo en ese punto de mi monte Venus, el que realmente me desconectaba el cerebro y me desenchufaba de la realidad.

Teníamos un trato. Nada de reproches, nada de odio hacia el mundo, nada de agresividad. Lo que venía siendo, nada de lo que era en Madrid. Y sí, claro, cedí, di mi consentimiento, después de que esa madrugada volviera a regalarme dos orgasmos de ensueño. Era imposible querer bajar de esa nube, de ese retiro.

Ahora sí, amanecí envuelta en su olor, pero él no estaba. Hasta creí que había sido un sueño, lo juro. Tenía su aroma impregnado, pero ni rastro de él. «Vale, Mara, creo que este lugar te está trastornando. ¿No te estarán drogando los *perroflautas* y todo esto son alucinaciones?». Pensé mientras me levantaba, cegada por el sol. Me acerqué al baño. ¡Dios, qué pintas! Todo el pelo enmarañado, la cara un poco hinchada y restos de rímel. Saqué un disco desmaquillador y limpié el contorno de los ojos. Fue entonces cuando, al tirar el algodón, encontré la prueba irrefutable de que no estaba alucinando. El cubo de la basura contenía las bolsitas rasgadas y los preservativos usados. Todavía no estaba despierta del todo, pero por lo menos ya sabía que no había soñado esa noche, esos días... Sonreí mientras me metía en la ducha. Sí, con esa sonrisa que una tiene solo cuando ha tenido una noche de las buenas o cuando... Vale sí, no tenía sentido que siguiera negándomelo, sonrisa de cuando estás enamorada, bien follada y te has despertado oliendo a él. Es única, involuntaria, inocente y delata tu vulnerabilidad. Pues, esa misma vestía yo esa mañana. Puse la música a todo volumen en mi móvil y me duché, despojándome de bombardeos mentales, prometiéndome a mí misma vivir el ahora y cantando de un modo muy liberador. La canción de Mäneskin, «Zitti e buoni», me venía perfecta para poder lucirme en la ducha.

De repente la música cambió a algo que no conocía. «¡Maldito Spotify! ¡Siempre metiendo mierdas!». Renegué para mis adentros, pero sin abrir los ojos bajo el agua. Hasta que recordé que no estaba utilizando esa aplicación, sino que había puesto un *playlist* de mi teléfono. Me aclaré el pelo y justo al cerrar el grifo para ver qué estaba pasando con la música encontré a Thiago apoyado en el marco de la puerta. ¡Joder, qué susto!

—¿Osas quitarme la lista de *rock forever*, para ponerme porquerías en mi teléfono?

Le recriminé mientras me alcanzaba la toalla.

Él ya estaba duchado y cambiado, o sea, radiante y sexy. Había ido hasta la otra casita, sin camisa, por cierto, ya que la rasgó la noche anterior y se había vuelto a vestir de un modo casual pero elegante, muy a lo italiano.

—¿Desde cuándo te gusta la música en italiano?

—Desde que hacen rock del bueno y desde que esa voz viene acompañada de un Damiano.

—¡Pero si es un crío!

—Yo diría que ya no.

Me mordí el labio y no le gustó mucho que hablara así de otro italiano que no fuera él, estoy completamente segura. Puso los ojos en blanco y continuó con su cometido.

—Voy a darte unas pautas para que te ganes a tu hija, a través del conocimiento de padre y la música es muy importante. Así que, a partir de ahora, vamos a escuchar sus cantantes y grupos, hasta que sepas reconocerlos.

—¿Y esta mierda que suena le gusta a mi hija?

Me anudé la toalla pequeña al pelo.

—No es una mierda, es una cantante muy reconocida, a mí me gusta también, se llama Billie Eilish.

Sonaba la canción *Bud gay.*

—¡Ah! ¿La niña triste esa?

—Por Dios, Mara, pon de tu parte. Regla número uno: no critiques a sus ídolos, aunque no te gusten, aunque te parezcan extravagantes o lleven poca ropa.

—Ah, *OK*. Entendido. ¿Billie Eilish dices?

Me vestí mientras Thiago sujetaba mi teléfono e iba poniéndome canciones y pasándome la información de quién eran, posteriormente me enseñaba una imagen.

—Un momento... —razoné mientras me acababa de arreglar el pelo frente al espejo—. ¿Cómo pones toda esa música si no hay cobertura?

—En primer lugar, no es cierto que no haya, es simplemente que hay ciertos puntos a los que no llega bien, la casa es uno de ellos, por eso tenemos un repetidor enorme con Wifi.

—¿De verdad hay wifi? Pero si se nos dijo que no había, ni wifi, ni cobertura.

—Forma parte del retiro. Manteneros alejados de vuestras realidades y si ya venís condicionados porque no hay ni una cosa, ni otra, no se genera esa necesidad de contacto con el exterior a cualquier hora del día. La mayoría acaba descubriendo que existe el wifi, pero no osan a pedir la contraseña o en cuanto se apartan un poco de la casa comprueban que les llega señal, ya veo que no es tu caso.

—Pues no.

Lo miré a través del reflejo, mientras trasteaba para poner la siguiente canción que yo debía adivinar. Cuando de repente vi cómo se le cambiaba el semblante a la vez que sonaba la llegada de un mensaje.

—Para no ser tu novio te habla como tal... —asomó el retintín en sus palabras, ¿o eran celos?

—¿Qué? ¿A qué te refieres? —dije quitándole el móvil de un manotazo.

Pude comprobar que empezaron a entrar los mensajes de Gustavo uno detrás del otro. Y esta vez, me sorprendió que venían cargados de intenciones, de palabras bonitas, de promesas y planes de futuro. Debí parar eso antes de irme. No sé por qué no lo hice. Supongo que a una parte de mí le gustaba sentirse deseada y querida y en el fondo no lo había descartado del todo para iniciar una nueva vida, aunque siendo sincera conmigo misma, sabía que eso no tenía futuro y no iba a durar. Era demasiado joven y demasiado mujeriego. Esa clase de chicos no eran hombres de una sola mujer.

—Gustavo es...

Por un momento pensé en explicarle lo que me pasaba con Gus, pero por otro lado él no había soltado prenda de lo que pasaba en su matrimonio. También estaba lo de Valentina. No soy tonta, me percaté al instante de que aquella mujer y él...

—Es un crío, Mara. Como el cantante ese, ahora lo entiendo todo. ¿Sales con un niñato?

—En primer lugar, no es un crío, parece más joven de lo que es. Y, en segundo lugar, yo te contaré lo de Gustavo cuando tú me cuentes lo de Valentina.

Le vino totalmente de sorpresa mi contestación. Cerró los ojos, tomó aire y cambió de tema como si nada.

—¿Desayunamos?

—Me muero de hambre. —No quise seguir esa conversación—. ¿Crees que debería bajar a desayunar con el grupo? ¿Qué deben pensar de mí?

—¿Te importa lo que piensen?

—Tú estás muy tranquilo, pero te recuerdo que Enrico trabaja con tu mujer.

No le gustó nada que le recordara eso.

—Eres libre si quieres desayunar con ellos, ve, yo bajaré a la cocina a por café.

—¿Café? —dije relamiéndome—. ¡Me has convencido! Vamos a ver a Antonella.

Nos besamos antes de cruzar la puerta, largo y apasionadamente. De esos besos que te dejan los labios hinchados y la mirada turbia de deseo, aunque el rugir de mi estómago era en ese momento lo primordial. Salimos como si no fuéramos juntos, él bajó primero y seguidamente lo hice yo. Se oía barullo. Crucé los dedos para no encontrarme a nadie, pero no pudo ser. Antes de cruzar la puerta de la cocina alguien sujetó mi brazo.

—¿No vas a volver con el grupo?

Enrico y su anaconda suelta bajo ese pantalón de hilo me abordaron.

—Ah, hola, buenos días. Esto... Tal vez luego.

—Los demás se preguntan por qué has abandonado el grupo y, claro, no sería muy profesional decirles que eres la amante del jefe.

—Pero ¿cómo te atreves? —Tiré de mi brazo para que dejara de tocarme—. ¿Me lo dices tú? Me contaron que en Madrid Estel te tocaba de una manera poco ética entre jefa y empleado. No soy tonta. Tal vez seas tú el que se acuesta con quien le paga.

—Tú no sabes nada.

No podía distinguir si me miraba con odio o con pasión. Y es que aquella anaconda pareció excitarse cuando le planté cara. Mucho paz y amor, pero era de esos que se excitaban cuando una mujer mostraba su carácter. Di un paso atrás.

—¿Interrumpo algo? —Thiago salvó la situación—. ¿Necesitas algo, Enrico?

Su cara cambió, tomó aire y puso una falsa sonrisa en la cara.

—No, no. Solo venía a invitarla a unirse al grupo.

—Ya, bueno, ella no asistirá al seminario completo, no está aquí como los demás.

Sus miradas chocaron y pude notar su rivalidad.

—Ya, bueno, de eso ya me he dado cuenta. —Me miró y de nuevo asomó esa sonrisa maliciosa y juntó ambas manos haciendo una reverencia—. Namasté, Serendipity.

—Namasté —contesté casi por instinto.

Se dio media vuelta y desapareció.

—¿Serendipity? —se burló Thiago mientras entrábamos en la cocina.

—No se me ocurrió nada mejor. No se me da bien hacer el *perroflauta*. ¿Sabes? Todo esto es nuevo para mí.

—Se nota.

Volvió a burlarse mientras me retiraba un taburete en la cocina para que me sentara mientras Antonella nos observaba de lejos. Sobre la barra ya había un café con leche y una bonita cesta con magdalenas, cruasanes, brioches y, para mi sorpresa, un bote pequeño de Nutella junto a la cesta. Juro que vi el cielo abierto al saborear esa delicia de desayuno, bajo la mirada observadora de Antonella y la sonrisa pícara de Thiago. Durante el desayuno continuamos con el juego musical. Ya conseguía distinguir la voz de Taylor Swift y Harry Styles, eso era todo un logro para mí.

Sonó el teléfono y Antonella se acercó con cara de preocupación. Habló en italiano creyendo que no iba a entenderlo del todo, pero sí lo hice.

—Hay un problema en la hacienda Santoro, Valentina ha traído unos abogados.

29
La revelación divina

Subimos al coche apenas sin hablar. Algo pasaba y la cara de Thiago revelaba que no era nada bueno.

—Bueno, creo que ha llegado el momento de que me cuentes qué pasa con Valentina. Está claro que no es una trabajadora normal, y está claro que entre tú y ella...

—Entre yo y ella, nada.

Se apresuró a contestar.

—No lo sé, cuéntamelo —le exigí sin derecho alguno—. Por su desaire y la manera en que te miró...

—Es complicado.

—Cuéntamelo. A estas alturas, asimilar que te enrollas con otras mujeres que no son la tuya, no me sorprende.

—No vayas por ahí, Mara. No me prejuzgues, no des por hecho lo que no sabes.

—¡Pues cuéntamelo! —Golpeé el salpicadero del todo terreno.

—¿Por qué? ¿Para qué?

—¡Porque me importas! —grité dejando tras de mí un silencio abrumador—. Solo quiero entenderte mejor. No quiero juzgarte más. Te centras en que yo desconecte, que recupere mi esencia, que vuelva a ser la de antes, que recupere las riendas de mi vida. Pero ¿y tú? Si estos días tienen que resultar terapéuticos, que lo sean para los dos. Thiago, confía en mí... —Puse mi mano sobre la suya encima del cambio de marchas.

Sacó el aire con fuerza, vaciando sus pulmones por la nariz, me miró y algo cambió en su mirada.

—Tienes razón. Valentina es la nieta de los Santoro. La vieja me vendió la finca con la condición de que su nieta se quedara trabajando en ella. Creo que fue algo acordado entre ambas. La anciana pretendía que me enamorara de su nieta o algo así. Supongo que de alguna manera quería otra versión del amor que ella y mi abuelo no pudieron llevar a cabo.

—¿Y lo estaba consiguiendo?

—Yo, Mara —apartó nuevamente la mirada del camino para observar mi reacción—, estaba confundido. Valentina es una gran mujer, pero yo no puedo enamorarme de ella, no como ella quiere, o su abuela hubiera deseado. Cuando tú y yo nos besamos pisando uvas, ni siquiera pensé en que ella estaba presenciándolo todo, no tuve en cuenta sus sentimientos, fui tan egoísta que solo podía vernos a nosotros.

—Joder, Thiago, cómo la lías. —Apretó los labios sin tener nada que responder—. Pero, bueno, quitando vuestro amor fallido, después vas a tener que contarme más detenidamente, si quieres que lo entienda, que lleva a un hombre casado a tener un amor fallido. Y dejando eso de lado. ¿De qué va lo de los abogados?

—Va a denunciarme, alegando que engañé a la anciana para que me vendiera la finca y que la estafé en sus últimos años en los que empezaba a presentar síntomas de Alzheimer.

—Vamos, que está despechada.

—Exacto. Yo jamás haría algo así. Lo que ella no sabe es que tengo una carta firmada ante notario donde la vieja expresaba su deseo porque la finca fuera mía. ¿Sabes que originalmente me había puesto en el testamento? ¡Es de locos! Le pedí exclusivamente que me quitara, y le propuse la opción de comprarla, y así, su única nieta, a cambio, quedaría con un buen fondo de dinero y libre de la responsabilidad que conlleva una finca tan grande.

—Entiendo. Entonces Valentina no solo tiene un montón de pasta, sino que ahora también quiere la finca. ¡Joder! Qué lista.

—No sé por qué hace esto si sabe que tiene todas las de perder.

—Porque no era el dinero, ni la finca lo que ella quería, Thiago. No hay que ser catedrático para darse cuenta de eso.

Aparcamos el bonito Stelvio delante de la puerta principal levantando un nueve de polvo. Creo que veníamos demasiado rápidos. Valentina aguardaba junto a una pareja, ambos con maletines y trajeados. Me fulminó con la mirada al verme junto a él. Entendía que se sentía despechada, pero Thiago no era un mal hombre y jamás habría engañado a su abuela, y eso, supongo que ella también lo sabía. Aquella situación me parecía surrealista. ¿A cuánto podemos llegar por despecho, por un amor fallido, por no alcanzar lo que anhelamos? Valentina era el claro ejemplo de que los límites se desvanecen y que tus actos pueden ser de lo más ruin.

Sorprendí a Thiago cogiendo su mano al caminar. Pude notar su sorpresa y seguidamente, la apretó con fuerza y caminamos hacia esa gente que desprendían hostilidad.

—No has hecho nada malo —le recordé por lo bajo—. Ve allí y pelea por lo que quieres.

Sin dejar de caminar, volvió la cabeza hasta mí, y con toda esa seguridad que le envolvía, apuntó:

—Estoy en ello.

¿Un momento? Hablaba de la finca, ¿verdad?

Dos minutos después apareció el abogado de Thiago. No brillaba por su discreción, ya que venía en un Porsche descapotable.

Era un hombre de unos cincuenta años, peinado con gomina hacia atrás, trajeado, de mirada turquesa e inquietante, y sí, muy, pero que muy italiano. De esos que los ves de lejos y sabes qué acento tiene. Dando credibilidad al mito de que los italianos son los hombres más guapos del mundo. Desbordaba soberbia, pero qué guapo era ese hombre. Se bajó las gafas para mirarme o, mejor dicho, repasarme, y eso no le hizo ni pizca de gracia a Thiago, que rápidamente llamó su atención.

—Adriano, gracias por venir.

Le extendió la mano. Me quedé a un lado. Hablaron algo escuetamente y decidieron entrar en la casa a algún lugar más íntimo. Thiago me hizo un gesto para que los acompañara, pero preferí mantenerme al margen, dejar que hicieran sus cosas. Tenía claro que, si me mantenía fuera del alcance de la vista de Valentina, su despecho no aumentaría por momentos. Así que decidí darme un paseo yo solita por esa bonita finca.

El primer microbús llegó y el guía se acercó a ellos a voces. ¡Qué gritones son los italianos! No pude evitar fijarme que en la entrada se encontraba la pareja que la noche anterior parecían disgustados, salían con mejor energía, arrastrando sus maletas y se detuvieron a hacer el *check-in* de salida. Me reconfortó ver que se habían reconciliado y que ella sonreía mientras él posaba el brazo sobre sus hombros. Este lugar tiene su propia magia. Estoy segura. El sol empezaba a calentar. Y solo eran las diez de la mañana. Tuve que ponerme la mano sobre las cejas para intentar atisbar hasta dónde llegaban los viñedos de la finca, pero al no ser un terreno llano, no logré ver el fin. Me adentré un poco entre las cepas y a lo lejos volví a ver al joven y apuesto recolector. Noté como un par de veces levantó la vista buscándome entre las cepas. Decidí marcharme antes de que se me acercara. Rodeé la casa y me senté bajo un olivo en un banco de piedra natural. Delante había un pozo enrejado. Me pudo la curiosidad y me acerqué a espiar lo que había en el interior. Como era de esperar o no tanto, había agua, deduje que seguiría en uso y que la reja era simplemente por protección, para evitar cualquier incidente o animal ahogado.

Mi abuela era de campo y este lugar me recordaba a ella, a sus historias. Estaba tranquila, en paz, sin mirar el teléfono. No me había percatado que en estos días no había enviado ni un correo electrónico preocupándome por mi negocio. Había desconectado de Héctor, de su novia joven, de Mireia y sus ligues, de Gustavo... Entonces caí en que apenas había bebido estos días, cosa que me hizo resoplar de alivio, ya que eso significaba que, pese a que mi exmarido lo había insinuado en varias ocasiones, no tenía ningún problema con el alcohol. ¿Y entonces cuál era mi problema? ¿Por qué vivía tan agobiada, con tanto odio e insatisfacción? Y como de una revelación divina vino a mí la respuesta.

Durante todos estos años me había estado forjando una vida que no me hacía feliz. Era adicta a mi trabajo, pero en realidad lo detestaba, creía amarlo solo por el hecho de que todo era obra mía, construido con mi esfuerzo. Pero no, no lo amaba, ese trabajo me alejó de mi marido, de mi casa y de mi hija. Invertí las prioridades. Y sí, me había vuelto odiosa, *tiquismiquis* y un pelín agresiva. Tenía la necesidad de que todo fuera perfecto, cuando en realidad, yo era la imperfección en persona. Uf, tenía demasiadas cosas que cambiar a mi regreso y como Thiago me había sugerido, debía empezar por recuperar a mi hija.

Nunca fui muy de constelaciones ni nada eso, no he entendido ni valorado las reglas del universo. ¿Pero era necesario que me mandara a mi ex para avisarme de que estaba traspasando los límites? ¿En serio? Y es que, debido a ese castigo divino, volvía a estar locamente enamorada de ese hombre, vaya si lo estaba, hasta la médula. Y él tampoco parecía llevar una vida fácil pese a su éxito, no obstante, aquí estábamos los dos. Paseando entre viñedos, resolviendo imprevistos, cenando y amaneciendo juntos. Digamos que, en el paréntesis de nuestras realidades, estábamos viviendo la vida que un día proyectamos. El maldito universo regocijándose y diciéndome: «¿Ves lo que te has perdido por idiota?».

—Mara —me sacó de mi mundo interior—, estabas aquí.

Me abrazó por detrás mientras observaba el pozo.

—En Italia tenéis pozos por todos lados... —sonreí.

—¿En eso estabas pensando? —carcajeó—. Venga, ya nos podemos ir.

Quería preguntarle cómo había ido la reunión, pero no osaba, pensé que saldría de él. De nuevo en el Stelvio puso una emisora de esas modernas y cada vez que reconocía un artista gritaba su nombre y esperaba que él me confirmara si estaba en lo cierto. Cuando los dos dudábamos utilizábamos una app de su teléfono que reconocía la música y nos desvelaba la incógnita. No todo era música basura, alguna me gustaba y mucho, pero eso prefería callármelo para mí.

El todoterreno parecía mecerse en las carreteras curvadas y estrechas, la temperatura era agradable, Thiago estaba relajado y el paisaje inmejorable. Los campos parecían olas de diferentes tonalidades de verde, de amarillo y de ocre. De vez en cuando uno muy colorado, no pude imaginar qué podría haber plantado en esos campos, pero nunca se lo pregunté. Abrí el techo solar, me puse en pie y abrí mis brazos. Quería abrazar todo lo que veía, me encantaba como me hacía sentir ese lugar, sus paisajes, su gente. «¡Adoro Italia!», grité en varias ocasiones mientras Thiago tiraba de mí intentado que cesara mi locura. Me calmé, apoyé los dos brazos en el techo, pero no bajé, quería disfrutar de ese viaje un poco más, ahí arriba. Él se dedicó a acariciar mis piernas. Eso era un sueño, de verdad que lo era.

Bajé cuando me cansé de que los insectos impactaran en mi cara. El último tenía el tamaño de un dinosaurio, así que, tras gritar como una loca, bajé de golpe. Thiago no podía dejar de reír.

—Quise avisarte de que eso te iba a pasar —apuntó mientras reía y desviada la mirada de la carretera para posarla momentáneamente en mí.

—Eso debe haber sido un velociraptor, por lo menos. Dudo que existan abejas tan grandes.

Me miré la frente en el retrovisor y tenía un círculo colorado por el impacto. Thiago se desternillaba de risa, se le caían las lágrimas.

—Deja de hacerme reír así, que si lloro no puedo conducir.

Lo miré. Recuerdo que sentí mi corazón ensancharse. Lo quería. Entendí entonces el efecto que Italia surgía en mí, pero no, no era ese maravilloso país. Todo ese efecto anestésico, que me había hecho bajar las revoluciones, entender que es lo importante y lo que no, aprender a disfrutar del momento... Todo eso lo causaba él. No era el paisaje, ni el momento, ni el lugar, era él. En verdad, siempre había sido él. Sonaba Harry Styles, «Falling». En ese preciso instante me enamoré de la voz de ese chico y esa canción, y de Thiago, bueno, de Thiago ya lo estaba, siempre lo había estado. Me encantó como me dejó escucharla sin interrumpir, supo que me estaba deleitando. Ya no iba a maldecirlo cada vez que volviera a encontrarme con su bello rostro, en esa figura de cartón a tamaño real que Gaia tenía en la habitación.

Íbamos camino a Montepulciano. De sobras sabía mi devoción por la saga Crepúsculo y por Robert Pattinson, dicho sea de paso, y quiso llevarme a lo que fue parte del escenario en Luna nueva. Si es que era un amor y yo... Una subnormal, lo juro, casi la cago.

—¿No vas a contarme cómo ha ido la reunión?

—Ni bien, ni mal. No hemos llegado a un acuerdo. De momento Valentina está despedida y, por lo demás...

—¿La habéis despedido? Pero si era la condición de la señora Santoro.

—La señora Santoro ya no está y su nieta no es como ella.

—Ya, pero bueno, no sé. —Quería argumentar mi respuesta, pero no encontré palabras—. Bueno si no infringes nada de lo que quedó por escrito, no tiene nada que hacer. No entiendo por qué intenta reclamar la finca, si en verdad nunca la quiso y sabe que tiene todas las de perder.

—Hay algo más...

Me miró. Él sabía que no me iba a gustar lo que venía después.

—¡Está embarazada de ti! —dije rapidísimamente sin pesar.

Me llevé las manos a la boca. La había cagado, lo supe al instante, Yo y mi maldita boquita que no pasa filtros.

—De verdad, Mara, que no tienes remedio —utilizó una tonalidad demasiado seria para el momento—. ¿Por quién me tomas? ¿Alguien que se va acostando por ahí con cualquiera? ¿Dejando embarazada la primera que se me cruza? —No contesté—. ¿Estás embarazada?

Me dejó helada la pregunta.

—¡No! —respondí confusa.

—¡Pues ella tampoco! Y créeme, entre tú y ella, tú eres la única que podría estarlo.

Lo entendí al toque. No se había acostado con Valentina.

—Cuando he dicho algo más no me refería a algo así. Todo este revuelo es debido a la verdadera razón por la que tenía programado este viaje.

—Ya me imagino que al retiro no has venido, no...

—No. —Mantuvo el silencio hasta que logró coger aire—. Voy a vender la finca Santoro por casi el triple de lo que me costó. He venido a cerrar la venta.

30
Deseo formulado

—Pero ¿es que te has vuelto loco? ¿Por qué?

—No puedo con tantos negocios a la vez, no es así como quiero vivir.

—¿Y eso no lo podrías haber pensado antes de comprarle la finca a los Santoro? ¿Y ahora qué? ¿Se la vendes a cualquier desconocido y ya está?

—Solo son negocios, no quiero mezclar sentimentalismos.

—¿Sentimentalismos? Eres tú el que intenta que yo de valor a lo importante. ¿Por qué tú no lo haces?

—¡Porque no soy perfecto, Mara! ¡Porque mi vida no es perfecta como crees! ¡Mi matrimonio no es perfecto! También tengo miedos, inseguridades, dilemas y fantasmas del pasado...

Golpeó el volante con frustración. El hombre con más seguridad que conocía se estaba viniendo abajo, despojándose de esa armadura que todos llevamos y que en su caso era de acero el bueno. De nuevo uno de esos silencios rompedores entre nosotros.

—Por eso está tan indignada Valentina —resoplé—. No solo se queda sin el hombre que desea, sino que la finca donde están sus raíces será entregada a manos de vete a saber quién. Esto cambia mi visión y mi posición en esta historia. Y lo siento, Thiago, pero no es a tu favor —sentencié sin dejar de mirar cómo apretaba los labios.

—No te he pedido que te posiciones. Solo son negocios. No puedo con todo... —bajó la tonalidad de enfado.

—¿No eras tú el de las buenas decisiones? —No contestó—. ¿El perfecto, correcto y honesto Lombardi? Sabes, no soy la única que ha perdido a su yo de ayer por el camino...

Y dejé la conversación en el aire. Me dediqué a mirar por la ventanilla con el corazón a medio latir, la garganta anudada y los ojos cristalinos. Se me había caído del pedestal ese hombre que siempre había mantenido ahí arriba, rozando la perfección, y no lo era, no era perfecto. En cierto modo en ese momento dejó de ser un dios para convertirse en un simple mortal y, por increíblemente que parezca, sus fallos como ser humano hicieron que por primera vez lo sintiera a mi nivel. El idealizado Thiago, por fin estaba jugando en la misma liga que yo, la liga de los seres imperfectos. Así que tras ese tramo incómodo hasta llegar a Montepulciano, en el que no hubo música de moda, ni jueguitos, ni caricias, decidí bajar el hacha de guerra. Sí, la guerrera de Mara por fin bajaba el hacha de guerra, aunque fuera temporalmente, no nos engañemos.

—¿Preparada para caminar? —me preguntó como si no llevábamos media hora sin hablarnos.

—Preparadísima.

Moví mis pies para enseñarle mis bonitas Converse All Star. Aproveché para acercarme un poco.

—Thiago, lo siento.

—Déjalo, Mara —se hizo el duro.

—No, no quiero, deja que me disculpe. No soy nadie para juzgar todo esto y decirte lo que tienes que hacer. Es tu vida, tus negocios y tus motivos tendrás. —Puse mis manos sobre el cuello de su camisa levantándolo.

—O vendo parte de lo que tengo aquí, o dejo España y me vuelvo a coger las riendas de todo esto.

—Pero, Thiago, este siempre fue nuestro —no me podía creer lo que iba a decir y rectifiqué—, tu sueño. Si vas a renunciar a gran parte de él, por lo menos piénsalo bien. No voy a decirte lo que debes hacer o lo que yo haría, tan solo piénsalo. Tómate unos días antes de firmar o dar ningún paso en falso.

Me miró, respiró hondo y acabó por besarme la frente, ponerme el brazo sobre los hombros y empezar a caminar.

—Tienes razón. Ahora, *bella signora*, vamos a hacer de turistas un rato por este bonito lugar.

—Me parece una idea perfecta.

Volvió a besar mi cabeza y mientras lo hacía entre dientes dejó ir, en apenas un murmuro:

—Perfecta, demasiado perfecta.

Y alargó ese dulce beso mientras inhalaba el olor de mi cabello.

La belleza de aquel lugar no tardó en absorberme, pese a que casi pierdo el conocimiento de tanto caminar cuesta arriba. Llevaba zapatillas supuestamente deportivas, la que no era deportiva era yo. Él, en cambio, fresco como una rosa, tan solo le asomaba una gotita de sudor por la frente. Así que lo primero que hicimos fue buscar un local donde nos vendieran dos botellines de agua fresca y así poder recuperar el aliento. Juro que la caminata y el dolor de pies valió la pena. Qué belleza de lugar. Mientras Thiago me contaba que esas tierras producían el mejor vino del mundo. Y yo, como buena escéptica, tuve mis dudas. Las cuales se disiparon poco después. Paseamos por las bonitas calles empedradas, hasta dar con el palacio del ayuntamiento, donde se recreó una gran escena de la saga de los vampiros sexis. Eso era lo de menos, la majestuosidad del edificio y esa plaza tan bonita desbordaban una energía única. La gente sonreía, el sol brillaba... ¿O tal vez era yo, que a esas alturas hasta una teja rota me resultaba apasionante e increíble? La magia del lugar, me repetía a mí misma, ya sabéis, la magia de quién llevaba a mi vera, que me hacía ver el mundo con un filtro de Instagram. ¡Y es que paseábamos de la mano! Sí, sí, como si fuéramos novios o *noviomantes*. Tan solo desenlazaba mis dedos de entre los suyos, cuando quería inmortalizar algo y conociéndome, imaginaos mis fotos, a florecitas, a palomas, a helados derritiéndose y cosas sin sentido alguno.

No tardé en atisbar algo en aquella plaza, frente a la terraza de un bonito bar con manteles rojos.

—¡Lo que yo te diga! —señalé hacia el lugar—. Italia, el país de los pozos.

Bromeé mientras tiraba de él a paso ligero para acercarnos a un bonito pozo de piedra, presidido por las figuras de dos leones sujetando un escudo. Conseguí que se riera con ganas.

—Pues ahora que lo dices... Nunca lo había pensado, pero sí, es muy común lo del pozo en las plazas y en las casas. Muy observadora.

Me acerqué, pero apenas tenía un pequeño enrejado, estaba cubierto en su mayoría por piedra. Sentí una pizca de desilusión.

—Oh, vaya, este no es como el de San Gimignano.

—¿Por qué lo dices? ¿Querías pedir por fin tu deseo? —Levanté ambas cejas y sonreí como si me hubieran pillado infraganti—. De verdad, ¿ya tienes tu deseo?

Afirmé con la cabeza.

—Además, aquí no hay ningún niño ladronzuelo a la vista.

Tuvo que hacer un esfuerzo para no lanzarse a carcajadas al recordar ese momento.

—Pues si ya lo tienes, vamos a tirar la moneda.

—¿Por dónde? No puedo lanzarla, el enrejado es muy pequeño, jamás entrará la moneda por ahí.

—Joder, Mara, qué poca imaginación tienes.

Tiró de mi brazo hasta dejarnos a ambos frente a la estructura circular de piedra. Subimos un par de escalones. Rebuscó en su bolsillo y sacó una moneda para cada uno.

—¿¡Dos euros!? No, no, dame una más pequeña. Me niego a tirar dos euros —renegué.

—Mara... —Frunció el ceño—. ¿Cómo es tu deseo? ¿Es un pequeño deseo, o es un gran deseo?

—Grande no, gigantesco, vamos, casi misión imposible.

—Pues a grandes deseos, grandes monedas. Venga, preciosa, piénsalo con todas tus fuerzas y vamos a introducir la moneda manualmente entre las rendijas.

—Le quita glamur al momento, pero bueno...

Se carcajeó irremediablemente. Otra cosa no sé, pero reírse, se reía un montón conmigo.

Introducimos las monedas, no las oímos caer, pero no por eso dejó de ser un momento único. ¿Qué habría pedido él? Estaba claro lo que yo deseé, lo que había estado queriendo inconscientemente desde que lo vi por primera vez, exactamente lo mismo que en el pozo de San Gimignano. ¡Exacto! ¡Pedí a Henry Cavill! ¿Qué mujer en su sano juicio no pediría eso? Solo que yo pedí la versión italiana, de apellido Lombardi, era todo cuanto podía querer en mi vida.

¿Recordáis cuando erais pequeños y pedíais un deseo al ver una estrella fugaz, apretando las pestañas como si eso le diera más poder? Bien, pues entonces me entenderéis.

No cabe decir que el día fue increíble. No pudo evitarlo y me llevó a visitar unas bodegas que daba la sensación que te introducían en la tierra. Bajamos infinidad de escaleras, mientras íbamos notando el cambio de temperatura considerable hasta dar con una bóveda de enormes barricas donde reposaba el gran tesoro rojizo. Me dolían músculos de las piernas que no sabía ni que tenía, creo que en mi vida había bajado tantas escaleras y tan inclinadas. Tuvo que frotarme varias veces los brazos, mientras un señor de bigote denso nos explicaba, como básicamente, el pueblo se había construido sobre las bodegas, que yacían en el interior de la montaña. La puerta de salida daba a una de las calles de la parte baja del pueblo, así que, sin haberlo planeado, habíamos vuelto al punto de partida. Eso me alivió. No me veía con corazón después de ese dolor de piernas, de volver a subir y sobre todo regresar cuesta abajo. Me dolían las rodillas solo de pensarlo. Ya había estado cavilando en echarme a rodar, mis pies no daban más de sí. Hasta Thiago se frotaba los muslos de vez en cuando.

Pese a nuestro cansancio, el día había sido espectacular. Comimos en un bonito restaurante de vistas inmejorables y flores colgadas en cada rincón, nos empapamos de vitamina D con las piernas estiradas en una bonita terracita de sillas de madera, mientras degustábamos un vino espectacular. Nos mirábamos, nos decíamos cosas sin hablar, también reímos lo que no estaba escrito y no faltaron, caricias, besos improvisados y algo que jamás debimos hacer, fotos. Imágenes que plasmaban nuestro amor, sí, nuestro amor con mayúsculas. Cada sonrisa, cada mirada, captada en eternos instantes que hice a sabiendas de que más temprano que tarde, le pasarían una factura impagable a mi corazón. Pero ahí estaba yo, como una campeona, inmortalizando mi amor; mi pudo ser y no fue; mi quiero, pero no debo; mi... ¡Joder! Mi puta ruina emocional.

Me dormí de regreso a la casa. Desperté justo cuando su mano acarició mi muslo para comunicarme que habíamos llegado. Esta vez ninguno de los dos hizo el intento de disimular que veníamos juntos. Entramos a la vez y por instinto miré el plafón informativo. La danza del *froterismo*. Me reí.

Acercó su cuerpo al mío por detrás antes de empezar a subir las escaleras y me susurró:

—He mejorado mucho bailando, pero tal vez te apetezca más que te frote la espalda en la ducha.

Todo mi cansancio desapareció al instante. Y un leve hormigueo hizo que mi vagina se contrajera y mi pulso se acelerara.

—¡Compro! —dije al notar su erección en mi espalda.

Y no recuerdo ni cómo subimos las escaleras. El caso es que nos quitamos la ropa a la velocidad de la luz y antes de que el agua llegara a salir caliente ya estábamos gimiendo de placer. Decidí tapar la bañera después del segundo orgasmo. Mientras él llamaba a Antonella y le pedía algo de cenar. La mujer improvisó algo parecido a un picnic y nos lo subió a la habitación sin hacer ninguna pregunta. No le molestaba en absoluto lo que pudo ver allí, un Thiago sonriente en albornoz y una Mara radiante envuelta en una toalla. Me sonrió y supe que no nos estaba juzgando.

Solo había pan, queso y una botella de vino. Suficiente. Mientras se llenaba la bañera degustamos el queso sentados con las piernas en cruz sobre la cama. La primera en meterse en el agua fui yo, ya que Thiago dijo tener que enviar un par de correos antes de que acabara el día. No rechisté y me zambullí en la relajante agua caliente. Imagino que debe ser lo más parecido a flotar en una nube, porque justamente ahí me encontraba yo, en una esponjosa y altísima nube.

Cinco minutos después Thiago aparecía con dos copas de vino, me ofreció una. Dejó caer su albornoz mientras admiraba su escultural cuerpo y tuve que levantarme para cederle el sitio de debajo. Me recosté encima suyo, con mi espalda sobre su pecho y sus piernas envolviéndome por la cintura. Si tuviera que elegir un momento de aquellos días, este sin duda sería mi preferido. El agua nos cubría a medio cuerpo. En una mano una copa de vino y el silencio. Casi se podían oír nuestros pensamientos. Así que sin yo pedirle nada, él solito se quitó su coraza y empezó a hablarme de cosas que, a esas alturas, ya no me atrevía ni a preguntar.

—Creo que necesitas saber que hay entre Estel y yo...

31
Un baño de sinceridad

Para nada hubiera imaginado que entre Thiago y Estel había una relación ficticia. No siempre había sido así. Me contó cómo se enamoraron, y que no tardaron en darse cuenta de que llevaban caminos diferentes. Thiago siempre fue un tío muy tradicional y ella un alma demasiado libre, supongo que, en ese caso, se aplicó la regla de que los polos opuestos se atraen. Así que al notar que su relación se deterioraba a pasos agigantados, ambos decidieron hacer un esfuerzo mutuo por sacar a flote su historia. Él se adentró en el mundo de la espiritualidad y ella intentó estar más activa en los negocios de Thiago y así poder compartir ratos juntos. Ese pacto duró poco, Estel no era mujer de negocios y él, la espiritualidad la vivía de otra manera. Fue entonces cuando llegó Bianca. En el peor momento de su historia, en el mismo momento en que estaban decidiendo cómo afrontar su inminente ruptura. De nuevo, una vez más quisieron salvar lo poco que les quedaba. Los primeros años todo fue relativamente bien, pese a que realmente cada uno vivía en su mundo y compartían una hija y cada vez menos, la cama. Por ese motivo, Estel empezó a ser infiel bajo el lema: «si no hay amor, no es una fidelidad». Hasta incluso llegó a convencer a Thiago de que podían tener una relación abierta, ya que ella siempre iba a estar enamorada de él. Aquí fue cuando ella empezó tener su primera visión empresarial, lejos del mundo del vino, o cerca, según se mire. Empezó dando clases de yoga, de pilates, aparentemente todo normal, pero no tardó en surgir la idea. Retiros espirituales-sexuales.

—¿Me lo estás diciendo en serio, Thiago? —Afirmó con la cabeza—. Está claro que lo único que quería era zumbarse a otros y que siguieras siendo el padre de su hija.

—No exactamente. Al principio, yo asistía a su lado. Contrató a Enrico y ella y yo nos limitábamos a asistir a esos seminarios, pero jamás practicábamos sexo con otras personas. Tal vez algún juego subido de tono, algún tocamiento y cosas que prefiero que no sepas. La cuestión es que eso reavivaba nuestra pasión, pero acabó por apagar nuestro amor.

—¿Y qué esperabais?

—No sé, era la madre de mi hija y cada vez la reconocía menos. Aunque la que empezó a flaquear fue ella. Cayó en el espiral de celos enfermizos. No dejaba que nadie se me acercara, llegó incluso a pegarle a una chica en uno de los retiros, porque en uno de los ejercicios de entrenamiento de posturas del kamasutra llegó a sentarse encima de mí, con ropa —quiso aclarar—, envolviendo sus piernas en mi cintura. Todo era muy raro, tenía una joven desconocida simulando una postura sexual, que llevaba desde el primer día observándome. No sé cómo fue la cosa, que acabé besándola.

—Nooooo. —Me llevé las manos a la cara.

—Sí, sí. Lo que oyes. Entonces Estel cruzó la sala como alma que lleva el diablo y cayó encima de mí, arrastrándola de los pelos.

—Lamentable. —Me lleve una mano a la frente.

—Yo qué sé. Nada de lo que sucedía allí era normal. ¿Acaso crees que yo disfrutaba viendo cómo se restregaba con Enrico? ¿Crees en las almas gemelas sexuales?

—¿Qué? ¿Eso existe?

—Bueno, yo creo que Enrico y ella lo son. Pese a que nunca me lo haya reconocido. Hay una extraña sincronización entre ellos dos y eso que no los he visto follar...

—Es que Enrico es mucho Enrico... —quise bromear.

Me miró con desaprobación.

—Nunca más asistí a esas mierdas. Pero ella sí, y evidentemente Enrico también. No soy tonto, sé lo que pasa entre ellos dos. Pero ella se empeña en que lo nuestro debe funcionar. Le cedí la finca temporalmente, este es el último retiro, el último intento, y bueno, en ello estamos.

—¿En qué punto estáis exactamente?

—Estel me quiere, pero no como yo necesito que me quieran, su manera es... dañina para cualquier pareja. Y yo, no sé, hace tiempo que dejé de verla como mi mujer.

—¡Pero seguís juntos!

—Sí, claro. A veces las relaciones se vuelven espirales. Con la mudanza a España pretendíamos volver a empezar. Este es el último retiro que se va a hacer aquí. Ella ha encontrado otro lugar y queríamos probar a alejar un poco este mundo de nuestra relación, a ver qué pasa. Y también está Bianca, ¿sabes? Y se me parte el alma cada vez que me pregunta si nos vamos a separar. Ya es consciente de muchas cosas y nos creemos que no.

—¿Por tu hija sigues con una persona que claramente no quieres?

—Sí la quiero, a mi manera, no sé, estamos en un nuevo intento.

—¿Nuevo intento? ¿Y así de bien lo llevas? ¿Metido en una bañera con tu exnovia? —Se le escapó una especie de risa, solo fue aire saliendo de golpe por sus fosas nasales que denotaban sarcasmo—. No la quieres, Thiago, vi en tu casa como ella intentó un acercamiento cariñoso y tu reacción fue esquiva. Soy tonta, pero ciega no.

—Es complicado y, bueno, estabas tú allí en mi casa y yo, ya me ves, cuando te tengo cerca... Tampoco sé cómo afrontar esto.

Hundió la mano en el agua y la levantó dejando que las gotas cayeran sobre mis pechos. Acurrucó su cabeza junto a la mía y besó mi cuello. Podía notar su preocupación, la sentía a través de su piel, de su respiración. Y es que prometimos no pensar en el después, pero era inevitable, él lo estaba haciendo y yo también. Ninguno tenía respuesta para ese «¿y después qué?». Así que bebimos nuestra copa de vino en silencio e hicimos el amor sentados en aquella bañera, lentamente, como si fuera la última vez que eso iba a suceder. Quería abrazarle y besarle hasta el alma, creo que lo hacía en cada movimiento y él lo hacía a su vez. Nos deshicimos en un placentero orgasmo, esta vez sincronizado, sin gemidos fuertes, sin arañazos, tan solo sonidos suaves, arrastrados de nuestras gargantas y expulsados junto a nuestro aliento. Thiago tenía razón, no teníamos sexo a secas, desde el primer momento en que nuestros cuerpos decidieron fundirse en uno, totalmente imantados, algo en nuestro cerebro recuperó eso que tanto habíamos añorado, por eso cuando él encajaba dentro de mí, lo hacíamos de la única manera que sabíamos hacerlo, haciendo el amor.

Cuando el agua empezó a templarse abandonamos la fusión en la que nos habíamos mimetizado, él seguía dentro de mí y yo lo aprisionaba con mis piernas. Ambos reposábamos nuestras cabezas en el hombro del otro y a su vez nos manteníamos abrazados, era como si pretendiéramos retenernos el uno al otro. Salir de esa bañera nos costó más de lo que imaginamos. Pero cuando mis labios empezaron a tornarse con una tonalidad morada y empecé a dar tiritones, lo vimos claro. ¡A la cama!

Amanecimos abrazados, creo que ni nos inmutamos esa noche. Era tal nuestro cansancio, que caímos rendidos. Me acurruqué en su pecho y por mí, ya podía venirse un apocalipsis zombi, que no me importaba.

El sol volvió a darme directamente en la cara, pese a ello, tuve un bonito despertar. Thiago descansaba plácidamente, su brazo caía sobre mi cintura, las sábanas eran suaves, el rico olor a lavanda del ramillete de la mesita envolvía la habitación. Los restos del queso y el pan yacían en el escritorio junto a las inacabadas copas de vino. No podía más, un bonito sueño. Miré el reloj. ¡Las diez y media! ¡Por Dios! ¿Desde cuándo duermo tanto? Acaricié su pelo. Ah, sí, desde que me da por pasar el día en un pueblecito en la cima de una montaña y mi Henry Cavill italiano me funde a orgasmos. Me parecía la mejor de las excusas para haber dormido tanto. En verdad no me importaba. Nada parecía importarme.

Se oía movimiento, seguramente había alguna actividad al aire libre, también oía de fondo ladrar a Loki, la gravilla rechinaba bajo las ruedas de los neumáticos, seguramente del coche de Ricciardo, los pájaros cantaban, varios portazos de coche y... Un momento. ¿Niños? ¿Risas de niños?

Me levanté de un respingo. Thiago se asustó.

—¿Qué pasa, *amore*?

Oír esa palabra de su voz adormilada me pinzó el corazón, pero no desvió mi atención. Me quedé sentada con el oído afinado al máximo. Él se recostó a mi lado mientras se frotaba los ojos.

—¿Oyes eso?

—¿El qué? Es Loki ladrando.

—No, eso no, escucha...

Justo en ese momento no se oía nada. Me levanté e intentó pararme.

—Vamos, vuelve aquí, hay alguien que quiere saludarte.

Me giré y se destapó dejando a la vista su miembro erecto mañanero. Sonreí a la vez que levanté las cejas y me mordí el labio, pero antes de lanzarme encima suyo, volví a oírlo.

—¡Son niños! —dije asustada—. ¿Qué demonios hace un niño en un retiro como este?

—¿Qué? ¡Imposible!

Ambos nos quedamos mudos. Esperando volver a oír lo que claramente yo había percibido. Así que avancé desnuda y me asomé de costado por la rendija de la cortina.

—¡Oh, Dios mío!

Corrí la cortina del todo y lo miré totalmente asustada.

—¿Qué? ¿Qué pasa? ¡Me estás asustando!

Se puso en pie y tuve que sujetarme a su brazo.

—Estel y las niñas están aquí.

—¿Qué? No puede ser.

Tuve que tomar aire antes de contestar.

—Sí, Thiago. Las dos niñas. Tu hija y mi hija están aquí.

32
Al mismo nivel

Confirmado. Estel y las dos niñas estaban frente a la casa. Las niñas correteaban jugando con Loki y Estel descargaba las maletas.

El nerviosismo se apoderó de nosotros. Ambos deambulábamos por la habitación recuperando las piezas de ropa que la noche anterior habían volado por todo el habitáculo en un arranque pasional. Dos veces tuvo que ponerse los calzoncillos, hasta llegar a ponerlos bien. La cremallera de mi short se atascaba. La camisa arrugada de Thiago no tenía buen aspecto, nos calzamos sin calcetines y ni hablar de nuestro pelo. ¡Me dormí con el pelo mojado! Así que pese a mi intento por recogerlo en un moño la mar de desgranado no pude evitar que se viera demasiado hecho a la ligera. El cabello de Thiago era como el de Superman borracho. Incluso se abrochó la camisa mal. Y así, tropezando el uno con el otro bajamos a la entrada.

Antes de salir y exponernos a juicio de todos los allí presentes, Thiago se detuvo en la penumbra de la entrada, tras la puerta principal, y se disculpó.

—Lo siento, Mara, esto no estaba en mis planes.

—No pasa nada, ambos sabíamos que esto no iba a durar.

Me abrazó y quise quedarme así. Cerré los ojos fuertemente, pero al abrirlos seguimos en esa realidad. ¡Mierda!

—Podemos...

—Tssss —lo mandé a callar con un beso—. Dejémoslo así, Thiago. Ahí fuera, nuestra verdad nos espera.

—Podemos cambiarla... —intentó dar una chispa de esperanza.

—No hagamos nada que perjudique a nuestras hijas, Thiago, por favor. Prométemelo. No puedo perder a Gaia.

Suspiró. Me abrazó más fuerte, besó mi frente y se estiró la camisa decidido a salir primero.

—Prometido. Tienes razón. —Tomó aire y se giró una última vez—. Al final lo he conseguido.

—¿El qué? —no entendía nada.

—Que vuelva la Mara que guardabas dentro.

Y la claridad lo engulló en cuanto abrió la puerta, y yo me quedé detrás, con la garganta hecha una bola de fuego. Espié por la rendija de las bisagras. Me emocioné cuando su hija corrió a sus brazos y la abrazó alzándola y dando vueltas. Bianca no dejaba de mirar hacia todos lados, esperando que apareciera. Dejé pasar un momento más. Quería observar la reacción de Thiago acercándose a Estel. Ella llevaba cara de pocos amigos. Vi a Enrico alejarse y lo entendí todo. Él había hecho que Estel viniera, pasándole el parte de lo que sucedía entre Thiago y yo. Estel se dejó besar la frente por él, ya que lo hizo mientras tenía a la niña en brazos. Fue un beso casto, seco, por compromiso. Ella apenas sonrió. Ahora sí, me tocaba mi puesta en escena. Salí tocándome el recogido para comprobar que mi pelo seguía en su lugar. Nerviosa y torpe como es de costumbre en mí. No sabía dónde posar la mirada. Así que lo hice en mi hija. Abrí lo brazos, pero no corrió excesivamente. En realidad, no se acercó, ni lento, ni rápido, me sentí avergonzada. Tuve que avanzar yo hacia ella y casi me rompo un tobillo a llegar junto a todos ellos, al tropezar con las maletas. La cosa no podía dar una imagen más lamentable. Según se mire, ya que Thiago tuvo que sujetarme para que no acabara incrustada en el vehículo, que, por cierto, era un taxi. Y por un momento yo tenía una mano sobre el hombro de mi hija y la otra sobre el pecho de Thiago que había amortiguado el movimiento. Él, instintivamente, me sujetó por la cintura para evitar el desplome, mientras con el otro brazo sostenía a su hija. Y Estel... nos lanzó todas las maldiciones posibles en una sola mirada. La imagen de su marido sujetando a otra mujer y con ambas niñas, mientras él sonreía a mi torpeza, no fue de su agrado. Y es que en esa estampa faltaba ella y sobraba todo lo que tenía que ver conmigo.

¿Qué era eso?, ¿una revelación? ¿Otro: mira lo que pudo haber sido y no fue? ¡Basta ya, maldito universo, karma o como mierda te llames! ¡Basta ya!

Reaccioné por fin agachándome a abrazar a mi hija, que no es que me devolviera el abrazo exactamente, pero me sonrió y eso me bastaba en ese confuso momento.

—No me regañes —se apresuró a decir la niña—. Papá ha dicho que sí y como tú ya estabas aquí, pensamos que no te importaría.

—No voy regañarte, cariño, estoy encantada de que hayas venido.

—Vale, pero he venido de vacaciones con Bianca, no para estar contigo.

Ya estaba yo extrañando la dureza de las afiladas palabras de mi hija.

—De acuerdo. Lo tendré en cuenta.

Creo que la niña se sorprendió. En cierto modo era como si ella buscara mi reacción y yo no mostraba ni ápice de descontento. Al contrario.

Me fijé que solo había dos maletas pequeñas. Deduje que eran de ambas niñas, una de color fucsia, y la de Gaia, de un color violeta. Thiago y Estel no tardaron en apartarse unos metros más allá para hablar, él la llevaba del brazo a trompicones. ¿Qué demonios pasaba? ¿Olvidaban que había niñas delante? Por suerte Antonella y Ricciardo asomaron en el momento justo.

—¿Quiénes son estas dos bellezas?

—¡Antonella! —gritó Bianca y corrió a sus brazos.

A su vez, la mujer analizaba la situación.

—Ella es Gaia, es mi amiga de España, y ella es su madre.

A Antonella se le iban a salir los ojos de órbita con tal noticia. La miré con cara de súplica, de ayuda, con cara de «que alguien me mate, por favor». Reaccionó al instante.

—Está bien, señoritas, llegáis justo a tiempo. El señor Ricciardo necesita ayuda, dos voluntarias para amamantar unos cabritos pequeños que han quedado huérfanos.

—¡Oh! Pobrecitos —se emocionó Gaia.

—Id con Ricciardo, yo os acerco los biberones.

Y se fueron tras el hombre, nerviosas, cuchicheando, riendo, muy emocionadas con la labor, dejando el terreno libre para el espectáculo que íbamos a presenciar.

¡Pam! Sonó como si hubiera explotado un globo, pero no. Estel había abofeteado a Thiago con dureza y, juro por Dios que, si Antonella no me sujeta el brazo, a esa rubia con aspecto de modelo escandinava le pongo un ojo morado. No podía creer lo que había pasado. ¿Cómo se atrevía a pegarle así?

—Eso es entre ellos dos —me detuvo Antonella—. Qué poca vergüenza tiene Estel —murmuró.

Volvieron a captar nuestra atención, discutiendo lo suficientemente alto para que pudiéramos oírlos.

—No era un viaje de negocios, ¿¡verdad!? ¡Te viniste detrás de ella! ¿¡Cuándo pensabas decirme que era tu exnovia!?

Antonella me miraba como diciendo «ya os vale», pero no dijo nada. El pobre Thiago no tenía opción a abrir la boca, ella no dejaba de gritar como una loca. Para ser la reina de la espiritualidad y el yoga, perdía la compostura extremadamente.

—¿Podemos hablar en otro lugar? —insistió él, apretando los puños y sin levantar la voz.

—¿Hablar? ¿Ahora quieres hablar? ¡No, Thiago! ¡Os dejo las niñas para que seáis vosotros los que les contéis lo que está pasando y como habéis roto una familia!

—Estel... —murmuró Thiago, cada vez más nervioso—. Baja la voz.

La rubia me miró con desaire. Dio unos pasos hacia mí y Thiago a su vez tras ella.

—Le has roto la familia a tu hija y ahora vas a hacerlo con la mía. Estarás satisfecha. Maldita neurótica pasivo agresiva.

Solo le faltó escupirme, porque esa mirada llena de odio y provocación hablaba por sí sola.

Me impactaron tanto sus palabras que en otro momento de mi vida me hubiera lanzado sobre ella con la razón nublada. Pero no lo hice, me quedé helada, en parte tenía razón. Thiago intentó retenerla, pero no pudo, se subió al taxi y desapareció.

Nos quedamos inmóviles envueltos en el polvo que el coche dejó a su paso.

¡Guau! Había pasado de despertar en una nube dulce y esponjosa, a caer en picado sobre la tierra. ¡Jo-der! Antonella decidió marcharse en busca de los biberones prometidos, y Thiago, lejos de quedarse en shock como yo estaba, sacó su teléfono e hizo una llamada.

—Necesito que me liberes dos habitaciones —ordenó nervioso a través del teléfono—. ¡Me da igual que haya reservas! Te he dicho que necesito dos, discúlpate, reembolsa el dinero, haz lo que te dé la gana, pero en una hora estaremos ahí.

Estaba realmente enfadado. No sabía qué hacer ni qué decir.

—Lo siento —apunté casi en un susurro.

—¿Qué? —Levantó las manos, confuso—. ¡Lo que faltaba! No lo sientas, esto no es culpa tuya. —Sopló y se frotó la cara—. Es otra de las escenitas de Estel.

Parecía más que acostumbrado a pasar por algo así.

—¿Por qué os hacéis esto?

Pude ver como mi pregunta lo partió en dos. Supongo que no se había parado a pensar, que en verdad se estaban destruyendo, en vez de crear y seguir adelante como ambos se creyeron capaces de hacer.

—Mara, no quiero hablar de Estel ahora. Antes de que llegue la tarde la tendré llorando al teléfono, supongo que antes pasará por los brazos de Enrico en su particular venganza, creyendo que no me entero de nada. Después implorará perdón, haciéndose la víctima, le encanta ese papel, y haciéndome sentir el ser más despreciable de la tierra por intentar dejarla y destruir esta familia. Con suerte esta vez, si Enrico la consuela bien no habrá falsos intentos de querer tomarse un bote de pastillas y no tendremos que acabar en urgencias.

Me quedé horrorizada. Y no sé por qué, pero a mi cabeza vino el título de una vieja telenovela que miraba mi madre cuando yo era muy pequeña. Se llamaba, *Los ricos también lloran*. Nunca mejor dicho, el claro ejemplo de que los ricos también pueden llevar vidas de mierda.

—No imaginé que tu matrimonio fuera así... Parecéis tan...

Me miró de soslayo.

—Déjalo, Mara. Mi vida, pese a lo que pueda aparentar, no es nada perfecta. ¿Contenta? —No entendí a qué venía eso y hasta hice un gesto de sorpresa con los ojos—. Porque creo que es lo que siempre has deseado y necesitado saber, para seguir adelante. ¿O me equivoco?

—¿Cómo puedes decir eso? —le recriminé *ipso facto*.

—¿Cómo? —Expiró fuerte—. ¡Porque me dejaste por eso! ¿Te acuerdas? No te sentías a mi nivel, solo porque yo era feliz a tu lado y tenía una vida relativamente fácil, cuando lo único que tenías que hacer era dejar que yo hiciera de la tuya, una, un poco mejor. Podría haber funcionado, lo sé. Pero nooo. Tenías que dejarme roto, para que me pasara la vida buscándote en otras pieles, para que jamás pudiera volver a enamorarme, para que siempre me sintiera vacío, como a medias. Enhorabuena, Mara, por fin soy lo que querías, por fin estoy a tu nivel de infelicidad. ¿Y sabes qué es lo peor? —No contesté—. Que, aun así, sé perfectamente que no vas a volver a quedarte conmigo —dijo con desdén—. Sigamos con nuestras vidas. No te preocupes por Estel, cuando se calme olvidará lo sucedido.

Pateó una piedra con fuerza mandándola al fondo del camino aún envuelto en polvo y rodeado de cipreses. Y decidió desaparecer. Se fue hasta la caseta de Antonella y Ricciardo, dejándome *KO*, tocada y hundida. Apenas pude reaccionar. Me quedé en shock mirando a la nada, hasta que las niñas aparecieron de nuevo.

—¿Han vuelto a discutir mis padres?

Me recogí disimuladamente esa lágrima que a punto estuvo de traicionarme. Sonreí y miré a Bianca.

—Son cosas de adultos, no te preocupes.

—Siempre están así. Yo creo que ya no se quieren como en aquellas fotos cuando yo era pequeña.

—Se van a separar —se metió Gaia con dureza.

—Pero ¿qué dices? —las interrumpí—. No lo sabemos, no le digas eso a tu amiga.

Gaia hizo caso omiso a mis palabras y siguió con lo suyo de cara a Bianca.

—Lo van hacer, porque se comportan igual que mi madre y mi padre antes de que él encontrara a Laura. —Se cruzó de brazos orgullosa de sus hirientes palabras.

—¿Tienen que buscarse otros novios entonces para separarse?

Las niñas hablaban de ese tema como si fuera algo normal y a ninguna les afectara en absoluto. Yo no daba crédito a la conversación.

—Sí, aunque mi madre no encuentra ninguno porque siempre está ocupada y enfadada.

—Pero ¿qué demonios? —volví a interrumpirlas—. ¡Gaia! ¿Por qué hablas así de mí?

Por fin se dignó a mirarme.

—Porque es verdad. Si no trabajaras tanto y fueras más divertida, tendrías un novio y sonreirías más.

—Vale, vale, esta conversación se acaba aquí. Vamos a casa de Antonella a ver qué planes tiene tu padre. Dejad las maletas al lado del todoterreno rojo.

Y eso hicieron. Menuda imagen tenía mi hija de mí. Me sentí como un despojo humano. ¿Todos estos años he mostrado eso? Y yo creyendo ser la mejor en lo mío y teniéndolo todo controlado. ¡Y una mierda! Nunca había sido la mejor en nada. Para poder ser mejor en algo, debí empezar por aceptar lo que era y quién era. De nada me había servido luchar, pelear, agriar mi carácter, perder a épocas la salud, a mi hija, y mi matrimonio. De nada. Fue entonces, viéndolo con perspectiva, a cientos de kilómetros de mi realidad y a años luz del amor de mi hija, cuando lo entendí por fin todo.

33
Magia, señores, magia

Thiago ya se había cambiado y volvía a lucir su peinado de hombre sexi. Empezaba a hacerle falta un afeitado, pero de más está decir que la barba le quedaba de anuncio. En cuanto nos abrió la puerta su perfume fue directo a mis pulmones, a mi cerebro y a mis bragas. Bianca se lanzó a sus brazos y empezó a explicarle cómo eran los cabritos y como se había enamorado de uno de ellos y, sobre todo, que, en realidad, eran cabritas.

—Será para mí, papi, *porfi*. —Carita de ángel—. La marroncita, yo la cuidaré, *porfi*.

—Pero si son de Ricciardo. —Puso cara de estar en apuros.

—No lo son, no me mientas, él me ha dicho que son de la finca, o sea, tuyos.

—Nuestros entonces, cariño, nuestros.

—¡Bien! —exclamó la niña eufórica—. ¿Quieres el blanquito, Gaia? ¿Podemos regalarle el blanco a Gaia, papi?

Me quedé muerta. No quise ni respirar ante tal ofrecimiento. La niña me miró, después miró a Thiago que levantó las manos en son de paz. Como si hace unos minutos no me hubiera dicho todo lo que me había dicho. Creo que liberarse de esos pensamientos le había sentado bien, a él, claro está, porque a mí me había dejado hundida en la miseria emocionalmente.

—A mí no me mires —le dijo a la niña—, si su madre quiere, es todo suyo.

¡Yo lo mato! ¿Un cabrito? ¿Estamos locos?

No me atrevía a mirar a Gaia, porque sabía que me iba a poner la mirada de súplica, seguido de ese pestañeo de niña inocente, el mismo que iba a desaparecer en cuanto le negara la petición e iba a empezar a escupir fuego como el más feroz de lo dragones. Menuda encerrona. A Thiago parecía divertirle.

—Mara, ¿podemos quedarnos uno?

Que no me llamara mamá me hacía hervir la sangre.

—¿Mara? ¿Quién soy?, ¿tu colega? —Ya me estaba transformando de nuevo, cuando Thiago, desde atrás, me hizo un gesto de calma con las manos. Respiré hondo y contesté de nuevo conteniendo mi rabia—. No es un animal de compañía una cabra, cariño.

—¿Quién lo dice? —contestó velozmente.

Yo no dejaba de mirar a Thiago por encima de las niñas, me iba guiando con sus gestos, por si la conversación se torcía.

—Pues también tienes razón.

Estaba perdida. Si me negaba descargaría su furia y optaría por ignorarme, creo que esta vez, el resto de su vida. Así que en cuanto estaba a punto de abrir la boca para ceder, Thiago me echó un cable.

—Hagamos un trato, señoritas. —Y nos miró a las tres—. Quedan cinco días de vacaciones. En esos cinco días, tienen que demostrarme que son lo suficientemente responsables para cuidar de un animal.

Gaia lo cortó.

—Yo tengo a Roque, es mi perro, es un poco viejito, pero ya soy responsable.

Ese dato le sorprendió.

—¿Y tú te encargas de los paseos diarios, de bañarlo y llevarlo al veterinario? —Se quedó callada—. Entonces deduzco que Roque es de tu madre y no sé por qué, no me sorprende —eso último lo dijo entre dientes.

—Ya te digo yo que sí, es totalmente mío —quise dejarlo bien claro.

—Pues ahora está con papi y él también sabe cuidarlo igual de bien que tú, o mejor —me recriminó.

Creo que me empezaba a salir humo por las orejas y contenerme ante los desaires de mi hija me estaba costando la vida. Una vez más el italiano avispado salvó la situación.

—Vale, chicas, quedamos así entonces. Si me demostráis responsabilidad cada una tendrá su cabrito, si no, los cabritos, perdón, las cabritas —rectificó—, se quedarán aquí. Continuarán siendo vuestros, pero se quedarán aquí con Ricciardo. Podréis venir a verlo cuando queráis.

—¿Podremos venir a Italia cuando queramos? —se emocionó Gaia.

—Claro —afirmó sin dejar de mirarme.

—Yo no quiero volver a España, papi —Bianca nos sorprendió a todos con su declaración—. Quiero vivir aquí en el campo, quiero tener animales, quiero ir a un colegio más pequeño, no me gusta Madrid. ¿Por qué elegiste Madrid?

Thiago me miró por encima de las niñas, se puso nervioso y no quiso responder.

—Bueno, dejemos esa conversación para más tarde. Vamos a instalarnos en el Hotel Santoro.

—¡Bien! —gritó Bianca mientras se acercaba a su amiga—. Te va encantar, hay una bodega, se pisan las uvas y hay muchas cepas podemos coger racimos, yo te enseño.

Y eso hicimos. Primero volví a meter toda mi ropa en la maleta. Lo recogí todo mientras Thiago me esperaba con las niñas abajo. Repasé todo. Casi me dejo el vibrador que Gus me había regalado. Sonreí al sostenerlo en las manos y pensé en él, en realidad, pensé fugazmente en todo lo que me estaba sucediendo. Cuando todo esto pasara quería sentarme con él y hablar de nuestro futuro, si es que realmente existía, sería sincera a más no poder y ¿por qué no? Era joven, guapo, apasionado, le gustaban los niños... Tal vez sí, necesitaba un novio, como bien había dicho Gaia, y Gus no era una mala opción. Aunque, pensándolo bien, no estaba recibiendo mensajes suyos, ni de los obscenos, ni de los romanticones. ¿Qué estaría tramando?

Fue muy extraño viajar los cuatro en su todo terreno como si fuéramos una familia. No articulé palabra en mucho rato. Las niñas charlaban entre ellas y yo apenas podía asimilar el giro que había dado mi retiro ¿espiritual? Me resultó gracioso pensarlo.

Había dos habitaciones con cama de matrimonio. Gaia fue la primera en escoger y como no, escogió la de color violeta para nosotras. La misma en la que nos habíamos duchado Thiago y yo y en la que cruzamos esa línea que no debimos cruzar. Él y Bianca se quedaron con el verde pastel. A ellos les daba absolutamente igual, pero mi hija estaba como caballo desbocado, como si nunca hubiera ido de vacaciones. Desbordaba ilusión por todo, menos cuando me miraba o se dirigía a mí.

Antes de nada, decidimos bajar a comer. No sabía cómo tenía que actuar, si nos íbamos a sentar juntos, si cada uno iba por su lado... Creo que a él le surgió la misma duda y tras chocarnos en la entrada del comedor, sin mediar palabra cada uno eligió una mesa diferente. Las niñas nos miraron sin entender nada. Ellas decidieron quedarse de pie, hasta que solucionáramos eso, estaba claro que ellas querían comer juntas. Ambos con actitud inmadura, disimulamos mirando al techo a cualquier punto donde no estuviera el otro. Por fin él decidió romper el hielo.

—Bianca, *amore*, quizás quieran comer juntas madre e hija. Ven aquí.

—No, no queremos —se apresuró a contestar Gaia—. ¿Puedo comer con vosotros?

Se me cayó el mundo al suelo de nuevo. Mi hija era un ser imposible. Hay momentos en que uno no puede esconder su rendición en la mirada, y ese era uno de ellos. No dije nada, agaché la mirada y di por sentado que comería sola.

—No, no puedes —la dejó muerta Thiago con su respuesta—. Escúchame bien, jovencita, o empiezas a tratar a tu madre con más respeto o ahora mismo te compro el vuelo de vuelta a España.

La niña estuvo a punto de echarse a llorar. Me miró con rabia, culpándome.

—No pasa nada, cariño —intenté arreglar eso—, puedes sentarte con ellos.

Gaia creyó la partida ganada, mientras Bianca miraba confusa a la pobrecita sin atreverse a dar un paso.

—Claro que pasa —volvió a afirmar él—. De ahora en adelante cada decisión que haya que tomar se la vas a consultar antes, no tienes edad para tomar decisiones importantes y aquí no está tu padre para darte todos los gustos. ¿Me has entendido? —La niña afirmó cabizbaja—. Y ahora amablemente vas a pedirle a tu madre si le parece que comamos todos juntos, y sea la que sea su decisión, vas a respetarla. —Volvió a afirmar sin decir nada. Estaba a punto de echarse a llorar, pero Thiago supo suavizar el momento—. Venga, que después he pedido que os hagan una crep con mucha Nutella e iremos a coger uvas. La cara de la niña cambió al instante. Con qué facilidad le había girado la tortilla y lo más asombroso es que surgió efecto.

—¿Mamá, podemos comer con ellos?

Su voz sonó suave sin rabia. ¡Me dijo «MAMÁ»! Casi lloro.

—Claro, hija.

Y me levanté pensando que el nuevo imperfecto Thiago, era un perfecto padre. Con que mano dura y a la vez suave había sabido llevar a mi hija. ¿Por qué yo nunca supe hacer eso? Ni yo, ni Héctor hemos sabido llevar a una niña con tanto carácter, que en ese momento empecé a darme cuenta de cuánto se parecía a mí. Mi exmarido tenía razón.

Thiago, el hombre de las mil caras comía de lo más tranquilo, mientras yo, cada trago que daba parecía estar comiendo pedazos de caucho. No me entraba nada, estaba tan tensa de tenerlo tan cerca y tan lejos a la vez. Quería que no se me notara, pero ya sabéis que disimular no es lo mío. Tras la inacabable comida, salimos del hotelito en dirección a las cepas. Las niñas empezaron a correr persiguiéndose la una a la otra. Estaba claro que Bianca se encontraba en su zona de confort. Daba gusto verlas tan relajadas, libres, sin el estrés de estar sufriendo porque sean atropelladas, o que algún desconocido las rapte y esas cosas por las que sufrimos los padres en las ciudades. Sin apenas decirnos nada, pero con ganas de decirnos tanto, apenas nos sonreímos tímidamente y caminamos en dirección a ellas. No acababa de entender cuál era el plan y tampoco me animaba a preguntar. ¿Íbamos a pasar los cinco días restantes juntos? ¿Los cuatro? O no, los cuatro no... El ruido de un vehículo llamó nuestra atención y al girarnos, nada más y nada menos que la rubia catalana con aspecto de modelo escandinava, se bajaba de un bonito y empolvado BMW negro. ¡Mierda! Tal y como Thiago había predicho, Estel había vuelto.

—¿Puedes quedarte con las niñas un rato? Tengo que ocuparme de esto —dijo mientras dirigía la mirada a su mujer.

—Claro, no te preocupes.

Supe al instante que estos cinco días no iban a ser tan bonitos como los anteriores. No solo porque estaban las niñas con nosotros y nos habían sacado de nuestra burbuja explotándola en el vacío, sino porque Estel era todavía una realidad que, pese a lo que él quería aparentar, era una razón de peso en su vida y, contra eso, había poco que hacer.

Agaché la mirada y me dirigí hacia el viñedo, donde divisaba las niñas a lo lejos.

—Ojo con los traspiés —apuntó burlesco antes de marcharse.

—Tranquilo, ahora ya las conozco, ya sé que son cepas asesinas. —Conseguí que se riera de nuevo—. Intentaré no rasguñarme entera, esta vez que no está Superman para salvarme —quise seguir la broma, sin embargo, contestó sin un ápice de sarna.

—Si algo he aprendido, Mara, es que no necesitas ser salvada.

—Ah, ¿no? ¿Y qué se supone que necesito?

—Sentirte valorada, querida y creerte merecedora de todo lo bueno que te pase. Mírala... —señaló a Gaia.

Me hizo dar la vuelta para observarla.

—Mereces su amor y ella merece el tuyo, así que ve allí y convéncete. Verás como no todo está perdido.

¡Jo-der! Bragas al suelo y ganas de asaltar esos labios al más no poder. De hecho, casi lo hago, envuelta en esa magia que dejó tras sus palabras. Pero no, me guiñó un ojo, un gesto muy extrañamente atípico en él y se dio media vuelta. ¡Pam! Otro jarro de agua fría. Me acababa de decir cosas maravillosas, no obstante, su elección estaba más que clara, caminaba hacia su mujer, y eso, aunque me pesara, era lo que debía hacer.

No volví a mirar atrás, no quise saber cómo se reencontraban después de la escenita de Estel, no estaba preparada para ver como él acababa rindiéndose y acogiéndola en sus brazos, no podía, y sabía perfectamente que era lo que iba a pasar. Tomé aire y me centré en las niñas. Me costó un montón que me incluyeran en su particular recogida de uvas, en la que Bianca nos daba una clase magistral. Miraba la destreza de esa niña y no podía evitar soñar que esa podría haber sido mi hija. Después miraba a la mía, era tan bonita con ese precioso lunar bajo el ojo izquierdo. Tenía que conseguir que esa niña de aspecto angelical y alma de maléfica dejara de ser tan... Tan... Yo. Sí, era demasiado yo, y ella merecía ser otra clase de persona. Así que empecé con mi estrategia.

Sin pedirles permiso, saqué mi teléfono, y aparte de fotografiarlas en su afán por ser buenas recolectoras, comprobé que había suficiente cobertura para abrir la aplicación de Spotify. Entre Thiago y yo habíamos conseguido hacer una buena *playlist* y más o menos, empezaba a dominar el tema. Puse la lista y dejé el teléfono en mi bolsillo trasero para que cumpliera la misión de poner banda sonora a ese momento. Y lo hizo, vaya si lo hizo. En un principio, las niñas se miraron entre ellas extrañadas. Yo disimulaba peleándome con una de las cepas asesinas, para poder sacar un pequeño racimo en condiciones. Tarareaba las canciones y ponía especial énfasis en los pequeños trocitos donde me sabía las letras. No tardaron en unirse. Fue pura magia, mano de santo, de verdad. Las tres cantando a la vez, cada una en su mundo, a escasos metros la una de la otra.

De repente alguien apareció y nos encontró a las tres bailando entre las cepas y cantando a grito pelado la canción, *Shake it off*, de Taylor Swift. Y allí estábamos dando saltos las tres gritando la letra de esa canción, levantando polvo y conectando a través de la música. Magia señores, magia, no existía otra explicación.

—*Una performance incredibile.*

Una voz italiana y muy varonil nos interrumpió con tan solo dos aplausos.

34
El poliamor

De la nada un hombre como sacado de un calendario de granjeros sexis se detuvo a escasos metros de nosotras sin decir nada, disfrutando del espectáculo. Lo reconocí enseguida, no era la primera vez que lo veía en esos mismos viñedos. Con un tejano viejo, una camiseta roñosa, ajustada al pecho, un sombrero con el sello Lombardi como el que nos pusimos Thiago y yo, con ambas manos en los bolsillos, y sonriendo. ¡Jo-der, qué sonrisa! Con un colmillo que sobresalía por encima de su brillante dentadura y su espesa barba. En cuanto me percaté de su presencia paré en seco, sintiéndome avergonzada por tal comportamiento. Las niñas ni se percataron de que había alguien allí. Dieron por hecho que me había detenido por la evidencia de que no podía seguirles el ritmo.

—¿A ver la *playlist*, mamá?

¡Otra vez, mamá! Sí, sí, lo ha dicho y me lo ha dicho a mí. Le cedí el teléfono con la respiración agitada, no estaba yo para tantos saltitos a mi edad. Menudo subidón de adrenalina. Las niñas siguieron disfrutando de la *playlist*, mientras yo me acerqué a ese hombre, sudada, acalorada, sedienta y agitada por el esfuerzo físico.

—¡Puf! Como cansa ser una de ellas.

—Lo has hecho muy bien —sonrió.

—No creo que pueda seguirles el ritmo —dije con la mano puesta en un costado. Me había dado flato.

—Marcello Lombardi.

Me extendió la mano.

—Mara.

¿Un momento? ¿Hermano de Thiago? Nooo, ese nombre lo recordaría.

—¿Te encargas de las *bambine*?

Creyó que era la niñera.

—¡Oh! ¡No! Bueno, sí —lo confundí—. Gaia es mi hija, es amiga de Bianca —dije por fin señalando a mi niña.

—*Bella, molto bella, come la mamma*.

No hace falta ser italiano para saber que me había dicho esa especie de granjero de calendario, que, pese a la densa barba, se notaba que era un tipo joven, por lo menos más joven que yo.

—¿Y tú eres? —quise saber.

—¡Cugino! —gritó Bianca saludándole con la mano a lo lejos.

—El primo, ya veo... —dije antes de que pudiera aclararlo.

—En realidad, soy el primo de Thiago, pero la niña me llama así también y a mí me encanta.

Eso aclaraba el *sex-appeal* del chico. Menuda buena raza la de los Lombardi.

—¿Trabajas aquí?

—Sí, bueno, yo, en realidad...

—*Ciao, Marcello!* —la voz de Thiago nos interrumpió—. *Mi stavi cercando?*

Se puso entre nosotros dos. No podía creer lo que estaba presenciando, un marcaje de terreno en toda regla. Thiago había aparecido de la nada, totalmente a la defensiva con su primo. ¿Por mí? De verdad que no entendía nada. El muchacho estaba de muy buen ver, la verdad, pero jamás se me hubiera pasado por la cabeza añadir a mi lista otro Lombardi, ni de coña. Aunque al parecer Thiago no lo vio tan claro. Tardó menos de dos minutos en hacerlo volar de allí.

—*Ciao, Mara, un piacere.*

Se echó al hombro una cesta con uvas y desapareció.

—¿Qué ha sido eso? —le recriminé.

—¿Que ha sido el qué? —disimuló.

—Oh, vamos, Thiago, no te hagas el despistado conmigo. Has venido como un perro a marcar territorio, solo te ha faltado mearme encima.

—No seas boba.

—¿Que no sea boba? ¿Por qué has hecho eso?

—Marcello... no es como yo.

—¿No me digas? —tiré de sarcasmo—. Me he dado cuenta tan solo ver cómo va vestido, él trabaja las tierras y tú debes ser el del dinero, el que dirige desde un despacho. ¿Qué pasa? ¿Es el primo pobre?

—No me refería a eso —su tonalidad sonó más dura.

—He visto cómo te ha observado, como ha dado vueltas hasta acercarse al objetivo, o sea, tú.

—Ah, ¿sí? —dije indignada.

—No me gusta tener que presenciar estas cosas, mientras yo...

—Mientras tú estabas con tu mujer intentando arreglar la mierda que sea que tengáis. No seas cínico, Thiago. No te pertenezco porque hayamos vuelto a pasar unos días juntos. No soy el segundo plato de nadie, por si es lo que tenías planeado estos cinco días.

—No había planeado nada. ¿Cómo puedes pensar eso de mí, después de todo?

—¿Y tú? ¿Cómo puedes pensar tú que iba a dejarme engatusar por otro Lombardi? No, Thiago, no. Estos cinco días solo tengo una única misión y se llama Gaia. Te agradezco todo esto que haces por nosotras dos, pero ni tú, ni yo, ni ningún otro italiano me va a desviar de eso. Como bien habías dicho, cada uno que siga su camino y tengamos estos cinco días en paz.

Creo que era la primera vez que lo dejaba sin palabras, totalmente mudo, argumentando con fundamentos, aunque la realidad era que mis piernas empezaban a temblar, tenía ganas de llorar y de lanzarme a sus brazos. Pero no, esas cosas suelen ser más para películas y novelas. Nuestra realidad era otra. Él debía arreglar su matrimonio y yo debía recuperar a mi pequeña. Punto. No había nada más o no debía haberlo.

Encontrarme a Estel cuando volvíamos al hotel con la intención de visitar la bodega fue toda una encerrona. Me la encontré de sopetón y antes de que las niñas nos alcanzaran se dedicó a pedirme disculpas. Tal y como había previsto Thiago, estaba arrepentida hasta de lo que dijo, y yo, la verdad, no me había enojado por eso, ya que fueron duras sus palabras, pero también tenía razón con su reproche. Así que alcé una media sonrisa de esas que intentas que parezcan sinceras y le dije que todo estaba bien y que no tenía nada que perdonar, que la entendía.

—Lo quiero —me dijo sin más dilaciones.

—Lo sé.

—Cinco días. —Hizo una breve pausa—. Cinco días y prométeme que desaparecerás de su vida.

—¿Qué? —aluciné.

—Thiago necesita quitarse esa espina que le dejó vuestra antigua relación. Tienes cinco días para que él se desencante contigo y entienda que nuestra familia está por encima de todo.

—¿Y qué pretendes que haga?

—Dile que tienes pareja. Finge estar enamorada de otro, muéstrale el fraude que eres.

—Estás loca. Él ya conoce lo que soy.

—Si fuerais de otra manera, te animaría a que te unieras a nuestra vida. Pero sé perfectamente que, si eso pasara... Resumiendo, que no estáis preparados para el poliamor.

—¿Qué te hace pensar que iba aceptar una locura como esa?

—Porque tú también lo quieres, pero no puedo arriesgarme a que te elija a ti.

—No es mi intención romper un matrimonio. Estate tranquila.

—Lo estoy por ti —se rebajó al papel de víctima comprensiva—. Sé que una mujer con tantos principios como tú no haría algo así, sabiendo que en juego está la felicidad de mi hija. Además, creo que a Gaia tampoco le sentaría muy bien, teniendo en cuenta vuestra relación.

—No hace falta que me hagas chantaje emocional, sé cuándo sobro. No te preocupes. Pero hazte un favor a ti misma y a tu familia. Si quieres a Thiago, quiérelo a él y solo a él. Porque solo así caminaréis en la misma dirección.

—¿Qué insinúas?

—Pues que a él no le van tus mierdas liberales, ni poliamores, ni esas cosas, es más clásico, deberías saberlo ya.

—Sí, claro que lo sé, pero él me conoció así, me acepta así. Además, yo siempre regreso a él, puedo juntar mi cuerpo con otros, pero mi alma siempre regresa a él.

—Ya... —asomó mi sarcasmo.

Menos mal que nos interrumpieron las niñas, porque esa conversación no iba a ningún lugar. Era como ver un debate de dos fanáticos de religiones diferentes. Su mente solo era abierta a su favor, era una *perroflauta*, pero solo para lo que le interesaba. Su intención era mantener sometido a Thiago a un matrimonio destinado al fracaso, acostarse con otros y querer tenerlo de igual modo que una posesión, como el que tiene un vehículo o un teléfono, para eso no era ni hippie, ni espiritual, ni mierdas de esas, para eso era una hija de la gran puta con todas las letras. Y resulta que pretendía hacer tal cosa a costa de chantajearme emocionalmente y alejarme nuevamente de él. Lo peor de todo, es que, en efecto, iba a ceder, y no porque no se mereciera que le apartara de Thiago de un manotazo, sino por Gaia. Además, en cierto modo él permitía que lo enredara en esa espiral tóxica en la que vivían, era muy consciente de todo lo que ella hacía y pretendía, así que, si él se seguía prestando a eso, ¿quién era yo para meterme? No obstante, lo que sí que realmente no podía permitirme, era perder a Gaia. Decidido estaba, primero iba a centrarme en mi hija, así me costara una semana, un mes o tres años recuperarla. Se lo prometí, para que la pirada esa se quedara más tranquila y punto.

Cuando Thiago y las niñas se acercaron, la muy tarada sacó su lado más dulce y angelical, aquel que conocí bajo el paraguas blanco de puntas negras. Como había cambiado mi visión de ese ángel con cuerpo de modelo escandinava. ¡La odiaba! Aun así, una vez más me sorprendí de mí misma y la manera en que lo estaba afrontando. Esa misma situación unos días atrás hubiera hecho arder Troya y esa rubia y yo hubiéramos acabado probablemente de otra manera. Respiré hondo. Iba a dejar de preocuparme por las cosas que no podía controlar, e iba a centrarme en lo que quería. Pensé en Gaia sonriendo, bailando, feliz... y por un fugaz segundo la imagen de Thiago en la bañera. ¡Vale! Eso también lo quería, ¿quién no iba querer un hombre parecido Henry Cavill, pero con acento italiano? Sin embargo, eso sí se escapaba de mis manos.

No me alteró lo más mínimo que Estel nos acompañara a la pisada de uvas de las niñas. Al fin y al cabo, puede que fuera una pésima esposa, pero eso no significaba que lo fuera igual en su papel de madre. Por supuesto, consiguió el protagonismo y la admiración de Gaia cuando se unió junto a ellas, a chapotear el mosto. Yo había preferido mantenerme al margen para que ellas experimentaran, pero a Estel se le daban mejor los niños que a mí y supo cómo hacerlo. Me dediqué a observarlas y, por qué no, a morirme de envidia, cuando un acontecimiento divino sucedió sin más.

—¡Mamá, ven a pisar uvas con nosotras, yo te enseño, es muy divertido!

En ese momento creí en los milagros. ¿Estaba reclamando mi presencia? Pude ver cómo Gaia dirigía la mirada a Thiago, como esperando una felicitación, y luego a mí, mientras me invitaba con la mano a unirme a ellas. Me confundió ese cruce de miradas. ¿Se había visto obligada por la presencia de Thiago a fingir interés en mí? La verdad, me daba igual. Estaba tan desesperada de amor de hija, que me valía. Me preparé y tuve que fingir que jamás había hecho tal cosa, para que ella se sintiera importante enseñándome. Conseguí que se riera con mis gestos de asco, pero al final acabamos acompasadas en cada movimiento. Fue otro momento mágico que me brindó ese lugar. Thiago nos miraba desde fuera. ¿Qué debía pensar? Su mujer y su hija divirtiéndose juntas, a la vez que Gaia y yo empezábamos a conectar. No sé lo que pensaría, pero sí sé que no apartó la mirada de nosotras todo el tiempo que duró la actividad.

Todo iba sobre la seda, hasta que sonó el teléfono de Thiago, al momento apareció Marcello y un par de empleados más. Algo tramaban, o algo no iba bien. Deduje que algún contratiempo con la venta de esa finca. Seguía sin entender por qué quería venderla, era preciosa y aparentemente se obtenía rendimiento. A partir de ese momento fui yo la que no les quitaba los ojos de encima intentando averiguar qué pasaba, o de qué hablaban.

Tanta era mi atención que tuvo que llamarme Gaia, ya afuera, mientras se limpiaban los pies y yo aún permanecía dando pisotones sin ton ni son.

—¡Mamá! ¡Que ya hemos acabado! —volvió a gritarme haciéndome consciente del ridículo que estaba haciendo.

—¡Oh! —Me llevé ambas manos a la cara y conseguí que hasta Estel se riera de mí, cosa que no me hizo tanta gracia.

Volvimos a las habitaciones a darnos una ducha antes de cenar. Thiago seguía medio ausente con lo que fuera que estaba pasando. Fue Estel la que se duchó con su hija, mientras yo lo hacía con la mía. Ya empezaba a controlar el tema mejor, puse música de la suya, hasta incluso me sugirió un par de temas para añadir a la *playlist*. Era real, nos comportábamos como madre e hija, le sequé el pelo, la peiné y no hubo ni un grito, ni un reproche. Fue fantástico. Hasta vimos caer el sol desde el balcón de la habitación. El sol cayó lentamente, sus rayos habían perdido intensidad, y bañaba la inmensidad de los viñedos con una tenue luz anaranjada. Sonaba Billie Eilish de fondo, «Happier than ever». Gaia observaba la plenitud de aquel pintoresco pedacito de mundo.

—Me gusta mucho este lugar, van a ser mis mejores vacaciones.

Acaricié su pelo. Mientras veía caminar a Thiago acercándose de nuevo a la casa, porque, pese a ser un hotel, no dejaba de ser una casa, una hermosa y enorme casa señorial. Suspiré al ver cómo se atusaba el pelo.

—Las mías también, hija. Las mías también.

35
Petición al universo

El despertar no fue el mismo que la noche anterior. Gaia tiraba de las sábanas metiéndome prisas y yo apenas había despegado un ojo y el otro no parecía tener intención de hacerlo. Había dormido profundamente abrazada a mi hija. ¡A mi hija! La noche anterior era yo la que desperté acurrucada en los enormes brazos de Thiago, el mejor refugio. Porque es así como me sentía, a salvo. Los abrazos tienen esa capacidad, te cobijan y te hacen sentir seguro, y es una de las sensaciones más maravillosas del mundo. Tu cerebro se relaja al sentirse protegida, tus respiraciones se ensanchan cada vez más, cierras los ojos y para que esa sensación sea real del todo te aferras, pasas tu brazo suelto por encima del suyo, y ahora sí, que se pare el mundo. Y no hay yoga que supere eso. Así me sentí cobijada en el pecho de Thiago. Por eso cuando mi hija sé que durmió haciendo la cucharita y puso su brazo sobre los míos, apretándome, no pude evitar que se me escapara una pequeña lágrima de felicidad. Sabía perfectamente cómo se estaba sintiendo, me emocioné. Deduzco que, gracias a eso, he podido dormir de un tirón.

Estuvimos hablando antes de dormirnos. Me contó los motivos reales de las dos últimas veces que la habían llevado al despacho del director por pelearse. Y es que, como bien me había dado a entender Héctor, su agresividad estaba siendo calcada de la mía. Puede verlo en sus palabras y en cómo me contaba su reacción. Me di cuenta de que jamás había oído su versión. Nos dedicamos a escuchar la reprimenda de las maestras y el director, pero jamás habíamos reparado en su versión. Resultaba que la niña odiaba las injusticias y no iba a tolerar que una malcriada adinerada se dedicara a hacer *bullying* a sus compañeros, llegando incluso a burlarse de Bianca por su acento italiano, así fue como se hicieron amigas. Gaia la defendió ante una abusona y, a cambio, Bianca le ofreció su amistad. Me sentí orgullosa de ella, a mi entender no estaba mal su reacción, pero claro, es que yo era igual que ella. Pero no podía darle una justificación a la violencia, no a una niña de casi nueve años.

Poco más de una hora estuvimos hablando, en realidad, ella hablaba. Me di cuenta de que tenía muchas preguntas que hacerme y yo muchas cosas que justificar, no sé si llegó a entender mi postura en cuanto al divorcio, por ejemplo, lo que sé es que no hizo ningún reproche, y supongo que entendió que cuando dos personas dejan de ir en la misma dirección, de escucharse y quererse, pasan estas cosas.

—De igual modo, yo quiero a tu padre. No como a un marido o un novio, lo quiero porque antes de eso fue mi amigo y porque sin él, tú no estarías en mi vida.

—Pues creo que deberías decírselo, en vez de pelearos por tonterías.

—Lo sé, hija. Pienso hacerlo, creo que merece saberlo. Quiero que sea feliz, y si Laura le gusta...

—A mí también me gusta —me cortó.

—Pues eso me deja más tranquila, lo cierto es que a ella también le debo alguna disculpa.

—Mamá...

—¿Qué?

—Te encanta este lugar, ¿verdad?

—Sí. —Lo sopesé un instante—. Forma parte de un sueño que tuve de jovencita.

—Se nota, porque aquí eres otra. Estás diferente, más amable y tranquila.

La estrujé contra mi pecho sintiéndome fatal por haber dado esa imagen tantos años.

—Sí, este lugar me ha servido para reflexionar. No me gusta vivir con estrés, ni enfadada, tengo que cambiar cosas.

—Puedes tener novio si quieres.

—Hombreee, jovencita. ¿A qué viene eso?

—Porque papi tiene a Laura, pero tú...

—Yo te tengo a ti y a Roque, mi rubio.

—No es lo mismo.

—No he encontrado el indicado, es todo, no tengo prisa, tal vez algún día...

¡Oh, por amor al cielo! ¿Qué hago hablando de esto con una niña de ocho años?

—Si es una novia también me vale. Mi amigo Andreu tiene dos madres y está encantado.

—Vale... Lo tendré en cuenta. De momento, vamos a estar solas una temporada más.

Y dejamos morir ahí la conversación dejándonos llevar por el sueño. Me había estado haciendo unas preguntas muy raras para su edad, pero supongo que todas esas incógnitas las llevaba dentro y no costaba tanto. Ella necesitaba a su madre y yo ansiaba el amor de mi hija. Algo tan sencillo y normal como eso y no fui capaz de verlo, o de hacer que sucediera antes. ¡Ya me vale!

Me desperecé estirando los brazos, de pie junto a la cama. Los pitidos provenientes de un vehículo retumbaron por toda la habitación. Pero ¿qué demonios? Me asomé con mi peinado de bella durmiente borracha, todos los pelos encrespados sin orden alguno, llevaba una camiseta de tirantes y unas bragas bonitas de estilo brasileñas, de puntitos blancos y con borde de encaje negro. Sí, esa era yo de buena mañana. Sin dignidad alguna y los ojos aún hinchados. Y pese a eso, inconscientemente me asomé a ver quién demonios osaba perturbar la tranquilidad de aquel maravilloso lugar. No fue una gran decisión, para variar y así empezaba el día.

A bajo un radiante Thiago con otra de sus camisas blancas entreabierta, unos pantalones chinos de color crema y una sonrisa imponente aguardaba para verme salir en otra triunfal puesta en escena desde un balcón, ¡en bragas! Si es que no sé cómo no había aprendido ya, a que no debía asomarme a la ventana recién levantada. Y lo peor de todo, no es que Thiago estuviera allí levantando la vista al mismo momento en que yo hacía mi magistral aparición de fantasma resacoso, no. Lo peor de todo es que no estaba solo. Bianca esperaba sentada en el asiento de atrás con la puerta abierta. También me miró, claro está. Pero eso no es todo, ojalá hubiera sido todo. Y no lo digo por el grupo de ancianos que casi pierden la dentadura al mirar hacia arriba, no. Lo peor es que un Marcello, radiante, con ropa limpia, barba recién recortada y gafas de sol, tampoco quiso perderse el espectáculo de verme aparecer. ¡Hasta se bajó las gafas ligeramente para verme mejor!

¡¿Por qué me odias, maldito karma?!

Intenté forzar una sonrisa, muy cercana al llanto, levanté la mano, fingiendo naturalidad saludé y desaparecí en la habitación marcha atrás. Ni siquiera me di la vuelta y caminé de espaldas. Solo me faltaba que me vieran el culo después de todo.

—¡Te espero abajo! No tardes. Vamos a desayunar a la otra casa, porque tenemos que darles el biberón a las cabritas antes de ir a Florencia.

Espera, espera, espera...

—¿Vamos a Florencia? —pregunté totalmente sorprendida.

—Sí, Thiago me ha dicho que ya lo habíais planeado.

Sí que lo habíamos planeado, sí, pero él y yo, estando sumergidos en esa irreal burbuja. Pero bueno, por lo menos no me iré sin hacer turismo. Un momento. ¿Dónde estaba Estel? No la había visto ahí, ni dentro del coche.

Efectivamente, ni rastro de su mujer. Al parecer habían acordado que durante estos cinco días ella se hospedaría en la casa Lombardi, la del retiro, y nosotros cuatro seguiríamos en el Hotel Santoro. Extraña decisión. No obstante, no quise hacer ningún comentario al respecto.

Desayunamos bajo los mimos de Antonella que no dejaba de mirar hacia la puerta de la cocina, supongo en estado de alerta por si Estel entraba. Pero no lo hizo. Las niñas pudieron dar el biberón a ambas cabritas y todos contentos. Thiago y yo adoptamos una actitud muy amistosa, por el bien de todos y porque no tenía sentido que me pasara los días que quedaban resentida. Al fin y al cabo, estaba claro que iban a ser las vacaciones de mi vida y él había jugado un papel súper importante. Empecé a entender que esa había sido su misión. Que por ese motivo el universo volvió a ponerlo en mi camino, para ayudarme a recuperar a Gaia. Sí, tenía que ser para eso... para eso, y para que me empotrara en aquella ducha como nunca antes en mi vida. ¡Sí! Para eso también. Suspiré mientras se hundía la deliciosa magdalena en el café con leche.

—¿En qué piensas?

Me sonrojé en milésimas de segundo.

—En nada, no sé, cosas, la vida...

—Estabas con la boca abierta soñado despierta, hasta se te ha caído la magdalena dentro de la taza.

Me sonrojé aún más si cabía.

—Esto... Cosas mías.

No quise seguir con la conversación. Thiago se levantó para dejar su taza en el fregadero, Antonella parecía vigilarnos a todos, creo que esos días la hicimos sufrir mucho. Y justo cuando pasó por detrás de mí, se rozó enterito contra mi espalda. ¡Sí! Lo hizo a propósito, no me lo invento. No me inmuté, me quedé erguida, casi sin respirar por tal rozamiento en la cocina, con esa mujer al acecho. De vuelta ya no se rozó, pero se agachó levemente y me susurró al oído.

—Creo que, en esas cosas tuyas, hay cosas mías también. Te he visto poner esa cara en alguna otra ocasión.

Evidentemente se me erizó hasta el último pelo púbico de mi monte Venus. Una cosa era ser cordiales, darnos la oportunidad de ser amigos sin más, durante cinco días, y otra era que me rozara, con toda su manga pastelera, la espalda, y se pasara los días restantes susurrándome. Eso era juego sucio. No sé si había traído suficientes bragas para estos sofocos. ¿Qué pretendía?

No me dio opción a contestar, menos mal. Salió de la cocina despidiéndose de Antonella. Unos minutos después salí yo. Sin tenerlo tan cerca pude acabar de desayunar más tranquila. De nuevo me esperaban los tres en el coche. Las niñas ya tenían hasta el cinturón puesto y él aguardaba apoyado en la puerta abierta del todo terreno. ¡Qué estampa! Levanté la vista al cielo para hablarle en pensamientos a la nada, como venía haciendo ya de costumbre.

—¿Ves esto? ¿Así tal y como está? ¡Pues compro! ¿Por qué no me diste esto antes? Compro todo esto, es perfecto, no quiero más. ¿Dónde hay que firmar para vender mi alma? Así tal y como está, lo quiero to-do.

Bueno, todo. Todo, no. Fue tener ese pensamiento y aparecer Estel con su infinita melena con oro, unas mallas ajustadísimas y un top deportivo. Hasta a mí me impactaba la belleza de esa mujer, con alma de diablo. Así que cuando pedí todo eso al universo tuve que rectificar.

—Bueno, «eso» —apunté refiriéndome a Estel—, quítamelo, ¿vale? Eso no me interesa.

Muy sensata y adulta mi petición al universo.

Todo el mundo parecía haberse levantado de buen humor, siendo otro. Estel sonreía, nos deseaba buen viaje, Thiago apenas se alteró, no hubo beso entre ellos, ni apenas interactuaron. Incluso Enrico hizo su puesta en escena con su short de hacer deporte, demasiado corto para esa bestia suelta que habitaba debajo. Y seguidamente el grupo entero apareció en pelotón. Habían salido a correr. ¡Uf! De la que me había librado abandonando ese retiro. Los saludé a su paso mientras trotaron todos frente a la puerta. Dulcinea no quiso mirarme, me daba igual, la verdad. Me pregunté si no habrían gastado suficientes energías la noche anterior... ¿qué habrían hecho? Tuve la curiosidad de mirar el plafón informativo, pero ya no estaba en su lugar. Después me enteré que Antonella lo había retirado en cuanto vio aparecer las niñas por ahí el día anterior. ¡Esa mujer valía un imperio!

El viaje de poco más de una media hasta Florencia se me pasó volando. Cierto era que, en ese momento, ya no era la misma y empezaba a disfrutar de pequeñas cosas insignificantes, como paisajes, silencios, las miradas furtivas de Thiago y la risa de las niñas. No tenía ganas de volver a mi realidad, nunca más. No obstante, sí es cierto que echaba de menos a Mireia diciéndome si me había bebido mi dosis diaria de *juguito de odio*, o hablándome del último ligue, el cual ambas sabíamos que no iba a ser el definitivo. Empecé a sentirme fatal por haberme portado como una imbécil el día que apareció con ese joven rollo Johnny Depp en su época de gloria.

Ese absurdo odio que se me había generado hacia todo lo italiano, que ridículo me parecía en ese momento, cuando ese bonito país y gente —uno en especial— me había devuelto la calma y la sensatez que con los años había perdido. Necesitaba hablar con Mireia urgentemente. Necesitaba decirle que la quería y que era una amiga increíble, antes de que fuera tarde, ya que, en esos días, no se había dignado a contestarme los mensajes y eso era un mal indicador. Era como si en Madrid hubieran pactado no molestarme estos días. No sabía nada de mi negocio, Gustavo también había dejado de escribir, así que estaba desconectada total.

Decidimos dejar el todoterreno en Collodi, el pueblo de Pinocho, bajo la promesa de volver a visitar otro día el parque ambientado en la marioneta de madera. Desde ahí el resto de viaje lo hicimos en tren y es que Thiago nos aseguró que era la mejor manera. Florencia era intransitable y no valía la pena perder el día intentado dejar el coche en cualquier parking que acabará quedando demasiado lejos de igual modo. Las niñas se sintieron encantadas con el pequeño trayecto sobre raíles. De verdad que parecíamos una familia, a menudo encontraba a Thiago mirándome, y, en alguna otra ocasión, era él el que me pillaba observando cómo interactuaba con las niñas. Tan solo nos sonreíamos dulcemente y si pudiéramos entender el lenguaje de las miradas, ese día, creo que las nuestras se regalaban amor a diestro y siniestro. No obstante, cada vez que estábamos demasiado cerca o se rozaban nuestras manos, ambos dábamos un respingo hacia atrás, como si fuera un delito. Intentábamos que las niñas no mal interpretaran nada, aunque en realidad, allí todo lo que había que interpretar era real, pero como éramos idiotas, quisimos que no se notara.

Nada más bajar del tren, Thiago me confesó que había quedado con alguien por negocios y que necesitaba ausentarse media hora.

—Has tomado una decisión sobre lo de la finca Santoro, ¿verdad?

Me desinflé, aunque intenté empatizar con su postura.

—Sí, esta mañana mismo. Me costó dormir y entonces entendí que este tema estaba durando demasiado tiempo y debía zanjarlo ya.

—Está bien —froté su brazo—. Espero que no te arrepientas, tú no eres de tomar decisiones de mierda como yo, harás lo que debas hacer.

—¿Qué yo no tomo malas decisiones? —Me miró como si estuviera analizando cada recoveco de mi cara. Suspiró—. Esta decisión no me ha costado nada tomarla, la que sí me costó y pagué muy caro, fue la que tomé hace quince años y puedo asegurarte que esa, fue una decisión de mierda.

36
Soy más de superman

Mentiría si no dijera que el día fue perfecto. La belleza arquitectónica del lugar nos atrapó desde el primer instante, es de esos lugares que vas torciendo el cuello mirando arriba y abajo queriendo no perderte nada. Pararme frente al majestuoso Duomo fue un momento precioso. Me dejé maravillar por ese edificio blanco y nos hicimos varias fotos con las niñas. Estaba claro que hacerme fotos con mi ex era una estampa, lo más parecido a una familia. Y también estaba claro que iba a ser algo que en un futuro muy cercano se sumaría a esa factura emocional que tanto me costaría pagar. Sí, desde que pisé Italia, solo iba sumando cosas para la factura final, esa que obtendría en el momento en que regresara a mi realidad. Y tenía más que claro, que iba a tener un precio impagable.

El sol brillaba con fuerza, los turistas en su mayoría se cubrían con sombreros, nosotros, los cuatro, optamos simplemente por gafas de sol. Thiago se dedicaba en su totalidad a vigilar a las niñas y a mí, también hay que decirlo. Ya que claramente llevaba un cartel escrito en la frente donde debía decir «turista despistada», y es que en numerosas ocasiones era abordada por algún nigeriano que regalaba, o vendía, o no acabé de entender qué hacían con esas pulseras. El caso es que Thiago los ahuyentaba rápidamente y me pidió exclusivamente que no me dejara tocar, o mi bolso y mis pertenencias dejarían de ser mías. Así que adopté la misma postura que cuando paseo por la plaza del Sol de Madrid, bolso cerrado y acortando la correa y dejándolo cerca de mi pecho.

Antes de pasearnos por el *Ponte Vecchio*, observamos su belleza desde otro puente paralelo, pero no tan impresionante. Nos fotografiamos con el peculiar puente que cruzaba el río Arno. Nunca antes había visto algo así, era como ver un camino de casas suspendido en el aire que une la ciudad por encima del río.

—¿Y es seguro? —le pregunté a Thiago—. Parece que las casas vayan a desplomarse sobre el río en cualquier momento.

Conseguí que soltara una gran carcajada.

—Mamá, por favor —me regañó Gaia—. Claro que es seguro, solo es viejito.

Thiago levantó las cejas, como dándome a entender que la niña se había explicado muy bien.

Bianca pidió una foto junto a su amiga abrazadas con el puente de fondo y al acabar, surgió una inocente idea que nos costó la vida hacerlo.

—¡Ahora os toca a vosotros solos! —insistió Bianca.

—No hace falta —me apresuré a contestar—. Ya tenemos fotos todos juntos y del puente ya llevo unas cuantas.

—Venga, papi. ¿Tú quieres?

Torció la vista, no estaba convencido, pero accedió.

—Claro que sí, venga, Mara, posemos.

Le cedió su flamante iPhone trece a la niña y ambos nos quedamos tiesos como un palo de escoba. La niña nos aguardaba con cara de incredulidad, supusimos que quería una sonrisa, un acercamiento... No sé. Solo sé que su perfume se coló por mi nariz, descerebrando mi poca integridad.

—Podéis poneros más cerca, no puedo echarme más para atrás.

Le hicimos caso. Y en ese mismo instante en que mi cuerpo rozó el suyo, decidió poner una de sus manos sobre mi cintura atrayéndome hacia él. Lo miré, tal vez un segundo, tal vez demasiado, el caso es que la niña sacó dos fotografías en las que yo estaba mirando a Thiago con más amor del que debía y él me acoplaba a su cuerpo en ese hueco perfecto en que me posicionó, con la mano demasiado cerca de mi trasero. Para las niñas tan solo fue una fotografía de los miles que hicimos ese día, pero yo supe en cuanto la vi, que esa, sería la imagen más bonita e hiriente de todos los tiempos.

Paramos a refrescarnos en una de las preciosas y carísimas terrazas de la bella ciudad, paseamos por el interior del *Ponte Vecchio*, nos dejamos maravillar por las callecitas empinadas y empedradas hasta llegar a la Plaza de Miguel Ángel. Llegamos exhaustos, las niñas empezaban a estar agotadas y yo, más que ellas. Disfrutamos de unas vistas increíbles. En varias ocasiones, mientras subíamos por las calles tan pendientes, Thiago y en ocasiones mi hija, me ofrecían su mano y tiraban de mí, hasta que recobraba la dignidad y el aliento. Sudé la gota gorda, pero valió la pena. Sobre todo, por sentir en varias ocasiones las manos que más amaba en el mundo sobre las mías, solo por eso subiría las veces que fuera necesario.

Decidimos bajar a comer cerca del río, en realidad no lo decidimos, Thiago nos llevó a un bonito restaurante, donde un chef muy dicharachero se paseaba entre los comensales, para recibir los elogios por su comida, bromear y tomarse alguna copa de vino también. El lugar me pareció de lo más bonito. No era nada ostentoso, eso no significaba que sus precios no lo fueran, y es que la vieja Italia tenía estas cosas en comparación con España, era un poquito más cara. La fusión del color rojo, el negro y el dorado, daban a ese lugar un toque especial. Era bonito sin llegar a aparentar lujoso, aunque los detalles dorados daban ese toque. Preferimos sentarnos en la terraza, con vistas al río, los puentes y la magia del lugar. Comida exquisita, niñas contentas y agotadas y el café... Ese café era el oro de ese lugar. El mejor café de mi vida lo tomé en ese allí y en compañía de Thiago, tal vez por eso lo recuerdo así de sabroso. Fue entonces cuando decidió ausentarse, mientras degustaba el último sorbo del café, de cara al sol, dejando que me inundara de vitamina D, oyendo el murmullo de la ciudad, estando presente y ausente a la vez. Vamos, en la gloria bendita, estaba yo, hasta que se levantó de la mesa.

—No tardaré mucho. Si os movéis me mandáis la ubicación. —Miró su teléfono—. Como mucho media hora.

—Estaremos aquí —le aseguré—. Vamos a pedir otro postre, ¿verdad, chicas?

Las niñas se miraron sorprendidas entre sí y gritaron las dos a la vez un eufórico «¡Sí!».

Mientras ellas se mantenían distraídas con la carta de los postres y antes de que se diera la vuelta, lo sujeté por el brazo.

—Todo va a estar bien, decididas lo que decidas. No te preocupes.

Me guiñó un ojo y no pudo evitar llevar una de sus manos hasta acariciar mi mejilla derecha e involuntariamente reaccioné apretando esa mano contra mi hombro de un modo muy cariñoso, demasiado. Ahí fue la primera vez que noté la mirada clavada de Bianca.

Creps de Nutella, *coulant* de chocolate y helado de vainilla para compartir. ¡Nos pusimos moradas! Cuando llegó Thiago no pudimos disimular nuestro atracón, ya que las tres llevábamos restos de chocolate en la cara y nos encontrábamos en medio de una clase magistral que me estaban dando sobre el universo Marvel, mostrándome los personajes de las películas.

—Cuando lleguemos a España empezamos a verlas, ¿vale, mamá?

—¡Oh, por Dios! Solo si empezamos por la de Thor —dije con los ojos bien abiertos observando a Chris Hemsworth.

Eso causó la risilla de ambas que se llevaron las manos a la boca. Mientras Thiago nos sorprendía mirando fotos de semejante dios.

—Vaya, ¿os van los cachas de Marvel?

Las niñas contestaron un rotundo «sí», yo preferí no opinar.

—Pero, Mara, creí que tú eras más de DC.

No sabía ni de qué me hablaba.

—¿Qué? —saltó Gaia—. No, mamá, por favor, ¿cómo vas a ser de DC?

Seguía sin saber de qué iba la cosa.

—Tú madre es más de Superman. —Hizo una mueca burlona, refiriéndose a mi empeño en que él se parecía a Henry Cavill—. Por lo menos de joven lo era...

¡Mierda! ¡Cagada máxima! Bianca estaba alerta.

—¿Ya os conocíais de jóvenes? —preguntó sin más dilaciones y consiguiendo que Gaia reaccionara también.

Thiago se apresuró en contestar intentando arreglar su metedura de pata.

—Sí, ¿no os lo habíamos dicho? Nos conocimos cuando éramos muy jóvenes y muy insensatos —sonrió, pero no me hizo ni pizca de gracia y a las niñas tampoco, así que toreó el tema como pudo—. Sí, cuando estudié en Madrid conocí a Mara, trabajaba en un bar y llevaba unos pantalones acampanados horribles.

—¿Acampanados? —dijeron con desprecio ambas niñas.

Sonreí nerviosa.

—Sí, ¿qué pasa? Se llevaban mucho. Eran lo más. Y no los critiquéis vosotras, porque en breve, ya os veo llevando unos, está volviendo esa moda.

—Ni hablar, no —negaron ambas.

Y con eso consiguió desviar el tema. Pero a partir de ese momento nuestras hijas ya sabían que Thiago y yo nos conocíamos de antes. Era cuestión de tiempo, tarde o temprano, les iba a generar curiosidad, de el cómo y el cuándo.

Dedicamos el resto del día a pasear sin rumbo, tan solo disfrutando de los rincones de la ciudad. A ratos conseguí que Gaia paseara de mi mano. Mientras mirábamos escaparates y entrábamos a comprar recuerdos y algo de ropa. Me compré un vestido, un par de pantalones, dos blusas de raso preciosas y unas sandalias con algo de plataforma. Todo bajo la supervisión de mi hija, y la mirada de deseo de Thiago. Podía ver como inspiraba cada vez que me veía salir del probador y tardaba en soltar el aire. Lo observaba por encima de las niñas y con sus cejas me daba la aprobación, y mordiéndose el labio transmitía su deseo. Yo me dedicaba a sonrojarme y tratar de quitarme la ropa antes de que la calentura que me provocaba su mirada se tornara en sudor. Las niñas acabaron cargadas de bolsas de ropa también. Incluso Thiago se compró unos pantalones negros que se le ajustaban al trasero de una manera majestuosa. Sí, definitivamente, yo era de Superman.

Fue un día increíble. En el pequeño trayecto de tren las niñas ya mostraron su cansancio, dando cabezazos en mi hombro y en el de Thiago. Bianca y él viajaban sentados justo enfrente de nosotras, ambos íbamos con las piernas estiradas, y así hicimos el pequeño recorrido, con las niñas dormidas, nuestras piernas entrelazadas y queriéndonos sin querer y sin poder. El viaje en el coche no fue muy diferente, ellas dormidas cada una con un cojín apoyadas en las ventanillas y nosotros disfrutando de ver el atardecer en la carretera. Todo era perfecto, demasiado. Los campos parecían moverse como olas, bañados por el anaranjado sol, dando ese brillo a la paleta de colores única que inunda toda la Toscana. Sentí paz, sentí paz de verdad. La música sonaba bajito, esta vez nos acompañaba una emisora local que emitía música en italiano. Tras observar varias veces el retrovisor y percatarse que las niñas dormían de verdad, Thiago decidió frotar su mano en mi muslo cariñosamente de una manera muy natural, sin dejar de mirar la carretera, como si fuera un gesto correcto y habitual. A punto estuve de saltarme todas las reglas, todas las promesas y todas las mierdas que nos separaban, para lanzarme a besarlo, que era lo único que me apetecía hacer, para rematar ese día. Pero no lo hice. Estaba loca, pero no tanto. Opté por apoyar mi cabeza en su hombro, era todo cuanto podía hacer. Así permanecimos con su mano en mi muslo y mi cabeza inclinada sobre él, hasta llegar al hotel Santoro, ese hotel que no tardaría en estar en manos de otros y al que no regresaría en mi vida, si no era con él.

Todos estábamos exhaustos, así que Thiago pidió unos bocadillos para comerlos en la habitación antes de dormir. Tuve que medio enfadarme con Gaia para que se duchara, pero increíblemente acabó cediendo. En realidad, fue chantaje puro y duro, a cambio las dejaba ver una película juntas y después cada una a dormir en su respectiva habitación. Apenas probé el bocadillo, me primaba más una ducha, así una vez instaladas las niñas en mi cama viendo una película de Marvel, Los vengadores, la cual no me dejaron ver porque no había visto las anteriores, decidí bajar a tomar una copa y aproveché para llamar a Mireia.

Fue un momento tenso, hasta que por fin me cogió la llamada. No obstante, una vez que oí su voz supe que ya no estaba enfadada. Y en ese momento me quité dos toneladas de peso.

—Mireia, antes que nada, quiero decirte que te quiero, que eres la mejor amiga del mundo y que siento haber sido una mierda de persona tanto tiempo. No sé cómo lo has hecho para aguantarme. Mire, yo...

Hablé rápido, como si fuera un guion aprendido, le dije todo eso de carretilla, como si estuviera leyendo sin puntos, ni comas, hasta que me frenó.

—Epa, epa. ¿Tú quién eres y qué has hecho con mi amiga, la *hater* de la vida? —bromeó.

—Te echaba de menos, Miri.

—Y yo a ti, cariño. No estoy enfadada. ¿Qué haces llamando? Se os permite.

—Bueno... —dudé si contarle algo, pero no sabía ni por dónde empezar—. No estoy en una secta. Solo es un retiro. Un momento, Mireia, ¿tú sabías qué clase de retiro era?

Ese silencio sepulcral respondió por sí solo. Tan solo su respiración agitada.

—¿Estás haciendo deporte?

No contestó, sino que lo hizo con otra pregunta.

—¿Te está gustando por lo menos?

Se le escapaba la risa y no tuve más remedio que reírme con ella, aunque en verdad no se reía conmigo.

—A la vuelta te cuento, es una larga historia todo lo que está sucediendo aquí.

—Pero estás por lo menos aprendiendo cosas nuevas, ¿no?

—Uy, sí, muchas, pero no de las que te imaginas. Gaia está aquí, llegó ayer.

—¿Qué?

Lo que debía haber sido una pregunta con énfasis en la sorpresa, sonó más a... ¿gemido? No me lo puedo creer.

—Mire, no estás sola, ¿verdad?

—No —soltó tras un bufido.

—Vale, asquerosa, mañana te llamo. ¿Para qué me coges el teléfono en medio de...? ¡Déjalo! Hasta mañana.

—Hasta mañana.

Colgué, no sin antes oír de fondo una frase de una voz y con un acento que me dejó cuanto menos pensando e intentando analizarla.

«¡Mierda! Dime que no hablas con Mara...».

37
La cabrita de Bruce Lee

—¿Puedo acompañarte?

La voz de Thiago me sacó de mi mundo.

Había bajado a tomarme una copa de vino y ya llevaba dos. A las niñas aún les quedaban noventa minutos de película, así que me lo tomé con calma. Total, en cuanto subiera iba a caer frita en medio minuto y probablemente las niñas ya lo estuvieran.

—Claro, todo esto es tuyo. De momento... —me salió sin querer el sarcasmo.

Él no hizo ningún comentario al respecto. Se sentó a mi lado en la barra y pidió otra copa de vino. Le hizo un gesto a Viviana y la chica apareció con una botella de vino diferente. Bebí de un trago lo que me quedaba y le hice un gesto con el dedo para que llenara mi copa también. Miró a Thiago antes de obedecer. ¡Mierda! La chica creyó que ya estaba borracha.

—Mi amiga se está acostando con mi amante —solté sin más.

—Uf... Qué feo, ¿no? ¿Con el de los mensajes obscenos?

—Sí, con el mismo que llevaba días queriendo formalizar nuestro... ¿escarceo? No sé ni cómo llamarlo.

En ese momento me di cuenta de que el vino empezaba a subirme y de que no era una buena idea seguir con esa conversación.

—Pero ¿sabes qué es lo peor de todo? —Di un sorbo—. ¡Que me da igual! Para lo que le va a durar.

—¿Ella es la misma que te pagó el retiro?

—Sí, Mireia. Pero no te atrevas a juzgarla. He sido una amiga horrible, además, no creo ni que haya sido por venganza. Siempre le he dicho que, a mí, Gustavo... Vamos, que no era lo que quería.

—Pero... ¿lo era?

—No, qué va. No es eso. Me confundía con su insistencia, es todo.

—Tal vez ese chico fuera detrás de algo más.

Lo miré incrédula y con tono burlesco.

—¿El qué? ¿Qué podía querer de una mujer como yo, con una vida patas arriba, neurótica y al borde de explotar? ¿Mi empresa? Porque es lo único que funciona en mi vida.

—Pues eso mismo. Posicionarse y esperar a que detonaras. —Me hizo pensar un instante—. Me dijiste que es tu mano derecha, de hecho, está al mando de todo en tu ausencia... ¿o me equivoco?

—Hijo de puta... —susurré. Fue un pensamiento con voz.

—Nada que no pueda arreglarse, Mara, a no ser que ese chico despertara algo más en ti. En ese caso, la cosa se complica.

—¿Qué crees que puede despertar un chico tan joven en mí? —Levanté una ceja.

Sonrió y dio otro trago.

—*Capisci*. —Puso los ojos en blanco—. En cuanto a tu amiga, eso es cosa vuestra.

—Ella no ve hombres, ve pollas. Así que no se lo tendré en cuenta. En primer lugar, porque ese hombre no vale más que nuestra amistad y, en segundo lugar, básicamente, porque yo ya le había dicho que entre Gustavo y yo ya no existía nada. Y utilicé... Palabras textuales: «ya te lo puedes follar». Y eso ha hecho.

Con ese comentario conseguí que explotara a carcajadas. Me encantaba verlo reír. No podía dejar de mirarlo mientras pensaba que yo jamás le daría permiso a otra mujer para que lo tocara a él.

—Vaya dos personajes. Debéis de tener una amistad muy peculiar. No la recuerdo a Mireia, supongo que es posterior a...

—A nosotros. Puedes decirlo a estas alturas. ¿Y tú qué piensas hacer?

—¿Con nosotros?

Puso una cara de sorpresa muy divertida y consiguió que entonces fuera yo la empezara a reír, él tan solo tuvo que sincronizarse una vez más.

—No, no. Me refería a esto —levanté las manos refiriéndome al hotel—, a la casa de tu abuelo, al retiro, a los viñedos, a tu vida de aquí, la de Madrid...

—Guau. Son muchas preguntas en una. De momento, esto —hizo un movimiento circular con el dedo índice— se queda conmigo.

—¿En serio? —Me alegré como si fuera mío—. ¡Sabía que harías lo correcto! Señor Lombardi, a los hechos me remito, lo suyo no son las malas decisiones.

—Yo ya no sé ni lo que es lo mío.

Me miró desconcertado, el corazón empezó a bombear demasiado rápido, le miré los labios. ¡Dios! ¡Nos queríamos! ¿Por qué tratábamos de ocultarlo después de haber pasado días juntos y haber hecho el amor? ¿Qué sentido tenía? No lo sé. El caso es que sonó la alarma de mi teléfono, que indicaba que la película había finalizado.

—Se acabó la peli de superhéroes buenorros. Será mejor que subamos.

Y eso hicimos. Estuve a medio centímetro de volver a besarlo, solo a eso. Pero no sabía si seguir engordando la factura final. Y cada vez quedaba menos para volver a nuestras vidas. Si lograba llegar a Madrid sin besarlo, todo volvería a la normalidad. ¿Pero quería que volviera esa realidad? Estaba claro, que no. ¿Querría él volver a la suya? Debí preguntárselo. O tal vez era mejor así.

Al entrar en la habitación ambas niñas dormían a pierna suelta. Habíamos pasado un día agotador y dudo que hubieran acabado la peli. Thiago alzó en brazos a Bianca. Era tan sexi verlo hacer de padre. Fui tras ellos con las zapatillas de la niña, así que pude presenciar como la acostaba arropándola y sentí un amor tan grande... Como si Bianca fuera también mi hija y él mi marido. Tuve que sacudir la cabeza para quitarme ese pensamiento, y es que el vino ya no me dejaba actuar con normalidad. No entré en la habitación, me mantuve en la puerta deleitándome con el papel de padre y con las zapatillas en la mano.

—Estás hecho un padrazo.

Dije en voz baja mientras le devolvía el calzado de la niña.

—A ti tampoco se te da mal, lo que pasaba es que no ejercías de tal.

—Lo sé. Eso va a cambiar a partir de ahora.

—No tengo ninguna duda.

—Voy a poner mi vida en orden, a tomar decisiones.

Hizo un gesto de dolor simulando hacer una u con los labios.

—¿Decisiones? ¿Tú? —Se llevó las manos a la frente.

—No te burles. —Le golpeé en el hombro—. Lo digo en serio. Al final el retiro ha servido de algo. Solo necesitaba ver las cosas con perspectiva.

—Enhorabuena, joven aprendiz, ahora ya puedes iniciarte en el arte de la toma de decisiones.

—Eso haré maestro —le seguí la broma.

Acercó de nuevo su cara mientras se apoyaba en el marco de la puerta, me estaba invitando claramente a besarlo y esta vez iba a hacerlo, quise hacerlo. Pero con el rabillo del ojo pude ver la figura de Bianca sentada en la cama observándonos. ¡Ups! ¡Retirada! Las palabras de Estel vinieron a mi cabeza. Así que me aparté, le acaricié el pecho y hui a mi habitación.

—Buenas noches, maestro Yoda.

—Buenas noches, joven Jedi.

Y esa noche no dormí tan bien como la anterior pese a tener a mi hija en mis brazos. Esa noche estuve maquinando todos los posibles pros y contras de que Thiago y yo nos amaramos. Barajé muchos pros, hasta me sorprendí, pero barajé el más gran y pesado contra.; Nuestras hijas. En realidad, Bianca. Ya que imaginé que a mi hija no le afectaría igual el tema, al tener ya padres separados. Pero si eso acababa siendo el detonante para que la amistad entre ellas se deteriorara, no iba a ser yo la culpable. Y siendo sincera, la mirada de Bianca, desde que supo que nos conocíamos con anterioridad, no volvió a ser la misma. Daba miedo, daba mucho miedo pensar en su reacción y de rebote la reacción de mi hija. No podía permitírmelo justo ahora que empezaba recuperarla. Una vez más renunciar a Thiago debía ser mi decisión de mierda.

Amanecí con la esperanza de que mi razonamiento haría que mi postura ante él fuera más dura. Creí que una vez tomada la decisión todo sería más fácil. Sin embargo, verlo aparecer con el pelo mojado peinado hacia atrás hizo que todos mis cimientos se movieran de nuevo. Solo le faltaban las gafas para ser mi Clark Ken. De nuevo volvimos a desayunar a la casa con Antonella y para que las niñas dieran de mamar a los cabritos, esta vez Thiago y yo quisimos estar presentes. Y como era de esperar, las niñas quisieron hacernos partícipes y poner a prueba nuestras dotes de progenitores. La cabrita de Thiago, era muy revoltosa, se aferraba al biberón como una posesa, pero no dejaba de moverse. Llegando incluso a pisar con fuerza con esa pezuña afilada, las partes bajas de Thiago. Esa cabra parecía alumna de Bruce Lee. ¡Qué agilidad! Las niñas se rieron de tal manera que tenían que sujetarse la barriga del dolor que les causaba. A mí se me escapaban las lágrimas, sí, estaba llorando de risa. Mientras el pobre se retorcía de dolor y la cabra seguía escalando por encima de él en busca del biberón. Fue un momento inolvidable para todos, Ricciardo incluido, que nos observó horrorizado. Para vuestra duda, mi cabrita fue encantadora, bebió su biberón entero y me obsequió con un balido muy alegre que casi me deja sorda. Puro amor aquel animal. Ya me veía con una cabra en el jardín.

Estel volvió a hacer su aparición, esta vez algo intrigada. No dejaba de preguntarle cosas a las niñas. Quería saber con detalles que habíamos hecho el día anterior. Intenté ignorarla, pero ella me buscaba incesantemente con la mirada. ¿Qué le pica ahora?

Se acercó disimulando una de sus sonrisas angélico-demonial y justo cuando pasó por mi lado susurró:

—Cuatro días.

No se detuvo, iba directa a Thiago, que no pareció hacerle gracia el acercamiento. Ella intentaba hacerle alguna carantoña amorosa, ya fuera acariciando su brazo o queriendo recogerle ese mechón mojado de Superman que le caía de vez en cuando sobre la frente. Se mostró esquivo en todo momento, yo intentaba hacer ver que no me percataba de sus gestos. Aun así, no pude escapar de las miradas de odio que me dedicó Estel tras no obtener el resultado esperado. Así que antes de irse se acercó de nuevo con su falsa sonrisa hasta mí para hablarme entre dientes.

—Si vas a follártelo, hazlo ya, antes de que se venzan los días. —Esperaba cualquier cosa menos eso. La miré con cara de: «¿estamos locos?». Pero no le importó—. Que se quede con las ganas, lo único que va a hacer es que esa duda lo acompañe para siempre y no quiero estar con un hombre dudoso.

¿De verdad me estaba diciendo eso? Pero ¿con qué clase de mujer se había casado Thiago? Lo que ella no sabía es que él no se iba a quedar con las ganas, porque ya habíamos tenido sexo y del bueno. Y que la duda iba a existir eternamente porque lo que había entre Thiago y yo era real, no había dejado de serlo nunca, a pesar de estos años. Quise decirle eso. Gritárselo. Coger a ese hombre de la mano y alejarlo de sus garras para siempre. Pero una vez más no lo hice. Decidí callarme y verla desaparecer con una sonrisa de satisfacción y maliciosa, sospechosamente la misma sonrisa con la que nos observaba su hija a lo lejos. ¡Dios! Esa niña me daba miedo. Y es que, como bien había dicho Héctor siempre, Gaia era un calco de mi ser. Así que, por esa regla de tres, maléfica también tenía descendencia.

Cuatro días, cuatro, que en realidad serían tres, ya que el último día nuestro vuelo salía temprano. Y no contaba como día vacacional, sí como día de amenaza, pero nada más. Se me iban a hacer eternos.

—Mamá —llamó mi atención, Gaia—, ¿te apetece ir a la playa? Di que sí, *porfi*, di que sí. ¡Me encanta la playa!

¡Lo que me faltaba! Si algo odiaba en este mundo era la playa. La odiaba por mil razones. Había demasiados niños, era incómoda, la arena era molesta, y tanto rato al sol... No era lo mío, no. Pero había traído el bikini, ya que el retiro contaba con piscina, así que me quedé sin argumentos. Forcé una sonrisa mientras lloraba por dentro.

Tomé aire y puse los ojos en blanco antes de contestar.

—Claro, hija, vayamos a la tranquila, limpia y cómoda playa.

Esta vez, mi sarcasmo no sirvió para nada.

38
De eso se trata

El mar... No sé por qué, pero me daba miedo el mar. Era bonito, olía increíblemente bien y su sonido era espectacular, sin embargo, también era traicionero, imprevisible y podía ser terriblemente cruel. No eran razones de peso, simplemente eran las razones que yo misma me había impuesto para dar sentido a la poca conexión con el agua. A Thiago le sorprendió que nunca en nuestro noviazgo de jovenzuelos, le hubiera contado algo así. Y es que todos callamos cosas. Cosas por las que tememos ser juzgados y no comprendidos, to-dos. Ya sea una fobia, una tara, un sueño... Él tenía ese miedo aterrador a volar, ese que no quería reconocer, y yo, pues la poca simpatía con el mar era mi pequeño secreto. Y me repito, no era miedo, simplemente no me gustaba el agua en mar abierto. Las piscinas simplemente me daban asco, pero por otras razones.

Así que antes del mediodía ya me encontraba sentada en una tumbona, en San Vincenzo. ¿Era necesario que todo fuera tan bonito en ese país? Imaginaos mi cara conforme íbamos llegando a ese bonito pueblo pescador. La playa no es que fuera muy grande, cosa que agradecí. No estaba saturada de gente y me pareció un lugar precioso, pese a que en la arena había bastantes algas cerca de la orilla. Mientras nos instalamos en las tumbonas Thiago fue a pagarlas, con todos los extras para que me sintiera cómoda. Así que me mentalicé en que solo íbamos a estar hasta el mediodía. Las niñas ya corrían hacia el agua. Me aposenté bajo la sombrilla y embadurné de crema a tal nivel, que parecía material radioactivo. Thiago lucía su bañador de tío bueno, esos *slips* que solo sirven para marcar todo lo marcable y que las miradas dejen de ser a la cara. Resoplé al verlo caminar hacia nosotras en bañador. De nuevo la canción «Whole lotta love», de Led Zeppelin, ponía banda sonora a esa imagen. Estaba claro que desde que vi el anuncio del perfume de Dior, protagonizado por Robert Pattinson, esa pasó a ser la canción que acompañaba momentos como estos... Y así llegó hasta nosotras envuelto sin él saberlo en rock de los setenta y a cámara lenta. Tuve que recordarme a mí misma que debía respirar. No se podía estar más loca por un hombre como lo estaba yo por él. Juro que intentaba no babear, no desearlo, no quererlo. ¡Vaya si lo intentaba! Pero no había manera. Pensaba en Gaia, en Estel y, sobre todo, en Bianca, y, aun así, no podía dejar de desearlo. ¡Joder, lo quería! ¡Y él a mí! No es que él me lo hubiera dicho, pero yo lo sabía, o me gustaba creer que así era.

A esas alturas sentía que medianamente ya había recuperado a mi hija, no tenía ni idea de por cuánto tiempo, tal vez hasta la adolescencia, o tal vez hasta que volviera a cargarla, como era normal en mí. No obstante, iba a hacer todo lo posible porque nuestra relación continuara en esa línea una vez finalizaran las vacaciones.

Me di un par de chapuzones con las niñas, rapiditos e incómodos, ya que no dejaba de sentir la mirada de Thiago encima de mí. Intentamos construir algo con la arena mojada, fue un fracaso, pero creo que fue lo menos importante. Ya que nos reímos un montón. Acabamos pateando y pisoteando nuestra fallida construcción. No me saqué ese enorme sombrero Lombardi ni cuando me bañé. Y es que mis chapuzones fueron de apenas cinco minutos. En cuanto las niñas empezaban a salpicarme como posesas, iniciaba la retirada. Cuando Thiago y su minúsculo bañador se unió a nosotras, yo me encontraba sentada en la orilla, refrescando los pies con cada ola y con un ojo puestos en las niñas. Decidió por fin soltar el teléfono móvil.

—¿Puedo?

—Claro que puedes. A no ser que hayas venido con la familia de al lado.

Se dio la vuelta para observarlos. Una pobre mujer con cinco hijos, que no dejaban de perseguirse, tirarse arena, remover las toallas y enfadar a todo el que se encontraba a su alrededor.

—Uf, ni ganas. Mis chicas se portan mejor.

Y se dejó caer a mi lado.

Que se dirigiera a nosotras como sus chicas, ablandó ese poco de sarcasmo que empezaba a asomar, básicamente era mi método de defensa. Los calamares cuando se sienten amenazados sueltan un chorro de tinta y yo cuando Thiago se acercaba, mi coraza, activaba el modo sarcasmo, bueno, con él y con todo el mundo. Seguido de eso, ya venía la agresividad, esa que misteriosamente se había calmado en tierras italianas.

—El mar está muy tranquilo, puedes bañarte con seguridad.

—Ya, bueno, prefiero vigilar a las niñas mientras lo hacen ellas —mentí.

—Ah, ¿sí? ¿Y dónde están?

¡Mierda! Se habían vuelto a las tumbonas y yo ni darme cuenta. Si es que era una pésima madre. Debía ceñirme más a mi papel. Ya no tenía a Héctor para encargarse de eso. Me sentí fatal.

—Tranquila —le restó importancia—. Yo os vigilaba a las tres.

Sonrió de tal manera que hasta me pareció verle el brillo en el colmillo. Y por extraño que parezca, oírlo decir eso me dio calma. La sensación de seguridad a su vera fue lo que más había extrañado todos estos años. Esa misma seguridad en él era la que había causado que yo empequeñeciera a su lado, sin embargo, ya no me hacía sentir así. Ahora me sentía simplemente bien, él no era más que yo, era imperfecto y humano, aunque se escondiera en esa cara y ese cuerpo de dios griego.

Las niñas volvieron al agua, nosotros permanecimos uno al lado del otro, tan solo un pequeño detalle imperceptible para el resto de la humanidad. Ambos teníamos el cuerpo apoyado con los brazos hacia atrás, sentados con la vista en el agua, como si estuviéramos tomando el sol. Pero mi mano derecha y su mano izquierda se tocaban. No sé si fue involuntario o simplemente es que necesitábamos sentirnos cerca. Mantuvimos una larga conversación donde me contó cómo había acordado con Valentina no vender la finca Santoro, dejándolos a cargo a ella, y a Marcello. Los tres se habían asociado, siendo él, el socio mayoritario. Valentina se quedaría a cargo del hotel, las visitas guiadas y las actividades. Mientras que Marcello se haría cargo de los viñedos y la bodega, básicamente como llevaba haciendo hasta ese momento, solo que siendo también dueño. Me sentí encantada con su decisión. Él no podía hacerse cargo de todo y dejarlo en manos de las dos personas que más amaban ese lugar, fue una idea increíble.

Thiago me hacía sentir orgullosa, esta vez sus logros me alegraban, no me empequeñecían. Mientras hablábamos sin dejar de mirar al mar, nuestros dedos pulgares se acariciaron sin parar. Abrí la cajita mental de recuerdos y guardé uno más. Quería inmortalizar en mi interior el momento en que dejé de sentirme inferior a su lado. Las niñas bañándose de nuevo a escasos metros, una conversación interesante y nuestros dedos amándose, como nosotros no podíamos hacer. Ese tipo de situación se dio todo el día. A la hora de comer decidimos abandonar la playa y fuimos en busca de un buen restaurante con vistas al mar. Thiago se sentó a mi lado y se dedicó a acariciarme la espalda con amor, toda la comida. Tomamos el café en una heladería con parasoles violetas, a conjunto con los dos millones de servilletas que utilizamos entre los cuatro. Y es que los helados se fundían con semejante calor. Bajo la mesa nuestras piernas se entrelazaban en secreto. Sin darnos cuenta, nuestra actitud había cambiado, nuestros gestos ya no eran secos, ni nuestras posturas rígidas. Poco a poco las muestras de cariño eran más evidentes. Cosa que a Bianca le había despertado el modo alarma y decidió interponerse entre su padre y yo a cada paso. Rompiendo esa energía imantada que parecía que nos envolvía.

Empecé a notar cosas en la niña. Pequeños gestos, como empujones leves disimulando no ser hechos a propósito; se sentaba en la silla libre al lado de su padre; cuando paseábamos charlando y nos veía sonreír juntos, rápidamente llamaba la atención de él; le daba la mano para quedarse justo entre los dos y empezó a dejar de hablarme.

Empecé a desear que esas vacaciones tocaran a su fin o los pocos días que quedaban, acabarían por traernos algún problema. A todo esto, Gaia, no se percataba de nada. Estaba tan contenta con sus vacaciones y a la vez tan feliz, y es que, en cierto modo, ella estrenaba madre, la que había tenido hasta entonces había salido con tara, así que la devolví junto a mi yo de ayer y solucionado. Me sentí tan plena de verla tan feliz. ¿Cómo podía haber estado tantos años perdiéndome tantas cosas? Mi hija era un ser increíble, inteligente, guapa, divertida, enérgica... Solo la recordaba así siendo bebé, sin embargo, esa personita seguía estando ahí.

La vuelta fue un poco tensa, esta vez Bianca no pegó ojo en el coche y noté su mirada en cada gesto que hacíamos a través del retrovisor. Habían planeado volver a ver una película, pero la intuición de Bianca, no le permitió que su padre y yo pasáramos un rato sin ellas, así que anuló ese plan para llevarlo a cabo con él. Nosotras hicimos lo mismo. Pedimos unos bocadillos a modo picnic sobre la cama y sesión de cine. Gaia cayó rendida a la media hora de empezar la película y al parecer Bianca también. La playa suele ser anestésica para los niños, los deja *KO*. Sin embargo, pese a que me encontraba cansada de tanto sol, yo no podía pegar ojo, sabiendo que en la habitación de al lado estaba el hombre, el cual, una vez finalizado este sueño, volvería a desaparecer. Me aseguré de que Gaia durmiera plácidamente y salí al balcón a empaparme del frescor de la noche, oír los grillos e inundarme del olor a hierba húmeda. Inhalé fuertemente, recordando las clases de meditación.

—Tampoco puedes dormir, ¿verdad?

¡Por amor al cielo! ¡Qué susto!

En el balcón de al lado, Thiago se encendía un cigarro apoyando los codos en la baranda.

—¿Desde cuándo fumas?

—Solo lo hago en contadas ocasiones. Épocas de estrés o días difíciles.

—Sí, ha sido un día intenso. ¿Verdad? —resoplé.

—Bianca no nos lo ha puesto fácil. Siento su comportamiento.

—No te disculpes. Es una reacción normal.

—He hablado con ella. Debe entender que su madre y yo, eso... Ya no creo que se pueda arreglar.

Dio una calada grande y expulsó el humo lentamente, como convenciéndose a sí mismo de lo que acababa de decir.

—Pobrecita —me dio pena—. Los adultos somos un asco.

—Haré todo lo que esté en mis manos para que le afecte lo más mínimo.

No quiso mirarme cuando dijo eso y decidió apagar el cigarro contra la baranda.

—Te ha pedido que te alejes de mí, ¿verdad?

Tomó aire y lo soltó con resignación.

—Sí. Pero esa decisión no le compete a ella, sino a nosotros. —Esta vez sí me miró—. Quiero hacer las cosas bien, Mara. Voy a centrarme en ella y voy a dejar a su madre, debo hacerlo de una vez por todas.

—Será duro —le aseguré—. En ese transcurso yo acabé perdiendo a Gaia. Se posicionó al lado de su padre. Tanto que Héctor me ha pedido la custodia completa.

Sentí como se me encogió el corazón al contarle tal cosa.

—No la dejes escapar. La niña no es una propiedad, forma parte de ambos. Yo ahora os veo muy bien, nada que ver con hace unos días. Estabas desentrenada, nada más.

Quiso animarme.

—Gracias, todo esto te lo debo a ti. Gracias por complementar lo que me faltaba.

—De eso se trata. ¿Recuerdas?

Y con esas palabras trajo a mi mente la noche en que lo dejé: «No quiero ser el complemento de nadie», dije sin sentido alguno; «De eso se trata el amor Mara, de complementarse...». Y que razón tenía y seguía teniendo.

Lo miré dulcemente, su rostro lo bañaba la luz de la luna, estaba despeinado, con un pantalón de pijama caído en la cadera y sin camiseta. No se podía ser más sexy al natural. Y yo no podía amarlo más. Volvía a estar conectada a su alma.

—Todo va a estar bien, necesitan tiempo. Hagamos unas niñas emocionalmente estables, maduras, comprensivas...

—¿Y después? —Supo que le hablaba de nosotros.

Lo estaba perdiendo. Supe que lo estaba perdiendo. Me tendió la mano de balcón a balcón. Entrelacé la mía con la suya, con tan solo la luna por testigo.

—Después... Vendré a buscarte. Si lo nuestro se ha mantenido intacto quince años, lo hará un poco más.

Apretó mi mano y yo me aferré a la suya, como el que se aferra a una cuerda junto al abismo. Supe que en cuanto lo dejara ir, lo perdería y esta vez para siempre, pese a su intento por querer darle un rayo de esperanza a lo nuestro, que tal vez, no estaba tan destinado a ser como había estado creyendo estos últimos días.

39
A la luz de la luna

Hicimos de tripas corazón y pasamos los días que quedaban de la mejor manera que pudimos. En mi mente no dejaba de asomarse la imagen de los dos bajo la luz de la noche toscaniense, cogidos de la mano, cada uno en un balcón. Fue lo más extrañamente romántico y triste que había vivido en mi vida. «Volveré a buscarte». Los dos sabíamos que eso no iba a suceder y por eso en los dos días restantes, cuanto más se acercaba la hora del fin, más nos buscábamos involuntariamente, pese a los intentos de Bianca por frustrar nuestros acercamientos. Seguimos visitando pueblecitos medievales, dando biberones a las cabritas, desayunando con Antonella, jugando con Loki y aguantando los intentos de Estel por tener un roce con su marido, el cual se mostró esquivo a todos y cada uno de sus gestos. Todo bajo la mirada inquietante de Enrico. Algo me decía que ese hombre tan sexy, de supuestamente alma liberal, que guardaba esa bestia suelta bajo el pantalón, estaba más que enamorado de ella. Parecía un fantasma, aguardaba a lo lejos observando la escena, cada vez que ella intentaba acercarse a Thiago. Lo que no sabía es que yo lo observaba a él, por eso puedo deciros que por más *happy flowers* y liberales que intentaban ser, con estos retiros y todo lo que envolvía ese mundo, eran humanos y Enrico estaba más que loco por ella.

Esa última noche nos dedicamos a hacer las maletas y dejarlo todo preparado para la vuelta. Gaia y yo regresábamos a Madrid, sin embargo, Bianca se quedaba unos días más en casa de sus abuelos italianos y Thiago, necesitaba cerrar algún tema más antes de volver a España. De nuevo me sentía inquieta. Se acababa, ese sueño llegaba a su fin. La vida me había regalado unos días maravillosos a su lado, había recuperado a mi hija y me sentía renovada, sin embargo, el pecho me oprimía. No me atreví a salir al balcón esa noche, no quería volver a coger su mano sabiendo que sería la última vez. Incluso cerré la ventana, para no oír si él se asomaba. En cuanto Gaia se durmió bajé a la barra del restaurante, a tomarme mi última copa de vino en la Toscana y, como es habitual en mí, acabaron siendo dos. Y no llegué a beberme una tercera porque las lágrimas ya habían decidido hacer su acto de presencia y no pretendía dar el espectáculo de borracha llorona, sola en una barra.

Logré contener las lágrimas hasta que me vi frente a la puerta de la habitación. Había completo silencio en aquel rellano. Así que me senté con la espalda apoyada en la pared que separaba ambas puertas, la de la habitación púrpura, de la habitación verde pastel. Apoyé la espalda y me dejé caer lentamente, a la vez que se liberaba silenciosamente mi llanto. Necesitaba llorar, porque el pecho me oprimía, sentía pena, miedo, amor, rabia, felicidad... Era un cóctel de emociones con el que estaba concluyendo mi supuesto retiro. Analicé esos días. «¡Te has lucido, universo, karma o lo que mierda seas! ¡Te has lucido!». Recriminarle mi estado de ánimo a la nada no servía de mucho, pero necesitaba culpar a alguien y no encontraba otra explicación. El karma me había dado un revés a mano abierta. Por no centrarme en las cosas que de verdad importaban y por tomar decisiones de mierda, cargadas de egoísmo. Capté el mensaje.

Apoyé la cabeza hacia atrás, con las piernas en cruz. Me sequé las lágrimas y cerré los ojos. Se apagó la luz del rellano, no me importó. Me mantuve así un buen rato, casi me duermo en aquella posición en el pasillo, hasta que se abrió la puerta y algo chocó contra mí. La luz del rellano se encendió automáticamente y allí estaba Thiago, con su pijama caído y una camiseta blanca holgada.

—Pero ¿qué demonios?

Tardó en asimilar que había tropezado con mi cuerpo. Yo automáticamente me llevé las manos a la cabeza por detrás de la nuca, protegiéndome por si fuera lo que fuera caía encima mío.

—¿Mara? ¿Qué mierda haces aquí?

—Jugar al parchís, ¿no me ves?

Se me activó el modo sarcasmo.

Se tomó un instante para analizar el momento, y se debió percatar de lo hinchados que tenía los ojos. Así que sin decir nada, apoyó su espalda en la pared y se dejó caer a mi lado, apoyando sus antebrazos en las rodillas.

—¿Te encuentras bien?

—No —le dije con una sinceridad aplastante.

—Ven aquí.

Abrió sus brazos y me invitó a acercarme a él y eso hice. Apoyé mi cabeza en su hombro y dejé que me rodeara con sus brazos mientras besaba mi cabeza. Así permanecimos un buen rato. Sobraban palabras y amor en aquel gesto. Pasé mi mano por delante de su ombligo hasta abrazarlo yo también. Cerré los ojos e inmortalicé ese momento en mi cajita mental de recuerdos. Después, instintivamente nuestras cabezas se buscaron hasta dejar nuestros ojos de frente. No nos pedimos permiso, tan solo nos besamos con todo el amor que estábamos reteniendo. Tiró de mí con un gesto dulce y me guio para que me sentara a horcajadas encima de él, para así poder seguir besándonos como adolescentes. Empecé a morder su labio y no tardé en notar su reacción por debajo de mí. Era nuestra última oportunidad, la última noche que pasaríamos juntos y estábamos ardientes de pasión. No fue planeado, surgió así, Thiago y yo estábamos imantados. Por más que nos empeñáramos en evitarlo, si nos encontrábamos cerca el uno del otro, era imposible huir de ese poder de atracción.

Me levantó como si yo fuera un peso pluma, se puso en pie y tiró de mí escaleras arriba.

—¿A dónde vamos? —dije sonriendo a media voz.

—A la azotea.

Abrió la puerta de arriba y ese lugar parecía sacado de un sueño. El suelo era todo de madera, había tumbonas y una pequeña piscina redonda. Esa noche había luna llena, con mucha claridad así que no encendió las luces. Se acercó a un pequeño armario que había bajo un toldo y sacó unas cuantas toallas.

—No pienso bañarme —renegué en cuanto puso las toallas en el suelo.

—Relájate, Mara... —Y empezó a besar mi cuello mientras bajaba la tira de mi pijama—. Te he traído para que mires las estrellas, dejes de estar triste y relajes la mente.

Bajó mi pantalón y mis paredes vaginales ya empezaban a contraerse.

—¿Y eso cómo piensas hacerlo? —pregunté remolona cuando había conseguido quitarme toda la ropa y él se había deshecho de la suya en milésimas de segundo.

Abrió sus manos abrazando mi trasero y me levantó. Enrosqué mis piernas en su cintura deseosa de sentirlo dentro. Caminó unos pasos mientras no dejábamos de besarnos. Se detuvo en seco, me miró.

—Mara.

—¿Qué?

—¡Te quiero!

Y sin darme tiempo a reaccionar, conmigo enroscada encima suyo, saltó a la piscina. ¡Lo quise matar! Pero mi reacción fue pegarme a su cuerpo y sujetarme con fuerza llegando a clavarle las uñas. Cuando sacamos la cabeza a flote, él me observaba divertido. Estaba tan sexy mojado bajo la luz de la luna. La piscina tenía el agua climatizada, así que no pude enfadarme por el frío ni nada por el estilo, fue un placer caer en agua calentita. Tosí un par de veces pegada a él como una garrapata.

—Sé que el agua no es tu pasión, pero vamos a hacer que te guste un poco más.

Me apartó un mechón de pelo que me había quedado pegado a la frente, besó mi nariz y se deslizó dentro de mí suavemente mientras nos mirábamos a los ojos. Entendí a que se le llamaba paraíso, porque yo me encontraba en él, haciendo el amor bajo la luz de la luna, con la versión de mi Henry Cavill en italiano, en un agua deliciosa y más enamorada de lo que había estado en mi vida. ¡Eso era el puto paraíso! Y yo pensaba fundirme en él, a sabiendas que el tic-tac de la cuenta atrás intentaba boicotearme el momento. Hicimos el amor cuatro veces. Dos veces en el agua, una sobre la toalla en suelo de madera y la última de pie contra la pared. La luz de la luna vestía nuestros cuerpos desnudos, sin complejos, solos él y yo, sin niñas, sin retiros, sin presión... Eso sí, con mucho amor y mucho miedo a la vez. Sí, él también tenía miedo, pude ver su vulnerabilidad abrazado a mi cuerpo erizado. Me había dicho que me quería justo antes de caer al agua y yo necesitaba que él supiera que yo también lo amaba.

—¿Tenías que tirarme al agua para decirme que me quieres?

Mordí el lóbulo de su oreja e inhalé detrás de ella, como me gustaba hacer.

—Eso ha sido improvisado. Te iba a tirar de todos modos.

—Buena improvisación —sonreí—. Pero ya lo sabía. Thiago, esta vez no es culpa mía, ni culpa tuya, esta vez las cosas son como son.

—Podemos cambiarlas.

—Sí, pero no podemos forzarlas. Yo me voy en paz Thiago —dije serenamente—. Porque sé que me quieres, que nos queremos. Pero ahora somos padres, demasiada responsabilidad para centrarnos solo en nosotros.

No quiso añadir nada, supo que tenía razón. Vimos amanecer envueltos en toallas, antes de bajar a nuestras respectivas habitaciones. Y esta vez no quise perder la oportunidad. Observamos el espectáculo que la naturaleza nos brindaba. El sol empezaba a bañarlo todo. Los viñedos brillaban con cada rayo, los campos recobraban vida y ambos permanecimos de pie, al borde de la baranda de la azotea. Thiago me abrazaba por detrás. El sol había salido, nuestro tiempo había finalizado.

—Thiago...

—Dime...

Apreté sus brazos que envolvían mi cintura. Preferí decírselo en su idioma y asegurarme que recibía claramente el mensaje.

—*Ti amo.*

40
Nuestro momento

Tres meses después.

—¿Te ha llamado?

—No, Mireia, no hace falta que cada día me lo preguntes. Ya te dije cómo iba a ser esta historia.

—Me dijiste que él iba a dejar a su mujer.

—Sí, supongo que lo habrá hecho, no sé nada. Pero también te dije que no iba a volver pese a su promesa. Somos adultos, no podemos prometernos cosas como si fuéramos adolescentes. La vida tiene otras prioridades a estas alturas. Si ha considerado desaparecer nuevamente, por algo será.

—Joder, Mara. Y lo dices tan tranquila. ¿Recuperas el amor de tu vida y te conformas con que solo haya sido unos días?

—¿Y qué esperabas? Esto no es una película, ni una novela. Estoy agradecida a la vida por haberme brindado esos días a su lado, haber podido amarlo de nuevo y sobre todo haber recuperado a mi hija. No puedo pedir más.

—Menuda *perroflauta* te has vuelto —bromeó, consiguió arrancarme la risa—. Ese retiro «espiritual» —la imaginé al otro lado del teléfono haciendo el gesto de las comillas con los dedos— te ha cambiado por completo.

—Por completo, no. ¡Será gilipollas el tío!

—¿Con quién la llevas?

—Con un subnormal que me pita cada vez que tardo en salir en los semáforos. Ya van tres veces. Pues no le queda nada. De aquí al colegio hay unos cuantos...

—Hablando de colegio, ¿cómo lo lleva Gaia?

—Ahora ya mejor. Que los Lombardi no regresaran a España después de las vacaciones le ha tocado un poco. Esperó todo el verano a que Bianca regresara y al final la niña le confesó que no iban a volver. Así que tuvo que empezar el nuevo curso sin su amiga. Estuvo varios días enfadada. Ahora ya lo lleva un poco mejor. Es más, lleva unos días más que contenta con un humor increíble, debe haber encontrado otra amiga.

—¿Y tú?

—Ya te he dicho que bien. Thiago ha hecho lo correcto quedándose en Italia. Allí tiene toda su vida, sus negocios, además, su hija no quería vivir en España, yo también haría eso por Gaia.

—Sí, ya sabemos que es don perfecto, que no toma decisiones de mierda como las tuyas. Pero para mí os equivocáis los dos, no queriendo luchar por lo vuestro y dejar que las niñas guíen vuestras vidas.

—Tú no eres madre, no lo entiendes.

—¡Y toco madera! Ni lo soy, ni pienso serlo.

—Vale, Mire, te dejo, que me despisto en los semáforos. Otra vez el subnormal pitando. ¡Que ya voy!

Claro que me entristecía la idea de que Thiago se quedara en Italia, pero era lo correcto. Supongo que él estaba tomando sus decisiones y ordenando su vida, como yo me había limitado a hacer estos meses. Como entenderéis, tuve que despedir a Gustavo, y no me juzguéis, no fue porque se tirara a mi amiga, cuando supuestamente intentaba quedarse conmigo, sino porque había dejado de ser esa persona en la que podía confiar. Dejé de tener mano derecha, pero no me importaba, ya que, previamente, durante esos días en la Toscana, había decidido poner en venta la empresa. Sí, ya no quería vivir esa vida. Ya no era la misma y punto. Quería una vida más relajada, más simple, con más sentido, menos estrés y mejor vivida junto a mi inseparable Roque y mi preciosa Gaia. De verdad que no necesitaba más.

El plan del día era recoger a Gaia, comer con ella y dejarla en casa de su padre mientras yo firmaba definitivamente la venta de mi negocio. Ese que tanto me había dado y a la vez tanto me había quitado, no vacilé una vez tomada la decisión. La oferta recibida había sido más que generosa, imposible rechazarla. Más adelante tenía pensado vender la casa, acabar de pagar la hipoteca y comprar algo más pequeño. Pero tenía que ser algo que a Gaia y a mí nos convenciera por igual, así que en esas andábamos, mirando apartamentos o casitas más pequeñas. No me preocupaba quedarme sin trabajo, ya que con el dinero obtenido por la empresa me podría permitir tomarme un año sabático y buscarme algún trabajo a mi medida.

Mi relación con Héctor mejoró bastante, después de pedirles perdón a ambos se atrevieron a invitarme a comer con ellos. Qué situación más rara, mi familia al completo, Roque incluido, y esa chica joven con las puntas de color rosa fucsia besando a ¿mi marido? No, ya no lo era. Nos costó mucho dinero el divorcio, así que oficialmente ya no era nada mío, tan solo el padre de mi hija. La muchacha acabó cayéndome bien, un poco inmadura, pero él parecía encantado con ella. Así que, lo único que me importaba es que Gaia los quería a los dos y eso era por algo. Lo más raro fue cuando me comunicaron que iban a ser padres y, aunque no tenía por qué, sentí un destello de celos. No hacía ni un año que nos habíamos separado, y él no tardó nada en encaminar su vida. Me entristeció lo cerca que yo había estado de encaminar la mía, al volver a encontrarme con Thiago. Así que lo que en realidad sentí fue envidia, porque Héctor lo había conseguido y yo no. Sin embargo, disimulé felicidad e incluso fui junto a Gaia a comprarle un regalo a su futuro hermanito.

Mi vida empezaba a estar en orden, mi hija me quería, mi perro me adoraba, Mireia no se separaba de mí... Sin embargo, esa sensación de sentirme incompleta no me abandonaba. No entendía por qué. Lo estaba haciendo todo bien. Supongo que debía dejar pasar un poco más de tiempo y esperar a que todos esos cambios se asentaran en mi vida, solo entonces empezaría a sentirme plena. O, por lo menos, eso creía.

Miré el reloj una última vez, detenida en el último semáforo antes de llegar hasta el colegio de Gaia. Bien, iba con veinte minutos de sobras, así que podría aparcar sin problemas cerca. Tenía el sol de cara, supongo que por eso me costaba estar atenta cuando el semáforo cambiaba de color. ¡De nuevo el imbécil me pitaba desde atrás! El semáforo seguía en rojo, así que le enseñé mi dedo del medio por el retrovisor. ¿De qué va este? El muy impaciente quería guerra y mi nuevo yo intentaba rehuir de situaciones como esa, así que no quise mirarlo cuando se puso en el carril de al lado y bajó la ventanilla para dirigirse a mí. Bajé la mirada para darle voz a la canción de la radio y no oír los insultos o lo que escupiera por esa boquita el maníaco de los semáforos, ese que tranquilamente podría haber sido yo hace unos meses. Me vi totalmente reflejada en su comportamiento, así que la táctica de ignorarlo era la mejor opción. Subí el volumen en el mismo instante en que algo impactó contra mi luna delantera.

¡Será tarado! Sonó como si se hubiera caído un meteorito contra mi coche. Me di el susto de mi vida. Ahora sí que intenté contar hasta tres, respirar y todas esas cosas que venía haciendo últimamente y me daban buen resultado, sin embargo, esta vez no iba a funcionar. Entorné los ojos, se me agrandaron las fosas nasales y salí dando un portazo hecha una furia. Recogí el meteorito, una funda de gafas rígida de Emporio Armani y me acerqué furiosa al coche de al lado que tenía la ventanilla bajada. Me pilló justo retrocediendo el brazo para coger fuerza y lanzársela de nuevo a dentro, con suerte le daría en la cara y empezaríamos una guerra. Pero el sujeto aprovechó que el semáforo se puso en verde y salió a toda velocidad, dejándome con la funda de las gafas en la mano. Memoricé la matricula del Mercedes Clase A de color blanco e intenté seguirlo, pero fue imposible. Llegué al colegio de Gaia intentando serenarme, respirando hondo y esas cosas. Increíblemente lo conseguí, hasta que justo antes de bajarme del coche vi al maldito Mercedes aparcando en una plaza de *parking*, unos metros más allá. Me llevé la funda en la mano. Estaba dispuesta a metérsela por... ¡La ventanilla! Por no decir otra cosa. Crucé la calle y cuando llegué ya no había nadie en el interior del vehículo. Guardé la funda en el bolsillo de atrás de mi pantalón tejano y me acerqué con ambas manos al lado de los ojos intentado espiar el interior del vehículo, no sé qué pretendía encontrar, cuando noté como alguien sacaba de mi bolsillo trasero la funda y se dirigía a mí.

—Veo que tu táctica funciona.

Esa voz...

Me di media vuelta rapidísimo y me encontré una bonita sonrisa y un hombre de anuncio sujetando la funda de las gafas y burlándose.

—Thi-Thiago...

—Acabas de probar de tu propia medicina —sonrió apretando los labios—. Pero ya veo que fue una táctica para atraerme hasta ti y te felicito, es muy buena, veo que funciona.

—Deberías tener tus propias tácticas —le seguí la broma.

—Y las he tenido, señorita, claro que las he tenido. Y también han funcionado.

En ese instante empezaron a desfilar imágenes fugaces por mi cabeza y a cuadrarme todo, poco a poco, como un rompecabezas. Cada paso. El artículo del periódico había sido obra suya, estaba segura, con la única intención de atraerme hasta él. Todo. El mismo colegio de las niñas. La persecución del semáforo. El supuesto viaje de negocios cuando supo que me habían inscrito en aquel retiro. Se había propuesto volver a mi vida y comprobar si yo aún seguía pensando en él. ¡Maldito Thiago! Le salió redondo.

—No viniste a España por negocios, ¿verdad?

—Sí y no. Vine a encontrarme a mí mismo, andaba demasiado perdido.

—¿Y te encontraste?

—Te encontré a ti, sin querer. Que es mucho mejor. Sí, reconozco que en cuanto supe de ti, monté mi nueva vida a tu alrededor, pero ya estábamos en Madrid. Un día te vi salir con Gaia del colegio y te reconocí al instante. No pude evitarlo, quería saber de ti, entender por qué no era yo quien te acompañaba a recoger a tu hija al colegio, por qué no era nuestra hija, por qué decidiste vivir sin mí. Nuestras hijas se hicieron amigas, eso no fue cosa mía, ahí fue el universo quien intercedió, y el resto, ya lo sabes.

Miré confusa a los lados, quería tocarlo, quería besarlo, pero me aterraba lo de siempre.

—Bianca no está, si es lo que estás buscando. Así que deja de darle más vueltas y bésame de una vez.

Tiró de mí con tanto ímpetu que quedé anclada en su pecho mientras me fundía en un apasionado beso cargado con demasiados sentimientos. Tanto, que pese a tener los ojos cerrados, no pude evitar que cayeran dos lágrimas rodeando las mejillas hasta caer en mi jersey.

—Mara, este es nuestro momento —dijo sujetando mi barbilla entre sus dedos.

—Pero Estel, Bianca...

No conseguía ordenar las palabras.

—Yo ya he hecho mi parte. Estel es libre, como siempre debió ser, y Bianca ya no es tan pequeña para no entender lo que es el amor. Entre los tres hemos planeado este momento.

—¿Entre los tres? —No entendía nada.

—Tu hija lleva días haciendo las maletas, aunque no te hayas dado cuenta.

—¿Qué?

—Que os venís a Italia con nosotros, he conseguido el consentimiento y la aprobación de las dos, ha sido una decisión cocida a fuego lento, en que ellas han tenido voz y voto.

—¿Y yo? ¿Yo no tengo nada que decir? —quise hacerme la dura, como si pudiera disimular mi alegría—. No puedo irme sin más, tengo un negocio, ¿sabes?

—Lo sé, el mismo que has puesto a la venta y el mismo que no voy a dejar que pierdas. Gaia me lo contó. Has luchado mucho por ese negocio y has arriesgado demasiado, no has sabido equilibrarlo, es todo. Entre los dos sabremos buscarle la vuelta para que tu proyecto siga valiendo la pena.

Jamás, nunca, en toda mi vida, había tenido el apoyo de nadie. Tampoco había dejado que me lo dieran, ni Héctor, ni nadie. Todo lo había creado y forjado yo sola, siempre, desde niña. Y ahí estaba, solo le faltaba el caballo blanco, dispuesto a luchar a mi lado, a compartir el peso, a complementarme.

—Thiago... No sé qué decir...

Estaba en shock. ¿Qué estaba pasando? ¿Era real? ¿Cómo no me había percatado de nada? ¡Con razón Gaia llevaba unos días tan contenta!

—Di que sí. Solo faltas tú.

Acarició mi mejilla.

—Pero... Yo... —estaba algo confundida—. Esta tarde tengo que firmar la venta, he dado mi palabra.

—*Amore*, no te enteras de nada, ¿verdad? Puedo firmarte esos documentos si lo deseas, pero no creo que haga falta.

Me llevé ambas manos a la boca.

—Thiago Lombardi... —Lo miré cruzándome de brazos y frunciendo el ceño, simulando estar enfada.

—Complementarnos, ¿te acuerdas?

Pasó su brazo por encima de mi hombro.

—Voy a tomármelo como un sí. —Besó mi cabeza.

—Claro que sí, liante. —Le di un codazo cariñosamente en las costillas.

—Venga, vamos a buscar a Gaia que debe haber pasado un día de nervios... La pobre no paraba de decir que a ti no te gustaban las sorpresas.

—Y no me gustan.

Seguí haciéndome la dura, mientras caminaba con la cabeza apoyada en su hombro y refugiada en su pecho. Gaia nos vio abrazados y se le inundó la cara. No podía creer esa reacción. Vino hacia nosotros corriendo. ¿Cómo habría conseguido hacerles entender a dos niñas de ocho años lo que pasaba entre dos adultos? Me tenía intrigada. Ambos la miramos. Me preparé para recibirla.

—¿Cómo has conseguido que te den su aprobación?

—Contándoles la verdad de nuestra historia. Les ha hecho gracia saber que fuimos novios. Solo les he dicho que tomamos la decisión equivocada.

—No lo fue, Thiago, mírala, sino ellas no estarían aquí.

Apretó mi mano y sin soltarnos, abrí los brazos para recibir a mi niña, que chocó con nosotros como un huracán tocando tierra. Nos desestabilizó con tanta energía. Thiago acarició su cabeza, pude ver la complicidad entre ellos cuando se miraron. A saber cuánto tiempo hacía que maquinaban este momento.

—¿Preparadas? —Ambas asentimos a la vez—. ¡Vayamos a buscar a Roque!

Besó mi cabeza, apoyando de nuevo su brazo sobre mis hombros y añadió:

—Ahora sí, Mara, es nuestro momento.

Epílogo

¿Hasta dónde puede llevarte una decisión de mierda? La mía dio la vuelta al planeta y años después me devolvió nuevamente a la casilla de salida. Y es que somos el resultado de la suma de nuestras decisiones, eso no lo digo yo, es una hecho, una realidad. Sin esa decisión yo no hubiera sido quien era, Gaia y Bianca no hubieran existido, ni Roque estaría en mi vida. Sin esa decisión, no hubiera entendido que puedo aceptar la ayuda de quien me ama y que juntos podemos ser invencibles. Sin esa decisión, no hubiera conocido el mundo del yoga, que no es que me aporte gran cosa, pero me llevó hasta Thiago. Sin esa decisión, no me habría probado a mí misma que soy capaz de hacer lo que me proponga, no me habría visto envuelta en un retiro «diferente» de *perroflautas*. Sin esa decisión, no hubiera experimentado el volverme a enamorar de la misma persona, me reenamoré, esta vez, de una manera más adulta, madura y con un amor más fuerte. Dejar a Thiago fue una decisión de mierda, sí, lo reconozco. Pero nos ha traído hasta aquí, y es que nuestras energías están imantadas, siempre lo estuvieron. No hay decisiones buenas o malas desde que las tomamos juntos.

Supongo que habéis imaginado que nos mudamos a Italia, no vais mal encaminados. Vivimos en la bonita finca, en esa que ya no queda ni rastro de retiros, ni *hippis pijis*, tan solo una Antonella y un Ricciardo enamorados y nuestra bella familia al completo. Una vez a la semana visitamos la finca Santoro, el hotel funciona y ha habido buena cosecha, todo va como la seda, tanto, que Valentina y Marcello, no sé... Algo pasa entre esos dos. Y me alegro, son tal para cual.

Seguimos con nuestros negocios en España. Readmití a Gustavo, porque Mireia me lo pidió y porque siendo realistas, Gustavo siempre fue el mejor candidato para hacerse cargo de la empresa. Le puse un buen sueldo y esta, aunque parezca extraño, fue una buena decisión. Ahora es Mireia la que recibe esos mensajes obscenos que me resultan tan familiares, ese chico no tiene remedio. Parece ser están en una especie de relación neoliberal, de esas de mucho folleteo y pocos planes de futuro, todos sabemos cómo acaba eso, pero allá ellos.

Estel se quedó en Madrid con Enrico y sus rollos raros. No sé bien en qué basan esa relación, pero están juntos. Ahora los retiros los hacen en el Pirineo catalán, en un pueblecito donde los padres de Estel tenían una casa señorial de campo. Pagaría lo que fuera por ver la cara de esos ancianos al saber cómo funcionan esas estancias. Mire y Gus se apuntaron a uno. De verdad que mi mente no da para abrirse tanto, pero veo que hay gente que sí, puede expandirla hasta límites insospechables.

Las niñas, como era de esperar, tienen una relación de hermanas, se complementan. Me ensancha el alma verlas juntas, aunque no dejo de pensar en que ambas son de armas tomar, ahora son manejables, pero tengo pánico a la adolescencia y es que... ¡serán dos a la vez! Ya rezo por adelantado. Ahora mismo están algo asalvajadas en el campo, tanto que nunca quieren venir a Madrid cuando tenemos que viajar por negocios y se quedan con Antonella y Ricciardo. Me ha sorprendido muchísimo la capacidad de Gaia para aprender italiano, puedo asegurar que lo domina mejor que yo. Le hemos prometido que invitaremos a su otra familia a pasar unos días cuando su hermanito camine y puedan jugar con él. A Roque es al que más le ha mejorado la calidad de vida. Es completamente libre, siempre está merodeando por los alrededores de la casa junto a Loki, hacen mucha gracia, uno tan grandote y otro con las patitas tan cortas. ¡Ah! Las cabritas, que me olvidaba, Amy y Penny al final acabaron siendo de esa raza de cabras enanas. Son un amor, son como *cabriperros*, cuando están sueltas, siguen a las niñas por todos lados, son tan monas.... Quién me iba a decir que agrandaría la familia con cabras. Si es que, lo que no me pase a mí...

¿Os acordáis del local que Thiago inauguró? ¿El de los vinos y el jamón? Pues está en pleno auge y de vez en cuando tenemos que hacer acto de presencia. Hoy mismo estamos en Madrid para un evento que organizó mi empresa en ese mismo local. Fusionamos nuestros negocios cada vez que podemos. Hoy toca la presentación de un libro, de un tal Olivier Leroux. Eso no me lo pierdo. Leí su novela y voy a aprovechar para que me la firme.

No sé qué más contaros, que soy feliz, así de simple, que ya no desayuno «juguito de odio», como decía Mireia, que tengo sexo del bueno, del buenísimo, y que mi futuro marido se parece a Henry Cavill, por si no os ha quedado claro, lo siento, chicas, la versión italiana es todo mío. Y sí, habéis leído bien, mi futuro marido. Nos casaremos este verano en San Gimignano, en honor al deseo que pedí en el pozo cuando aquellos ladronzuelos me robaron los dos euros. ¡Malditos enanos!

Sigo practicando yoga, me ayuda a canalizar la energía. Pero, seamos realistas, el pronto —como decía mi madre—, las miradas asesinas, el sarcasmo y el mal carácter, para deprender, ya venían de serie. Solo que ya no me hace falta apuntarme a un retiro, porque ahora podría decirse que vivo en uno permanente.

FIN

Agradecimientos

He oído que agradecer es el arte de atraer cosas buenas, y, en este caso, tengo mucho que atraer, así que ahí va mi arte.

En primer lugar, quiero dar las gracias a mis fieles lectores, algunos ya colegas, los que me escribís cosas bonitas, me dejáis audios de voz que parecen *podcasts*, me felicitáis por las redes, me reseñáis positivamente y siempre estáis a la espera de una nueva novela. Dais sentido a todo esto.

Gracias a mis dos lectoras cero de esta comedia. Sandra, que es un lince para detectar mis incoherencias, disfruta, se emociona y le encanta elegir los momentazos, y Sarai, que la ha devorado, la hemos comentado entre risas y cervezas al conocer los pequeños secretos y guiños de la historia. Gracias, chicas, gran trabajo.

A Claudia, con quien suelo arreglar el mundo, además, siempre tiene una buena sugerencia, una corrección, una crítica o una historia paralela. Gracias, Pichu, por tu apoyo, tus consejos y tu amistad desde Irlanda.

A Gala, por las buenas vibras, el buen trato, la atención, y por confiar en mi pluma y mis historias una vez más.

A mis hijos, que me dieron una clase magistral de comprensión, cuando decidí dar un giro a mi vida y por fin poner el orden correcto a mis prioridades.

A mi marido, sí, el de siempre, el de la paciencia infinita que tiene fe ciega en todo lo que hago nuevamente y se traga los rollazos de las historias, incluso antes de plasmarlas.

A mi hermano, por enseñarme que se puede amar pese a todo y por encima de todo. Siento no haberte querido más y mejor, no llegué a ordenar a tiempo mis prioridades.

A ti, que estás leyendo esto, a mis gatas, a mi perro malote Chic, a la Nutella, a las clases de yoga, a mi familia, a mis amigas, a mis antiguos clientes de la cafetería, a la música, a la literatura, al cine y sus actores guapos, a la poesía, al aire, a la vida...

Con todo mi arte, gracias.

Índice